NÃO VAI DAR

CYNTHIA HAND

Tradução
Alda Lima

Rio de Janeiro, 2024

Copyright © 2021 por Cynthia Hand.
Copyright da tradução © 2024 por Casa dos Livros Editora LTDA.
Título original: *With You All The Way*

Todos os direitos desta publicação são reservados à Casa dos Livros Editora LTDA. Nenhuma parte desta obra pode ser apropriada e estocada em sistema de banco de dados ou processo similar, em qualquer forma ou meio, seja eletrônico, de fotocópia, gravação etc., sem a permissão dos detentores do copyright.
HarperCollins Brasil é uma marca licenciada à Casa dos Livros Editora LTDA.

Editoras: *Julia Barreto e Chiara Provenza*
Assistência editorial: *Isabel Couceiro*
Copidesque: *Laura Pohl*
Revisão: *Angélica Andrade e Daniela Georgeto*
Capa: *Sávio Araujo*
Projeto gráfico de miolo e diagramação: *Abreu's System*

Publisher: *Samuel Coto*
Editora-executiva: *Alice Mello*

Contatos: Rua da Quitanda, 86, sala 601A – Centro
Rio de Janeiro, RJ – CEP 20091-005
Tel.: (21) 3175-1030
www.harpercollins.com.br

CIP-Brasil. Catalogação na Publicação
Sindicato Nacional dos Editores de Livros, RJ

H21n

    Hand, Cynthia, 1978-
        Não vai dar / Cynthia Hand ; tradução Alda Lima. – 1. ed. – Duque de Caxias [RJ] : Harper Collins, 2024.
        336 p. ; 21 cm.

        Tradução de: With you all the way
        ISBN 978-65-6005-153-9

        1. Romance americano. I. Lima, Alda. II. Título.

24-87625   CDD: 813
                      CDU: 82-31(73)

Gabriela Faray Ferreira Lopes – Bibliotecária – CRB-7/6643

Os pontos de vista desta obra são de responsabilidade de sua autora, não refletindo necessariamente a posição da HarperCollins Brasil, da HarperCollins Publishers ou de sua equipe editorial. Todos os personagens neste livro são fictícios. Qualquer semelhança com pessoas vivas ou mortas é mera coincidência.

Para Dan

*O rumo de uma pessoa nunca é um lugar,
e sim uma nova forma de ver as coisas.*

— Henry Miller

1

— Minha mãe não está em casa — diz Leo assim que abre a porta.

É nessa hora que eu sei que ele quer transar.

— Ah — respondo, incapaz de pensar em outra coisa.

— Ela está viajando até terça.

É sexta-feira à tarde. Ele definitivamente quer transar. Estamos namorando desde fevereiro (agora estamos em meados de junho) e nos beijando muito e dando amassos sempre que encontramos um lugar com privacidade suficiente. Obviamente, sexo é o próximo passo.

— Então a casa é toda nossa — digo, animada.

Passei o dia todo pensando em Leo, imaginando quando o veria, sonhando acordada com o toque macio e quente dos lábios dele contra os meus. Quando recebi a mensagem dizendo que ele queria sair hoje à tarde, foi uma ótima surpresa. E agora, bom, agora é como se eu estivesse tendo um sonho erótico com Leo.

Só que o que está acontecendo é real.

Leo sorri, um sorriso de uma criança pequena prestes a abrir seu presente de aniversário.

— Você podia até, sei lá, dormir aqui?

Dou risada, aquela risada que odeio e que solto com frequência demais perto de Leo. Dormir aqui. Uau. Como eu poderia conseguir ficar fora a noite toda? Meus pais vão notar se eu não voltar para casa. Ao menos Pop vai. Mamãe provavelmente não notaria nem se eu sumisse por uma semana inteira.

— Você pode dizer que vai dormir na casa de uma amiga — sugere Leo.

Essa é a jogada mais óbvia. Minha melhor amiga, Lucy, também toparia, considerando como está empolgada com o fato de que eu — a tímida e nerd Ada — finalmente tenho um interesse amoroso comprovado. No começo, minhas amigas me provocavam dizendo que eu havia inventado Leo, esse garoto perfeito de quem eu sempre falava. Tive que praticamente implorar a ele, que odeia bailes de formatura, para me acompanhar só para provar que existia. Desde então, minhas amigas se referem a Leo — o popular e nada nerd Leo — como "O Milagre". E isso aqui, ele querer transar comigo, não apenas uma vez, aparentemente, mas a noite toda, também parece milagroso.

Eu faço que sim com a cabeça e rio de novo.

— Tudo bem.

O sorriso dele fica maior, agora como o de uma criança pequena na manhã de Natal.

— Tudo bem? Sério?

Tento fingir que meu coração não está martelando dentro do peito.

— Bom, às sextas-feiras tenho noites em família, um evento sagrado para o meu padrasto, mas posso perder o de hoje. Vamos viajar na semana que vem, aí vou ter tempo de sobra em família.

— Vou sentir sua falta quando você estiver no Havaí.

Abro um sorriso.

— Também vou sentir saudade.

Essa viagem idiota obrigatória em família para o Havaí.

— Tá, acho que posso dormir aqui...
— Então você quer mesmo?
— Quero — digo sem fôlego.

Pego meu celular e mando uma mensagem para Lucy, que concorda efusivamente em ser meu álibi. Depois, uma para Pop, avisando que vou dormir na casa da Lucy.

Divirta-se!, diz a mensagem dele.

Então Leo pega minha mão e me leva em direção ao que imagino ser seu quarto.

A casa dele fica em Santa Clara, algumas estações de trem antes de San José. Não é uma casa grande. Três quartos, dois banheiros. Vista da rua, parece minúscula, especialmente se eu compará-la à minha casa em Redwood City. Descrevendo de um modo educado — e ser educada é meu padrão, parece que sou incapaz de agir diferente disso —, eu diria que é "agradavelmente minimalista". Quando me imagino como uma artista (tal qual a mãe de Leo, uma escultora famosa na região), consigo me ver morando em uma casa parecida.

Eu nunca entrei no quarto de Leo. Ele me convidou algumas vezes desde que começamos a sair, mas sua mãe estava sempre em casa. Existia um acordo tácito entre os dois de que não era para ficarmos no quarto dele, então ficávamos na cozinha ou assistíamos a filmes no sofá da sala. Agora, ao passarmos pelo corredor rumo ao inevitável (!!!) sexo que estávamos prestes a fazer, paro para olhar as fotografias emolduradas na parede. A maioria é de Leo e Diana ao lado de várias pessoas que presumo serem parentes. Aponto para a foto de um bebê com algo vermelho — beterraba? molho de tomate? — espalhado pelo rosto todo.

— Ainnn. Olha só você.

Ele se retrai.

— Minha mãe se recusa a tirar isso da parede. Ela adora me fazer passar vergonha.

— Achei uma gracinha.

— Você é uma gracinha — rebate ele.

Passamos por um cômodo repleto de mesas e esculturas em variados estados de desenvolvimento: o estúdio da mãe dele. Ela trabalha com cera e argila ali, depois leva o material para um lugar na cidade para fundi-lo em bronze. É difícil resistir ao desejo de entrar e tentar absorver um pouco daquela genialidade.

Leo, no entanto, não fica nada impressionado. Ele puxa minha mão para que eu volte a andar, até um quarto menor no final do corredor. O quarto dele.

— Seja bem-vinda.

Ele me leva para dentro. Fecha a porta.

— Sinta-se em casa.

Não há lugar para sentar a não ser na cama. Eu me empoleiro na beirada e abaixo as mãos para o colo, olhando os vários pôsteres nas paredes. A maioria é de nadadores. Leo é capitão da equipe de natação da escola dele. E, pelo visto, obcecado por Michael Phelps e por um outro cara com uma tatuagem enorme cobrindo quase todo o braço esquerdo.

Eu não imaginava que ele fosse do tipo que tem pôsteres em todas as paredes.

— É o Caeleb Dressel — explica, quase timidamente. — Duas medalhas de ouro. Recorde mundial nos cem metros borboleta.

— Legal.

Tento fingir que gostei, mas é estranho ficar olhando esses caras mais velhos de sunga apertada. Não consigo me imaginar dormindo aqui com os olhos deles em mim. Ou dormindo aqui, ponto-final.

— Então — diz Leo.

— Então... — falo.

Meu coração está disparado outra vez. *Está tudo bem*, digo a mim mesma. Tenho 16 anos, o que considero idade suficiente para tomar uma decisão madura sobre esse assunto. Leo tem 17.

Estamos namorando há quase cinco meses. Eu gosto dele, de verdade. Estou curiosa para saber como é transar. E transar com Leo, como tudo mais tem sido com Leo até agora, provavelmente vai ser ótimo.

— Quer ouvir música?

Ele passa o braço por mim para ligar uma caixa de som em cima da mesinha de cabeceira e depois rola pela tela do celular até encontrar uma trilha sonora para a ocasião. A primeira música é sobre sexo (quem diria?). É um pouco vergonhoso ver como Leo obviamente pesquisou no Google as melhores músicas para transar. Espero que ele não esteja com uma playlist inteira dedicada a isso.

Leo se senta ao meu lado. Nós nos beijamos. Ele passa uma das mãos por meu cabelo, depois segura minha nuca. Beijá-lo é sempre muito bom. Delicioso. Não consigo definir exatamente o gosto dele, mas não parece nenhum alimento ou bebida que eu conheça. Não é doce, mas também não é picante. Ele tem um gosto de Leo. Eu gosto disso.

Depois de alguns minutos, ele cuidadosamente me posiciona de costas na cama. Eu seguro os ombros dele. Leo tem ombros largos e musculosos por causa da natação. Ele é um cara grande — um metro e noventa, forte, outro motivo pelo qual gosto dele. O fato de Leo ser tão grande faz com que eu me sinta pequenina, no bom sentido.

A boca dele desce para meu pescoço agora. Arrepios brotam em meus braços. Inclino a cabeça para ter um ângulo melhor. Quando ele se aproxima da orelha, prevejo que vai enfiar a língua lá dentro. Ele já fez isso antes, mas confesso que não gostei muito, então viro o rosto. Toco sua bochecha para poder virá-lo de volta para minha boca e o beijo outra vez. De novo. Explorando. Experimentando os diferentes ângulos.

Ele se posiciona em cima de mim, o corpo grande estendido sobre o meu. Por alguns segundos, me sinto sufocada; ele é pesado demais, e me esmaga um pouco, mas aí ele transfere o peso para os braços e consigo respirar novamente. Sentir o corpo dele contra o meu é uma sensação familiar, mas a maneira como ele se move é nova. O volume — aquele volume sólido que eu sei que são, hum, suas partes íntimas, e que minha mãe insistiria em chamar de pênis, porque se recusa a ser qualquer coisa além de técnica e precisa ao nomear as coisas — pressiona contra minha coxa.

Meu Deus, estou pensando na minha mãe. Quando me contorço, Leo se afasta. Seu rosto está tão vermelho que as sobrancelhas se destacam, como lagartas peludas agarradas à testa. Isso me distrai.

— Você é linda — murmura ele.

— Você também — digo automaticamente, e fico tão vermelha que parece que minhas bochechas e meu pescoço foram escaldados.

Leo continua me beijando e me tocando, e eu estou adorando. Pelo menos meu corpo está. A metade inferior parece ter se transformado em um líquido fervendo. Existe um emaranhado de sensações se formando entre minhas pernas. Porém, quanto mais avançamos, quanto mais nos aproximamos do sexo para valer que vai acontecer a qualquer momento, mais estranhamente desconectada me sinto. A ponto de eu quase sair do meu corpo e flutuar pelo quarto. Ficar me observando do lado de fora.

Estou usando minha camiseta vermelha do Harry Potter da viagem do ano passado a Orlando. Na frente, está escrito "9 ¾". É infantil — agora vejo claramente — e não veste bem, já que prefiro roupas largas e é um número acima do meu. Neste momento Leo está levantando essa camiseta, expondo minha barriga muito branca e não muito magra, e por baixo ele descobre um sutiã esportivo cinza que o confunde porque não tem nenhum tipo de gancho ou fecho. Minha mente dispara tentando lembrar qual calcinha estou usando. Espero que não seja a lisa de algodão branco com um furo na bunda, a mesma que eu devia ter jogado fora há meses, mas também a mais confortável que tenho. Merda. Provavelmente é essa que estou usando. Meu cabelo está todo embolado. Meu peito sobe e desce rapidamente por baixo do sutiã esportivo, escuro em algumas partes porque estou suando muito.

Desse ponto de vista, o da minha imaginação, porque meus olhos na verdade estão fechados, sei que não sou bonita. Leo só disse isso para eu me sentir sexy. Para eu querer transar.

Eu quero transar, não quero?

Sim, repito para mim. *Relaxa. Está tudo bem.*

Então percebo a mão de Leo no botão do meu short, e a parte superior do meu corpo vira gelo. *Espera*, penso. *Espera*, e aí quase bato minha cabeça na dele quando tento me sentar.

Ele examina meu rosto.

— Opa. Tá tudo bem?

Afasto uma mecha de cabelo grudada na minha bochecha.

— Tá. Desculpa. Podemos ir com mais calma?

Ele afirma com a cabeça.

— Claro. O que você quiser.

— Ok.

Inclino o rosto para beijá-lo novamente. Fazemos isso por um tempo, e a tensão em meus ombros diminui. Ele é ótimo em beijar, e eu também não sou nada mal. Não é um beijo cheio de saliva ou de dentes. A quantidade de língua envolvida é ideal. Os braços dele ao meu redor são fortes. O aperto em meu seio é bom. Tento tocar nele também, passando as mãos por suas costas, pelo peitoral de nadador. Depois desço mais.

— Eu te amo — diz ele, baixinho.

Minha mão congela. Ele nunca disse aquilo antes, a palavra com "A". Nenhum de nós disse.

Leo continua:

— É melhor eu, er, pegar proteção.

Pisco algumas vezes para ele. De alguma forma, estou deitada de novo, embora não saiba quando foi que isso aconteceu.
— O quê?
— Camisinha — explica Leo.
— Ah. É. Isso.
Que responsável da nossa parte.
Ele se levanta e sai do quarto, e eu me pergunto onde ele foi buscar essa camisinha. Será que está vasculhando a mesa de cabeceira da mãe? Ou é no banheiro, onde guarda um estoque para situações como esta? Será que ele já fez isso antes? Não conversamos sobre isso. Nós realmente deveríamos ter conversado sobre isso. Pelo menos assim eu saberia o que esperar.

Aliso minhas roupas e respiro fundo. Os lençóis de malha cinza nos quais estou deitada têm cheiro de sabão em pó. Eu me sento. Estou surpresa, na verdade, com a limpeza do quarto de Leo. Não tem pilhas de roupa suja como as no chão do meu quarto. O carpete está até com marcas de aspirador.

Há quanto tempo ele estava planejando isso? Será que acordou hoje de manhã pensando: *É hoje?* Será que arrumou o quarto, lavou os lençóis e abraçou a mãe com um sorriso cheio de segredos porque sabia que ia transar? E durante todo esse tempo, eu pensando que só iríamos ao cinema, depois talvez voltássemos para a casa dele para jantar e conversar sobre arte com a mãe dele e ver uma série. Grande parte de nosso relacionamento consiste em assistir a várias coisas juntos. E pegação, quando a mãe dele não está olhando.

Mas isso...

É injusto da parte dele jogar isso em cima de mim, do nada. Eu teria me vestido melhor se soubesse, teria feito alguma coisa no cabelo. No mínimo escolhido outra calcinha. Depilado as pernas.

Deus. Não raspo as pernas há dias.

Olho em volta como se uma lâmina de barbear fosse se materializar magicamente. Michael Phelps me encara das paredes.

Um dos pôsteres diz: DESTEMIDO. *Se você quiser ser o melhor, terá que fazer coisas que os outros não estão dispostos a fazer.*

E Leo acaba de dizer que me *ama*. Ele estava falando sério? Será que quis dizer *ama* no sentido em que se diz "Uau, amo chocolate"? Ou no sentido real? Eu deveria ter respondido a mesma coisa? Gosto dele, sim, muito, mas eu poderia dizer que o amo? Emito as palavras sem som: "Eu te amo". Soa artificial. Talvez parecesse real se eu estivesse me referindo a chocolate. De qualquer forma, é tarde demais. Ele disse que me amava, eu não disse nada, e agora vamos transar.

Isso está acontecendo. Estou prestes a transar.

Quando Leo volta, ele levanta, triunfante, um pacotinho metalizado.

— Ok, vamos nessa.

E é quando me dou conta de que não posso ir nessa.

— Olha, não vamos, não.

Eu me levanto, ansiosa para sair da cama.

O sorriso dele se desfaz.

— Que foi? O que rolou?

— Nada. Eu... — Escolho as próximas palavras com muito cuidado. — Só não quero ir até o fim. Não hoje. Tudo bem?

Agora ele parece uma criança pequena que abriu o presente de Natal, mas se deparou com roupa em vez de brinquedos.

— Mas por que não?

— Não estou pronta. Eu achava que estava, mas não estou. Desculpa — acrescento, mas depois me odeio por pedir desculpas. Eu não deveria lamentar aquilo, mas lamento.

Leo franze a testa, mas diz:

— Tudo bem. Não quero fazer isso se você também não quiser, obviamente.

Abro um sorriso.

— Obrigada.

O silêncio se instaura entre nós. Outra música começa a tocar da caixa de som, uma música que conheço agora, uma lenta do The Weeknd chamada "Earned It". Atrás de onde Leo está, leio as palavras de outro pôster inspirador de Michael Phelps. *Não se pode colocar limite em nada. Quanto mais você sonhar, mais longe chegará.*

Leo deixa o preservativo sobre a mesinha de cabeceira.

— Então, o que você *quer* fazer?

Eu não me importaria de dar mais uns amassos, mas isso poderia causar uma impressão errada. Além disso, meu ventre está começando a doer, uma sensação de aperto, mas pesada, definitivamente desagradável, tipo cólicas menstruais. Tento sorrir para ele.

— Não sei. Talvez assistir a alguma coisa?

— Claro — concorda ele, monótono. — O que você quiser.

2

— Pensei que ia dormir na Lucy hoje — diz Pop, quando entro na cozinha mais tarde.

— Eu só queria estar em casa.

As coisas ficaram estranhas com Leo; tão estranhas que eu finalmente disse que não estava me sentindo bem — o que não era inteiramente mentira —, e ele insistiu em me acompanhar até a estação de trem.

— Você é mesmo caseira — diz Pop, agora sorrindo.

Como se isso fosse fofo.

Minha irmã de 5 anos, Abby, está sentada na bancada colorindo enquanto Pop prepara o jantar.

— O que é ser caseira? — pergunta Abby.

Pop continua cortando um talo de aipo em cubos.

— Uma pessoa que gosta mais de ficar em casa do que ir a qualquer outro lugar.

— Eu gosto de ficar em casa — declara Abby. — Mas também gosto de sair. Hoje fomos a um safári na África. Fiz um batique.

Demoro um segundo para me dar conta de que Abby está falando da colônia de férias que frequenta durante o verão, já que Pop trabalha à noite no Hospital El Camino, em Mountain View, e mamãe trabalha de dia no Hospital Stanford, em Palo Alto. Embora dizer que mamãe trabalha durante o dia seja incorreto. Ela trabalha o tempo todo.

Falando nisso...

— Cadê a mamãe?

Pop continua cortando os legumes.

— Disse que chegaria em casa a tempo do jantar. É nossa noite em família, sabe?

— Eu sei.

Normalmente, eu ficaria e o ajudaria a terminar de preparar a salada, mas isso poderia levar a conversas do tipo "Como foi seu dia?", e eu não queria tocar nesse assunto. Então pego uma cenoura, subo as escadas para o meu quarto, fecho a porta e vou direto para a mesa, onde pego meu caderno e os lápis de cor e começo a desenhar Leo.

Ainda o vejo claramente. A expressão no rosto dele quando eu disse que não queria ir até o fim. A maneira como as pálpebras pesaram, não semicerrando os olhos ou me olhando feio, mas como persianas defensoras descendo sobre seus olhos. Os cantos internos das sobrancelhas subindo, unindo-se, resultando em duas pequenas protuberâncias no espaço entre elas. A queda descontente dos cantos da boca.

Meu lápis praticamente dança sobre o papel, capturando aquela expressão. Demoro dez minutos e, assim que termino, sei que é um dos melhores esboços que já fiz. Ele ilustra perfeitamente o momento, o sentimento, a tensão. É estranho como as piores experiências da vida podem levar à melhor arte. Mas é a vida, eu acho. Encontrar a beleza na dor.

Pego a cenoura que roubei de Pop e mastigo, me sentindo deprimida. É evidente que cometi um grande erro. Por que eu não quis transar? Foi a coisa do *eu te amo*? Será que, em algum lugar lá no fundo, acredito que para "fazer amor" é preciso *amar*, e eu não amo Leo o suficiente para isso? Será que eu amo Leo? Nunca encarei meus sentimentos desta forma antes: ou amo ou não amo. Eu gosto do Leo. Adoro estar com ele. Eu me sinto atraída por ele. Não deveria ser suficiente?

Ou foi a questão das pernas que eu não depilei? A calcinha esburacada? O top de academia? Será que me sinto tão desconfortável em minha própria pele que não consigo lidar com a ideia de Leo me ver nua? Sei que tenho questões com meu corpo, mas será que sou realmente tão insegura assim?

Ou talvez tenha sido culpa do Michael Phelps.

Seja qual for o motivo, foi a decisão errada. Leo ficou ofendido. Pode até ter dito que tudo bem, que me respeita e que pode esperar, mas, quando eu quis parar, ele se distanciou na mesma hora. Não pôde evitar, ficou decepcionado.

Mas, até aí, eu também estou decepcionada.

Assino e coloco a data no esboço. Agora preciso de um título. Rabisco uma palavra de que gosto: *cabisbaixo*. Foi assim que Leo ficou. A cabeça definitivamente abaixou. Eu rio e apago a palavra com cuidado. *Não estou pronta*, escrevo no lugar.

Não estou pronta. Suspiro. Volto a folhear o caderno, passando pelas páginas e páginas de esboços como aquele, documentando os momentos de minha vida tão intimamente quanto um diário. Há tantos desenhos de Leo: Leo na praia de Santa Cruz, com a brisa do mar agitando seu cabelo. Leo amarrando o cadarço. Leo de calção de banho na vez em que nadamos na piscina do quintal dele, de costas para mim diante da borda, com os músculos contraídos prestes a mergulhar. Ele é lindo. Musculoso. Sexy. O que tem de errado comigo?

Volto mais algumas páginas, até fevereiro e o primeiro esboço que fiz dele, na exposição da mãe.

Ele estava jogado em uma cadeira no canto da galeria, um adolescente moderno como o *Pensador* de Rodin, o moletom com capuz amarrotado, buracos na calça jeans, cotovelo apoiado no joelho e queixo na mão. Dois segundos depois de vê-lo, soube que ele era filho de Diana Robinson. Por um minuto, fiquei ali parada, olhando, internalizando suas formas e o sombreamento para criar o esboço que eu faria mais tarde. Então me aproximei e conversei com ele, uma atitude tão díspar da minha personalidade introvertida que sempre fico surpresa ao lembrar. Como fui tão inexplicavelmente corajosa naquele dia?

— Deve ser estranho. — Foi assim que puxei conversa.

Leo levantou a cabeça, sobressaltado.

— Estranho?

— Ser, tipo, a inspiração da sua mãe.

Quase todas as esculturas de Diana Robinson mostravam um menino fazendo algo estranhamente adulto: lendo Proust, dirigindo um carro, fazendo a barba, fechando uma abotoadura no punho. Eu reconheci Leo pelas costas — aquele redemoinho que ele tem no lado direito da cabeça. Está em todas as esculturas, um redemoinho que se recusa a cooperar.

— Como você...

Leo parecia confuso com o fato de eu saber quem ele era, então olhou em volta e percebeu.

— Ah. É. É estranho. Um pouco.

Iniciamos uma conversa e, no final, ele me convidou para sair. Isso ainda parece ser a coisa mais improvável de todos os tempos. Um cara me convidando para sair não parecia uma possibilidade em meu mundo, que consistia na Notre Dame High School (católica, só para meninas), ficar de babá cuidando da minha irmã mais nova, sair com minha irmã mais velha e minhas obras de arte (uma obsessão solitária na maioria das vezes). Ninguém nunca tinha me convidado para sair. E, de repente, pronto: Leo. Leo, atlético e afetuoso. Que gosta de mim, que talvez até me *ame*. Que quer me beijar.

E fazer outras coisas.

Deus. O que foi que eu fiz?
Escuto uma única batida forte na porta do meu quarto. A voz de Pop:
— Jantar.
— Ok — respondo, desanimada. — Já estou descendo.

3

Na sala de jantar, ocupo o lugar de sempre, entre a cadeira de mamãe e a de Afton. Afton tem 18 anos e é basicamente uma cópia da nossa mãe — inteligente, não engole desaforo de ninguém e é irritantemente linda, com longos cabelos loiros acinzentados e olhos azuis cintilantes.

— Achei que ia dormir na casa da Lucy — comenta ela.

Eu dou de ombros.

— Não.

— Vocês brigaram? O que está rolando?

Normalmente, conto a Afton tudo de importante que acontece em minha vida, mas agora definitivamente não é o momento. Além disso, só de pensar no Leo, meu rosto fica quente e começa a formigar.

— Nada — insisto, sacudindo a cabeça de leve para transmitir: *Eu te conto mais tarde.*

— Cadê a mamãe? — pergunta Abby, uma distração bem-vinda do olhar curioso de Afton.

— Ela não está aqui. — Afton sorri e torce aqueles lábios cor-de-rosa. — Chocante, né?

— Tenho certeza de que ela chegará a qualquer momento — fala meu pai.

Pop apoia um prato de carne fumegante no meio da mesa, depois uma tigela do que parece purê de batatas com milho e ervilhas. Carne e purê de batata. Não é seu repertório de jantar habitual.

— O que é *isso?* — pergunta Abby em voz alta, olhando para a substância semelhante a molho madeira que envolve a carne, como se tivesse vindo do espaço sideral.

— É... carne? — inquere minha outra irmã.

Afton é bailarina e muito cuidadosa com o que come. Ou seja, nada de carne vermelha.

— *Nyama na irio* — declara Pop, como se aquilo explicasse tudo. — É um prato queniano.

Ah. Agora sim. Recentemente, Pop fez um daqueles testes genéticos que mostram as etnias que compõem seu DNA. De acordo com o teste, ele é 45% africano (nigeriano, queniano), 26% europeu (britânico, irlandês, ibérico), 14% sul-americano (colombiano, argentino), 3% indígena dos EUA, além de traços de outras origens aleatórias. Pop se autodenominou um "espécime do mundo" e, desde que recebeu os resultados, vem pesquisando e preparando refeições das diferentes culturas com as quais está relacionado. Na semana passada, foi peixe com batata frita. Na anterior: *arroz chaufa de mariscos*, um tipo de frutos do mar picante, e arroz. E agora isso.

— Não como carne vermelha — declara Afton, torcendo o narizinho perfeito.

Pop faz uma reverência exagerada para a enorme tigela de salada.

— Fique à vontade. Também temos pão.

— Eu não como pão.

Abby também parece incerta. Ela cruza os braços. Sua ideia de culinária requintada se resume a rodelas de pepino e nuggets de frango.

— Parece nojento.
— É basicamente um bife, querida — diz Pop. — Você gosta de bife. E também gosta de batata, milho e ervilha.
— Mas eu não gosto de salada — ressalta Abby.
— Você não precisa comer a salada — rebate Pop, com uma leve irritação no tom de voz. — Vamos lá, meninas. Comam.
— Mas não devíamos esperar a mamãe? — pergunto. — É a noite em família.
— A comida está esfriando.
Pop pega o prato de Abby e põe ali uma grande porção de batatas, depois a carne e o molho. Estou prestes a avisá-lo para colocar a carne ao lado, não em cima, das batatas — Abby não gosta que os alimentos toquem uns nos outros —, mas é tarde demais. Pop serviu tudo por cima.
O lábio inferior de Abby começa a tremer.
— Acho que eu não gostei — diz ela.
Pop não desiste.
— Esta é uma refeição dos nossos *ancestrais*, abelhinha. Este alimento está no seu sangue.
Enquanto isso, já me servi de uma porção generosa. A comida não está no meu sangue como no de Abby, já que Pop é meu padrasto e não tem parentesco biológico comigo e com Afton, mas ele está nas nossas vidas desde que eu tinha 7 anos. É como meu pai em todos os aspectos importantes. Nem me lembro muito bem de como era antes da chegada de Pop, quando eu tinha outro pai, a quem Afton e eu fazemos uma visita desconfortável duas vezes por ano.
— Está no meu *sangue*? — grita Abby, horrorizada. — O que isso quer dizer?
Eu até gostaria de ter uma combinação tão interessante de etnias no sangue, mas minha mãe também fez o teste de DNA e descobriu que ela é 90% europeia. Principalmente alemã. O que explica o cabelo loiro, eu acho.

Quando sinto meu celular vibrar no bolso, pego o aparelho discretamente — Pop não aprova usar celular durante as refeições — e abro as mensagens de texto. Tem uma nova de Leo, com uma foto de suas pernas compridas esticadas no sofá, os tênis na mesa de centro e a televisão pausada em um dos programas que sempre assistimos juntos.

Queria que você tivesse ficado, diz a mensagem.

Meu coração fica apertado. Pareço tão boba agora. Que vergonha. Covarde. É só sexo, não é? Precisa ser uma coisa tão grandiosa assim?

Olho de relance para Pop, ainda ocupado tentando acalmar Abby, que está fazendo birra por causa da comida.

Eu também, respondo rapidamente.

Você está perdendo isso. Ele me envia uma selfie no sofá, com o lábio inferior para fora fazendo um beicinho exagerado. E ele está sem camisa.

Leo envia muitas fotos como essa — do Leo Sexy —, sempre alguns minutos antes de publicá-las nas redes sociais. Fico lisonjeada por ele querer que eu as veja primeiro.

Respondo com um emoji triste, seguido de um *Desculpa por mais cedo*.

Não esquenta com isso. Você vai estar pronta quando estiver pronta.

Sinto uma onda de alívio. Ele não está bravo. Ainda posso consertar essa situação. Afinal, ainda é sexta-feira. A viagem em família é no domingo, o que ainda deixa o dia e a noite toda de sábado.

Talvez eu possa estar pronta amanhã. Prendo a respiração ao digitar as palavras. *É ousado, mas eu posso ser ousada*, afirmo para mim mesma com determinação. Para começo de conversa, não fui eu quem abordou Leo? Posso assumir o controle do meu destino sexual.

Ele leva alguns segundos angustiantes para responder.

Tenho uma competição de natação amanhã à tarde e um jantar com alguns amigos depois.
Estou prestes a digitar outra coisa, mas Pop grita:
— Chega!
Enfio o celular embaixo da almofada da cadeira. Não é do feitio de Pop gritar.
— Que tal um cachorro-quente? — retoma ele mais calmamente, tentando voltar ao modo pai carinhoso, amoroso, lógico e tudo o mais, mas sua voz sai tensa e estrangulada.
Olho rapidamente pela mesa. Pop está ao lado de Abby, com a mandíbula cerrada. Ele se vira e caminha a passos firmes até a geladeira para pegar no freezer um cachorro-quente de micro-ondas. Abby está roendo um pedaço de pão. Afton está remexendo meticulosamente na sua salada. Ela me encara nos olhos e levanta as sobrancelhas impecavelmente feitas, como se dissesse: *Que noite em família incrível estamos tendo.*
É quando meu telefone toca. Alto.
Pop se vira.
— Nada de celular à mesa! Ada! Você sabe disso!
— Sim, Ada — reforça Abby. — Você sabe disso.
— Eu sei, eu sei. Desculpa.
Seguro o telefone como se fosse uma granada prestes a explodir, apertando os botões para silenciar a coisa, então percebo quem está ligando.
— Espera. É a mamãe.
Tudo fica em silêncio, exceto pelo toque do telefone. Pop diz:
— Bom, então atenda.
É o que faço.
— Mãe?
— Oi, Ada. É a Ruthie, na verdade.
— Ah, oi, Ruthie.
Ruthie é a assistente da mamãe. Ruthie faz para minha mãe todas as coisas que uma pessoa normal faria, assim ela pode se

concentrar nas coisas de médica genial. Ruthie compra suas roupas, presentes de casamento e de aniversário, conforme necessário, além de organizar sua agenda. É Ruthie quem lembra minha mãe quando eu tenho uma exposição de arte ou quando Afton tem um recital de balé, e é Ruthie quem amavelmente manda mamãe ir para casa quando fica claro que ela não sai do hospital há dias. Ou a manda lavar o cabelo. Ou comer alguma coisa, porque médicos que são gênios não se dão ao trabalho de prestar atenção nesses detalhes mundanos.

Ruthie também é quem liga para inventar desculpas sempre que mamãe precisa se livrar de algum compromisso.

— Está tudo bem? — pergunto, devagar.

— Ah, sim. Tudo bem. A dra. Bloom queria que eu avisasse que ela vai chegar tarde em casa. Ela está trabalhando arduamente na apresentação para a conferência no Havaí, e…

— Tarde que horas? — interrompo.

Ruthie parece confusa.

— O quê?

— Até que horas ela vai ficar aí?

— Ah. Até que horas?

Minha mãe devia estar do lado, porque Ruthie aparentemente está perguntando a ela. Há uma pausa enquanto Ruthie ouve a resposta.

— Ela disse para jantar sem ela. Disse que vai tentar chegar a tempo de ler as histórias para Abby na hora de dormir, mas para não esperarem acordadas, por precaução. Tudo bem?

— Ok.

Todos estão me encarando.

— Obrigada, Ruthie.

— Imagina. Boa noite.

Desligo o telefone. Não preciso contar ao restante da família o que Ruthie falou — já é óbvio só de ela ter ligado. Por que mamãe não podia simplesmente ligar ela mesma para nos contar isso? E por que Ruthie ligou para mim, e não para Pop?

— Cadê a mamãe? — pergunta Abby em voz baixa. — Ela vai perder o jantar especial dos nossos antepassados?

— Ela precisa preparar tudo para a viagem do Havaí — diz Pop, perfeitamente calmo outra vez.

Não há nada em seu semblante ou sua voz que sugira que ele ficou chateado, mas algo parece definitivamente errado.

Abby pega o garfo e, distraída, começa a comer o *nyama na irio* sem reclamar.

— Em que parte do Havaí mesmo? — pergunta depois de um tempo.

— O lugar para onde vamos é chamado de Ilha Grande, porque é a maior.

Pop se senta e engole uma garfada de comida. Ele se levanta outra vez e atravessa com o prato até o micro-ondas. Pop gosta que a comida esteja quente a ponto de queimar as papilas gustativas de meros mortais.

— Você vai adorar, querida — acrescenta ele. — Eu prometo.

— E você também vai, né, Pops? — pergunta Abby.

— Vamos todos — respondo por ele.

Todo verão, desde que consigo me lembrar (com exceção daquele em que ninguém no mundo foi a lugar nenhum), nossa mãe nos arrasta para a conferência anual da Sociedade de Cirurgiões Torácicos. O evento é realizado em um local diferente a cada ano, mas sempre com as mesmas pessoas: cirurgiões cardíacos, basicamente, e suas famílias. Normalmente fico animada para a viagem, mas as coisas estão esquentando muito com Leo nos últimos tempos, e parece impossível passar uma semana inteira sem vê-lo. Podemos conversar por mensagem e vídeo, mas não é a mesma coisa. Vamos estar separados por um oceano inteiro.

— Quando vamos? — pergunta Abby.

— Depois de amanhã. Sua mãe vai fazer um grande discurso na frente de muitas pessoas; ela precisa ensaiar o que vai falar. É por isso que está perdendo o jantar.

Pop pega seu prato no micro-ondas e volta para a mesa.

— Mas eu sei que ela queria muito estar aqui — completa ele.

— Ok — diz Abby.

Abby está acostumada com a ausência de mamãe. Todos nós estamos. A "dra. Bloom" está sempre ocupada, mas por um bom motivo. A cada dia que passa longe de nós, minha mãe salva vidas no hospital, o que significa que ela não pertence totalmente a nós. É como se pertencesse ao mundo.

Até a Abby, do alto de seus 5 anos de idade, passou a aceitar isso.

— Ada — diz Pop educadamente —, nada de celular à mesa, por favor.

Ainda estou segurando o celular, e o enfio de novo no bolso.

— Desculpa! Não vai mais acontecer, eu juro.

Ele bufa.

— Você só precisa garantir que não vai viver todos os seus relacionamentos por mensagens de texto, tá bom? Que vai viver no mundo real. Estar fisicamente presente. Tudo bem?

Tento não revirar os olhos.

— Meus relacionamentos são suficientemente reais, valeu, Pop.

Ele nem desconfia. Só que eu nunca, em um milhão de anos, contaria o que está acontecendo.

— Mas você *estava* mandando mensagens pro seu namorado — comenta Afton.

Viro a cabeça para olhá-la atravessado.

— Não que isso seja da sua conta. — Leia-se: cala a boca. — Mas sim.

Pop mastiga por um minuto, pensativo.

— A propósito, como está indo isso? Era lá que você estava hoje, certo? Com o Leo?

— É. Fomos assistir a um filme. Depois... ficamos na casa dele por um tempo.

Afton ergue a sobrancelha direita.

— Ah, antes de você ir para a casa da Lucy?

Droga.

— Isso. Antes de ir para a casa da Lucy, passei na casa do Leo. Por um tempinho. Depois fui para a casa da Lucy.

Percebo aquele tom agudo idiota na minha voz que vem à tona sempre que tento mentir.

— Interessante — comenta Afton, com um sorriso malicioso.

— Há quanto tempo vocês estão namorando? — pergunta Pop, alheio à situação.

— Uns seis meses? — responde Afton por mim.

— Quase cinco — corrijo, fazendo um lembrete mental para assassiná-la mais tarde.

Pop acena com a cabeça.

— Você deve gostar muito desse Leo.

— Seis meses é coisa séria — comenta Afton.

Estou quase preferindo a gritaria anterior sobre a comida ou sobre levarmos mais um bolo da mamãe. Quase.

— Cinco meses — repito. — E sim. É sério, eu acho.

— Mas é um pouco estranho — continua Afton. — Vocês estão juntos há cinco meses, e ele não veio aqui nem uma vez para conhecer a sua família. No caso, vocês até foram ao baile de formatura juntos, mas você foi encontrar ele lá em vez de pedir para ele vir te buscar.

— Ele não tem carro — começo a protestar, mas Afton me interrompe.

— Ada, você tem vergonha da gente? — pergunta ela, com o canto da boca subindo.

— Não! — esbravejo. — Não é isso. É que ele está muito ocupado com a natação o tempo todo, e San José é longe. Leva uma eternidade para chegar.

— Mas você vai até a casa dele — ressalta ela.

— Eu gosto de ir na casa dele.

Lá é silencioso e agradável, com apenas ele e sua mãe brilhante. Quando estou em casa, parece que tenho muito com o que lidar o tempo todo.

— Bom, pois deveria trazê-lo para jantar um dia desses — sugere Pop. — Estamos curiosos para conhecê-lo.

— Isso! — exclama Abby, com os olhos castanhos arregalados de emoção. — Podemos descobrir quem são os ancestrais dele e *cozinhá-los*! Mas não vai beijar ele na minha frente. Aí eu vou vomitar.

Ela simula uma ânsia de vômito.

— Abby, não foi isso que eu... — começa Pop.

— Que tal amanhã à noite? — Afton bate palmas como se fosse a melhor ideia de todos os tempos. — Seria tão legal.

— Amanhã à noite não dá — falo, mantendo o olhar fixo em Afton. — Vou no encontro do time de natação do Leo e depois vamos jantar com alguns amigos dele.

Não sei porque digo isso. A ideia só se solidifica quando as palavras deixam minha boca. Só que é uma ideia boa, percebo, e minha voz sai firme, porque de repente é isto que vou fazer: aparecer de surpresa na competição de natação. Ser a namorada que dá apoio e torce por ele. Acompanhar seus amigos em um jantar — já conheci alguns deles antes, e eles foram, bem, simpáticos. Eles não vão se importar se eu for junto. Tenho certeza de que o Leo também não vai. E depois, podemos voltar para a casa dele e tentar outra vez. Desta vez, com pernas depiladas, roupas íntimas mais sensuais e uma música melhor.

— Parece um programa divertido — diz Pop.

4

— Parece péssimo — diz Afton mais tarde. — Não é de admirar que você tenha travado.

Ela está sentada de pernas cruzadas na cama com meu pé esquerdo no colo, pintando minhas unhas de rosa-escuro. Acabei de contar tudo sobre o Leo, toda a história humilhante, com direito aos detalhes sórdidos: a música, os pôsteres, a roupa íntima esburacada e a infeliz confissão de amor à qual ainda não sei como reagir.

— Travei total — concordo. — Mas já superei. Estou pronta agora. Tenho um plano.

— Tem certeza de que ainda quer fazer isso? — Afton passa para o outro pé. — Quer dizer, você tem todos os motivos para esperar. Não tem necessidade nenhuma de apressar essas coisas.

— Você tinha 16 anos — pontuo.

— Sim, mas foi em uma *garagem*, lembra, com um cara que eu mal conhecia, e a irmã dele fazia balé comigo. E não foi... o sexo, sabe... não foi muito bom.

Afton deixa o frasco de esmalte sobre a mesinha e se recosta na cabeceira da cama, relembrando.

— Mas pelo menos ele estendeu um cobertor no chão ao lado da máquina de lavar. — Ela sorri, parecendo quase triste. — E disse que eu era a garota mais bonita que ele já tinha visto.

Sim, sim, ela é linda, todo mundo sabe disso. Já conheço essa história — Afton me contou logo depois que aconteceu. Também sei que a segunda vez dela foi naquele mesmo ano, com um universitário em uma festa em São Francisco. Ela não contou muito sobre essa vez, mas depois pareceu formar uma opinião negativa sobre universitários em geral, e a gente pegou um ônibus até uma clínica em Blossom Hill para ela tomar uma pílula do dia seguinte. A terceira vez foi com Logan, seu atual namorado. Com Logan, o sexo passou da terceira vez até, tipo, centésima ao longo de um ano de encontros regulares, geralmente na casa ou no banco de trás do carro dele, mas uma vez os dois aparentemente transaram no trailer de Pop, estacionado ao lado de casa.

Em outras palavras: Afton é bem versada quando o assunto é sexo.

De repente ouvimos a porta da garagem abrir. Mamãe deve ter chegado. Dou uma olhada no relógio; já passa das onze. Abby está dormindo há horas. Pop leu suas histórias de ninar e depois foi para o escritório no andar de baixo e fechou a porta. Ele gosta de ler, principalmente histórias em quadrinhos, com um pouco de fantasia de vez em quando. É uma das coisas que ajudou nosso entrosamento desde o início. Ele soube que eu gostava de arte e me emprestou essas histórias em quadrinhos da velha guarda sobre elfos, mas não os elfos bonitinhos do Papai Noel — elfos durões e sexy que montavam lobos e descendiam de alienígenas. Eu adorei.

Escutamos mamãe subir as escadas e passar pelo meu quarto a caminho do quarto dela e de Pop. Depois de um tempo, ouvimos o chuveiro do banheiro principal abrir: ela está tomando banho. Nem se deu ao trabalho de passar na sala para se desculpar com Pop por perder a noite em família, mesmo sabendo que ele ainda está acordado. Pop também deve ter ouvido o portão da garagem, mas não saiu para falar com mamãe.

Sinto um peso no estômago. Eles não estão brigando, pelo que sei, mas não estão exatamente às mil maravilhas. *Por favor, Deus*, penso, embora não saiba se acredito exatamente em Deus. *Por favor, não deixe que eles se separem.*

— E aí, me conta sobre esse seu plano — diz Afton para interromper o silêncio que se abateu sobre nós.

Eu conto tudo. É constrangedor falar sobre sexo com minha irmã mais velha, mas o lado positivo é que, ao final da conversa, meu plano para minha primeira vez está muito mais sólido do que "aparecer na prova de natação do Leo". Tudo bem que isso envolve uma explicação de minha irmã sobre a delicada arte da depilação de virilha, mas ainda assim é melhor do que antes.

— Por que os meninos acham nojento ter pelos lá embaixo? — reclamo, deixando de lado o pânico anterior devido às minhas pernas não depiladas. — Sabe, não quero parecer uma criança, quero? É meio bizarro.

— É uma norma social — declara Afton, dando de ombros. — Como se devêssemos ser Barbies.

— Eu odeio o patriarcado — digo, e solto um suspiro.

— Eu sei. Mas ainda temos que viver nele. Conheci uma garota na escola que pegou um cara numa festa uma vez e, depois disso, os caras do nosso círculo começaram a chamá-la de "Floresta Amazônica".

— Ridículos. Meninos são horríveis.

Afton concorda com a cabeça.

— Eles são.

Ela parece verdadeiramente chateada por um minuto.

— Mas não nossos namorados — acrescento.

Quando ela apenas sorri de forma melancólica, me pergunto se está pensando naquela outra festa, a dos universitários. Ela nunca me contou o que aconteceu nem agiu como se fosse algo importante, mas acho que às vezes aquilo, seja lá o que for, a deixa para baixo. Minha irmã mais velha não é como eu, louca para falar sobre os próprios sentimentos. Na maioria das vezes, Afton guarda o que sente para si. Provavelmente porque não quer que as pessoas descubram que não é perfeita. Só que ela meio que *é* perfeita.

Tento aliviar o clima:

— Bom, essa coisa de se depilar não faz sentido, porque os meninos também parecem ter nojo de vaginas em geral. Estão agindo como se fosse uma ofensa agora. *Você é tipo uma vagina. Sua cara é igual a uma vagina.*

Afton bufa.

— Como se o pênis fosse tão atraente. Sabe aquela fase em que os garotos desenham pênis em tudo?

— Isso é uma fase?

— Você tá certa. Pode não ser uma fase. Eles sempre acham tão engraçado ficar desenhando isso, mas se garotas saíssem por aí desenhando vaginas, todos ficariam horrorizados. Vaginas não são motivo de piada.

Minha vagina definitivamente não é piada. Ela está mais para uma deusa que ocasionalmente exige um sacrifício de sangue.

— Mesmo assim você deveria se depilar — diz Afton.

Depois me obriga a prometer ir comprar roupas íntimas de manhã cedinho e, por fim, encerra sua sessão de conselhos de irmã mais velha falando sobre algum tipo de site sobre sexo que jura ser um divisor de águas e que eu me recuso terminantemente a explorar.

— Algumas coisas deveriam ser naturais — digo, enquanto vasculho meu armário, mostrando várias blusas para Afton, que levanta ou abaixa o polegar para cada uma. — Sem precisar de, sabe, um aplicativo.

Afton faz uma careta ao ver a próxima blusa que mostro.

— Não. Essa definitivamente não.

— Eu gosto dela — protesto.

É uma camiseta roxa com várias canetas e lápis desenhados na frente, junto com as palavras "Crie, pinte, invente".

— É, tipo, minha camiseta favorita — argumento.

— E não é nem um pouco sexy.

Afton enfia a mão no armário por trás de mim e tira outra camisa, uma na cor vinho com decote em V que eu nem lembrava que tinha.

— Essa ficaria incrível em você. Vai realçar as mechinhas ruivas do seu cabelo.

Fecho a porta do armário para me olhar no espelho de corpo inteiro. Nós duas examinamos nosso reflexo por um minuto. Afton é magra demais, Pop sempre diz, o que todos nós sabemos que não é uma coisa que existe de verdade. Não consigo deixar de me concentrar na minha imagem no espelho atrás de minha irmã. Sou terrivelmente alta — tenho um metro e oitenta desde os 13 anos, mais alta que todos os outros alunos da minha classe. Ombros largos. Zero quadril. Pernas como troncos de árvores. Além disso, não sou magra. E não estou acima do peso, de acordo com meus pais, que são profissionais da saúde. Eu simplesmente, por falta de termo melhor, tenho "ossos grandes".

Portanto, Afton puxou nossa linda e enigmática mãe, e eu puxei nosso pai, o homem das cavernas. A vida é tão injusta.

Pego a camiseta cor de vinho das mãos de Afton e a ergo sobre meu peito.

— Que estranho. Eu *tenho mesmo* reflexos vermelhos no cabelo.

Normalmente, penso neles como sendo da cor de palha.

— Viu? Você não é a única com um olhar artístico — diz Afton.

— Acho que não.

— Use com um short jeans. E passe um pouco de rímel. À prova d'água, para o caso de você chorar ou algo assim.

— Por que eu choraria?
— A primeira vez dói.
Ah. É.
— Dói, tipo, quanto?
Afton dá de ombros.
— Não sei se você tolera bem a dor. Em uma escala de um a dez, eu daria um seis. Mas eu sou uma flor delicada, como você sabe.

Tento imaginar uma parte do meu corpo *se rasgando*. Nem sei se é isso que realmente acontece lá embaixo ou qual é o objetivo. Tudo que sei sobre o hímen é que ele recebeu o nome do deus grego do casamento, o que é meio bizarro. Começo a ficar nervosa de novo. Qual *é* a minha tolerância à dor?

— Mas é uma dor normal, certo? Todo mundo faz sexo.
— Nem todo mundo — diz Afton, com leveza.
— Certo. Não os idosos.
Afton abafa uma risada.
— Acho que idosos fazem sexo de vez em quando, Ada.
— Para! Você está estragando tudo.
Em seguida, Afton puxa minha mão e, de repente, parece estranhamente séria em relação à questão toda.
— O que estou dizendo é que você pode esperar, se quiser.
Desvencilho-me do toque dela.
— Por quê? Não acha que sou madura o suficiente?
Isso é algo que discutimos muito, se eu tenho "idade suficiente" para fazer certas coisas que ela faz.
Afton suspira.
— Você não é imatura. Você só tem 16 anos, e...
— Mas você se achava mais madura quando tinha 16.
— Acho que minha primeira vez foi um erro — diz Afton, com cuidado.
Eu a encaro.
— Você acha?

— Qual é, foi ridículo. Foi em uma *garagem*. Não foi romântico, fofo ou especial. E na segunda vez, eu... — Ela torce o nariz como quem está experimentando algo de gosto horrível. — Às vezes, tenho vontade de ter uma boa conversa com minha eu de 16 anos e pedir que ela faça escolhas melhores.

— Mas você ainda faz sexo com o Logan.

Os olhos azuis de Afton se turvam de uma forma que me faz pensar que talvez o sexo com Logan também não seja tão bom.

— Sim.

— Isso é um erro?

— Não, mas é porque eu conheço o Logan, e...

— E eu conheço o Leo. Estamos namorando há seis meses.

— Espera aí, não eram cinco? — pergunta Afton.

— A questão é que essa é uma boa opção.

Dobro a camisa cor de vinho e o short jeans com cuidado e coloco tudo em cima da minha cômoda para o dia seguinte.

— A escolha é *minha* — continuo. — Estou escolhendo fazer sexo. Com meu namorado. De quem eu... realmente gosto. Em uma cama. Não em uma garagem.

— Tá bem, tudo bem.

Afton começa a olhar minhas blusas novamente, apesar de já termos escolhido a que vou usar. Seus movimentos são rápidos e bruscos. Ela está chateada de novo.

— Desculpa — murmuro. — Eu não quis...

— Tudo bem.

Ela dá um sorriso tenso. Leia-se: não está tudo bem, mas ela não quer mais falar sobre o assunto.

— Estou feliz por você — diz, por fim.

Só que não parece muito feliz.

5

Meu melhor encontro com Leo aconteceu há seis semanas. Normalmente, nos nossos "encontros" apenas ficamos na casa dele, mas daquela vez saímos juntos. Santa Cruz tem um calçadão com brinquedos de parque de diversões e uma grande faixa de areia. Passamos as primeiras duas horas jogando minigolfe, imagine só, em um campo de golfe fechado com tema de pirata. Leo se saiu bem, mas eu fui péssima, embora tenha gostado de como ele tentava me consolar toda vez que eu errava uma tacada me dando um beijinho, um abraço, um toque. E eu o culpava, é claro, por me deixar tão distraída.

— Eu só queria que você se sentisse bem com a sua técnica — declarei enquanto almoçávamos pizza mais tarde naquele dia. — Precisei perder para você sentir que estava ganhando.

— Ah, é mesmo?

Seus olhos castanhos com tons de mel estavam iluminados e bem-humorados. Ele estendeu a mão sobre a mesa e pegou minha mão engordurada de pizza. Leo tem mãos grandes, como grandes blocos nas extremidades dos braços. O olho de um artista é treinado para reconhecer formas e, para mim, a mão de Leo é feita de quadrados e retângulos sólidos. Ainda assim, são gentis.

— Mesmo.

— Nesse caso, obrigado — disse ele, levando minha mão até a boca e beijando-a. — Você é meu amuleto da sorte, eu acho.

Só que era eu que me sentia sortuda.

Ele fazia com que eu me sentisse corajosa. Num sentido de, se um cara como Leo gostava de mim, eu devia estar fazendo alguma coisa certa. E aquilo fazia com que eu me sentisse capaz de fazer qualquer coisa. Ser qualquer coisa. Forte. Destemida. Atraente. Legal. Da mesma forma que eu enxergava Afton, só que, em vez dela, era eu. Eu.

Então subi nos brinquedos do calçadão com Leo, embora eu não goste dessas atrações. Fui lançada no ar, gritando, mas de uma forma divertida. Fui sacudida por uma montanha-russa, balançada por outro brinquedo, girada por mais um, e não vomitei nenhuma vez.

Leo jogou em algumas das barraquinhas e, como ele é bom em tudo, ganhou mais vezes do que perdeu. Eu era seu amuleto da sorte.

Mas a melhor parte foi no final: quando caminhamos pela praia, de mãos dadas, que estavam pegajosas por causa do algodão-doce. Não conversamos muito. Tiramos os sapatos, enrolamos a barra da calça e fizemos um conjunto de pegadas na areia, lado a lado. Brincamos por um tempo, como crianças, eu acho, em uma espécie de pega-pega com a água, para a frente e para trás, rindo quando as ondas quase nos alcançavam. Por fim, deixamos que ela nos molhasse e ficamos nos beijando enquanto as ondas escorregavam por nossas pernas. Senti o sal nos lábios de Leo. Vi os reflexos dourados em seus cabelos castanhos. A água cintilava conforme o sol começava a se pôr.

Se eu fosse fazer uma lista de melhores momentos da minha vida, aquele está entre os três primeiros. Leo na praia. É essa imagem que me vem à cabeça deitada na cama agora à noite, pensando no amanhã e no sexo que estou determinada a fazer, não importa o que aconteça agora, para Leo ficar feliz. Eu também vou ficar feliz, é claro — não é só por ele. Ainda não sei se amo o Leo, se o amo de coração, mas talvez eu ame. Relembro o dia que passamos na praia e sinto um quentinho no coração. Um formigamento. Bem. Isso pode ser amor. Talvez eu esteja botando muita pressão na palavra.

O que eu sei é que estou pronta agora. De verdade. Estou pronta.

Porque o Leo é um milagre, digo a mim mesma.

E eu quero acreditar.

6

Sábado à tarde. Estou nervosa quando entro na área da piscina, onde descobri (depois de uma breve pesquisa na internet) que a competição de natação do Leo seria realizada. Porém, é um nervosismo bom. Sinto-me preparada desta vez. Pronta, como eu disse. Até me sinto bonita. Meu cabelo foi controlado e trançado sobre o ombro. Estou usando uma maquiagem leve, a roupa escolhida na noite anterior e um par de sandálias de tiras que mostram as unhas que Afton pintou. Os sapatos também são dela. Não temos o mesmo corpo para compartilhar roupas, mas temos o mesmo tamanho de pé: trinta e sete.

Abro caminho com minhas sandálias até um lugar na arquibancada. De cima, identifico Leo. O redemoinho está coberto por uma touca de natação e os olhos por óculos de proteção, mas ainda o reconheço pela altura e maneira como caminha com o peito para a frente junto à borda da piscina. Está usando uma sunga preta com uma letra *Q* azul vibrante na lateral — *Q* de Quicksilver, nome da sua equipe de natação.

Não tento chamar a atenção dele e não envio nenhuma mensagem avisando que estou aqui. Não quero que ele saiba ainda.

Estou imaginando um momento, enquanto ele estiver nadando, em que vai olhar para cima e me ver aqui, aí eu vou acenar e ficar na torcida, e ele vai sorrir e nadar ainda mais rápido.

Ele é lindo na água, gracioso de uma forma que não é em terra firme. Faço alguns esboços mentais dele nadando, as formas preenchendo minha mente: os arcos duplos dos braços atravessando o líquido cristalino, as pernas atrás, a boca apertada enquanto avança. Quase consigo entender aquela coisa com Michael Phelps. Existe algo fascinante em ver Leo fazer o que faz de melhor.

Só que ele não olha para cima nenhuma vez, completamente concentrado na água e, fora dela, nos colegas de equipe, incentivando-os e gritando nomes.

— Força, Kayla! — grita ele durante uma das corridas femininas. — Você consegue, Kayla! Você tá arrasando, Kayla! Vai!

Eu me pergunto se os nadadores conseguem ouvir o que as pessoas gritam ou se seus ouvidos ficam cheios d'água. Acho que não importa. A questão é que as pessoas estão torcendo por eles.

Fico orgulhosa quando Leo ganha o primeiro lugar em sua categoria, como se minha presença tivesse trazido boa sorte, como naquele dia no calçadão. Estou feliz por ele, claro, mas também porque agora o sexo desta noite pode ser uma celebração de sua vitória. Se ele perdesse, poderia parecer que foi por consolação, o que seria menos divertido. O único problema é que não posso dormir lá. Minha família sai para o Havaí às nove da manhã.

O Havaí está se tornando um grande inconveniente em minha vida.

Espero até a competição terminar por inteiro — com a entrega de medalhas e tudo — antes de me aproximar de Leo. Do lado de fora do vestiário masculino, paro um instante para reaplicar o protetor labial, querendo estar com os lábios macios e suaves quando nos beijarmos. Meu coração está batendo rápido de novo, mas um rápido bom.

"Oi", me imagino dizendo quando ele sai. Ou talvez eu tente inventar algo ousado, como naquele primeiro dia, na galeria da mãe dele, tipo: "Deve ser exaustivo ser tão bom nadando".

Chegou a hora. Ouço sua voz vindo do corredor que liga os vestiários masculino e feminino. Ele está falando com alguém. Ele está rindo. É meu grande momento.

Ajeito a trança e verifico o hálito: mentolado. As sandálias de tiras estão incríveis. As unhas dos pés estão lindas. Não tem como ficar melhor. Meu corpo fica tenso. Começo a dobrar o corredor para revelar minha presença.

— Ei — Leo está dizendo —, minha mãe está viajando até terça.

Algo no modo como ele diz aquilo me faz prender a respiração. É exatamente igual — a mesma cadência na voz, as mesmas palavras, a mesma intenção subentendida nelas.

Minha mãe está viajando até terça.

Só que já estou dobrando o corredor e não consigo parar, então continuo andando e imediatamente vejo meu namorado — meu milagre, meu — se inclinando para beijar outra garota. Ambos estão posicionados em um perfil perfeito: o nariz reto e afiado de Leo, os lábios cheios, o redemoinho. O queixo delicado da garota. Ela é uma das nadadoras, e seus cabelos ainda estão molhados, deixando rastros de água no ombro do moletom.

— Parece promissor — diz ela a Leo depois de se beijarem por um tempo desconfortável. — Então sua casa é toda nossa.

Ela precisa levantar o queixo para sorrir para ele, porque é muito pequena.

— Você pode até dormir lá — sugere ele.

— Espera aí. — Eu encontro minha voz. — Acho que três é demais.

Digo isso sem raciocinar, e muito mais alto do que pretendia. Leo e a garota se viram para mim. Ele arregala os olhos de forma tão dramática, que eu poderia dar risada se achasse que um dia conseguiria rir novamente.

— Ada — constata ele, sem fôlego, embora, pensando bem, estivesse chupando a língua de outra pessoa há um instante.

Acho que ele não teve muito tempo para tomar ar direito.

Eu deveria dizer algo mordaz. O comentário sobre três ser demais foi ótimo, mas agora preciso de algo que acabe com ele de forma brutal. Algo realmente devastador.

— Quis fazer uma surpresa — falo, com a voz rouca. — Você parece... surpreso.

Meu fracasso é gigantesco. Dou meia-volta e cambaleio em direção à saída. As sandálias de tiras podem até ser boas para deixar alguém sexy, mas são péssimas para correr.

Para piorar, Leo está correndo atrás de mim. Correndo ao meu lado, percebo. Falando comigo. Embora eu não esteja realmente registrando o que ele está dizendo.

— Ada, para! — exclama ele, quando chego à porta principal. Leo me puxa para longe da fila de pessoas saindo da área da piscina. — Por favor, espera. Fala comigo.

Eu paro, mesmo que seja só porque ele disse "por favor".

— Não consigo pensar em nada para dizer.

— Sinto muito se isso magoou você.

— *Se?* Você é meu namorado e estava...

Traindo. Essa é a palavra. Leo está me traindo. Fui traída.

— Não, não é nada disso.

Ele balança a cabeça, com os olhos castanhos tristes, como se tudo aquilo fosse um trágico mal-entendido. Sinto um lampejo improvável de esperança, como se talvez não fosse bem aquilo — Leo me traindo. Talvez, de alguma forma, eu esteja interpretando mal as coisas.

— Nunca oficializamos que eu era seu namorado, Ada — argumenta ele. — Não conversamos sobre não sairmos com mais ninguém. Mas estou vendo que talvez a gente devesse ter feito isso.

Eu rio com uma bufada incrédula e nada educada.

— Estamos namorando há seis meses! — exclamo, embora só sejam cinco, na verdade.

— Eu não chamaria de namoro. As pessoas ainda usam essa palavra, aliás?

Meu Deus. Isso é pior do que trair. Isso é Leo dizendo que eu nunca fui importante o suficiente para ele me classificar como namorada. Não consigo acreditar nisso. Todos os momentos que passei com Leo ultimamente sugerem o contrário.

— É porque eu não quis transar com você? — sussurro. — Eu pulei fora ontem à noite, então hoje você resolveu encontrar outra garota que de fato quisesse dar pra você?

O que isto significa, aliás, "dar"? Dar o quê, exatamente?

— Meu Deus, não! — diz Leo, enojado. — É isso que você pensa de mim?

Gesticulo irritada para os vestiários, onde a outra menina continua parada com uma expressão cada vez mais magoada.

— Não — protesta Leo. — Não ligo de você não ter transado comigo. Quer dizer, eu esperava que tivesse, mas não tem problema. Você não estava pronta. E tudo bem por mim.

— Então você simplesmente, sei lá, encontrou uma garota que *estava* pronta?

— Não estou presumindo que ela vai transar comigo. Pensei em ver o que acontecia, improvisar, você sabe.

— Ah, eu sei — digo. — Mas ela…

— Na verdade, acho que você gostaria muito da Kayla — continua ele, a coisa mais sem sentido que disse até agora. — Você viu ela nadar hoje? O físico dela é o melhor de todas as meninas da equipe. E é muito engraçada. Ela…

— Por favor, para de falar sobre a Kayla.
— Ok. — Ele assente. Limpa a garganta. — Só acho que, se você conhecê-la melhor...
— Você disse que me amava — digo, mais uma vez alto demais, e um passante capta as palavras e bate palmas para nós, deixando os dois vermelhos. Cruzo os braços. — Você disse isso *ontem*. Há menos de vinte e quatro horas.
— Eu sei. Eu não quis...
— Então você quis dizer do jeito que alguém diz que ama chocolate.
Ele contrai as sobrancelhas, confuso.
— Eu não gosto de chocolate.
Fecho os olhos por alguns segundos.
— Tudo bem. Talvez da mesma forma que uma pessoa diz que ama um bom X-burger.
Meu estômago se revira ao pensar nisso. O cheiro de cloro da piscina é tão forte que me deixa tonta. Eu me recosto na parede e respiro fundo.
Leo coça a nuca.
— É, acho que foi isso que eu quis dizer. Eu gosto de você, Ada. De verdade, precisa acreditar em mim. Eu estava falando sério quando disse o que eu disse.
— Então eu sou o X-burger nesse cenário. E ela...
Gesticulo novamente para os vestiários.
— Kayla — lembra ele.
— Obrigada. Kayla. Ela é o prato principal de camarão.
— Na verdade, sou alérgico a camarão.
— Tchau, Leo.
Eu me afasto da parede e corro para a porta.
Dessa vez, ele não corre atrás de mim.
Estou na metade do caminho para o estacionamento quando me lembro de mais coisas que gostaria de dizer. Eu falaria que, quando você beija alguém regularmente e você vai a (faço os

cálculos na cabeça) vinte ou, possivelmente, vinte e um encontros com alguém, ao longo de cinco meses, cacete, tudo bem presumir que ele é seu namorado. Também falaria sobre honestidade. E sobre deixar suas intenções bem claras.

Eu me viro e volto para dizer tudo aquilo para ele, para garantir que Leo entendeu que não aceito suas desculpas esfarrapadas. Então o vejo caminhando com a outra — a hilária e talentosa Kayla —, com o braço ao redor da cintura dela, claramente tentando acalmá-la também. E, por algum motivo, eu me escondo atrás de um carro para espioná-los.

— Eu conheci ela em uma das exposições de arte da minha mãe — diz Leo ao passar por mim, agachada atrás de um fusca. — Acho que ela se apaixonou por mim porque era obcecada pelas esculturas da minha mãe, e muitas delas foram baseadas em mim. Ela é legal, mas, pra falar a verdade, não temos muito em comum.

Subtexto: ao contrário de Kayla, que nitidamente tem muito em comum com Leo. Kayla é simpática. Kayla nada bem. É engraçada. Atlética. Inegavelmente atraente.

— Ela parecia chateada — murmura Kayla. — Eu me senti tão mal por ela.

Ah, que ótimo, Kayla também é boa pessoa.

Leo sorri, um sorriso como o de uma criança vendo um gatinho, porque ele chegou à mesma conclusão.

— É muito fofo da sua parte. Você é uma pessoa muito boa, Kayla.

É demais. Eu me levanto.

— Sabe de uma coisa? Vai se foder, Leo! — grito, e todos no estacionamento se viram para nós.

Lanço um olhar mortal para Kayla, seja ela boa pessoa ou não.

— E vai se foder você também!

Eu nunca disse aquilo antes a ninguém: *vai se foder*.

Uma coisa que literalmente remete a sexo.

Algo que não vou fazer tão cedo.

7

Quando chego em casa, uma hora depois, já me acalmei um pouco, mas não muito. Minha primeira parada é a cozinha, onde encontro Afton e Abby à mesa assistindo *Moana* no iPad de Abby, em preparação para a viagem ao Havaí. Pop saiu para algum lugar, graças a Deus, porque os acontecimentos da tarde exigem uma ação drástica. Pego um saco de lixo resistente na despensa e subo as escadas. Alguns minutos depois, desço de volta com o saco a tiracolo, agora cheio. Saio pela porta dos fundos rumo ao quintal.

Quando Afton sai para ver o que está acontecendo, já estou na metade do processo de fazer uma fogueira na grande tigela de ferro fundido que nossa família usa como lareira. Encontrei lenha na garagem e juntei grama seca e ervas daninhas para alimentar as chamas. Quando pega fogo, abro o saco de lixo e tiro uma camisa. É de Leo. É de flanela azul e verde. Confortável. Mesmo segurando-a longe de mim, sinto o cheiro de menino do Leo nela, misturado com sua colônia almiscarada, que eu costumava achar sexy. Eu costumava enterrar o rosto nessa camisa, respirar fundo e pensar nele.

Jogo a camisa no fogo.

Afton se aproxima e coloca a mão em meu ombro — um aviso de que está concordando com o que quer que isso seja.

— Então agora odiamos o Leo?

Encaro as chamas.

— Sim.

— O que aconteceu na competição?

— Apareci de surpresa.

Pego outra camisa do saco. A de cor vinho. Eu a tirei assim que entrei no quarto. Afton instintivamente estica o braço para me impedir de queimá-la, mas chega tarde demais. A roupa vai para o fogo.

— Você apareceu de surpresa e... — começa ela, para me incentivar.

— E ele estava beijando Kayla.

Afton obviamente não sabe quem é Kayla, mas sabe o que é lealdade entre irmãs.

— Bom, então, o Leo que se foda.

Sorrio, soturna.

— Acho que a Kayla está cuidando dessa parte.

Queimo várias outras coisas rapidamente: fotos de Leo e fotos de nós juntos, algumas páginas arrancadas do meu caderno, a calcinha vermelha rendada que comprei hoje, tão nova que ainda não foi lavada, o buquê de rosas secas com o qual fui no baile de formatura há algumas semanas, seguido por meu vestido do baile, que leva um tempo surpreendentemente curto para queimar. Renda, pelo visto, é um material altamente inflamável.

Então, chego ao último item, o cavalo branco de pelúcia que Leo ganhou para mim no calçadão de Santa Cruz. Eu o seguro e olho fixamente naqueles olhos de bola de gude.

Afton dá um passo para mais perto.

— Você não precisa...

Eu jogo o cavalo no fogo. Ele solta fumaça e mais fumaça, sopros pretos e horríveis de cheiro pavoroso, como quando algo de plástico vai parar na bobina de aquecimento da máquina de lavar louça. Então o vento muda e sopra a fumaça diretamente para cima de nós.

— Acho que estamos inalando fumaça tóxica agora — diz Afton, mas eu não me mexo.

O cavalo finalmente pega fogo e queima, as orelhas escurecendo, primeiro uma e depois a outra. Em seguida, a coisa toda meio que derrete e vira algo lamacento.

A fumaça me faz tossir. Sei que estou sendo melodramática, mas não consigo me livrar da vontade de destruir tudo em minha vida que tenha tocado Leo. Essas coisas estão manchadas agora. Precisam sumir.

— O cavalo tinha nome? — pergunta Afton, pesarosa.

— Bucky.

— Descanse em paz, Bucky, o cavalo — diz Afton.

A porta de tela bate. É Abby, que vem segurando um saco de marshmallows.

— Podemos assar alguns?

— Por que não? — digo.

Colocamos mais lenha na fogueira até ela estar soprando uma fumaça limpa novamente, pegamos chocolate e biscoitos e nos sentamos em volta da fogueira, assando marshmallows nos palitos de metal que usamos para acampar. Abby logo fica entediada e volta para dentro de casa. Afton e eu permanecemos ali e observamos o fogo passar por todos os estágios, primeiro quente e feroz e um pouco fora de controle, depois estável e morno, depois brasas incandescentes. Eu me aproximo da lareira como se estivesse com frio, embora esteja fazendo vinte e quatro graus. Passo os braços ao redor do meu torso e fico olhando para o brilho cintilante.

— Você vai sobreviver? — pergunta Afton depois de um tempo.

Mamãe costumava perguntar aquilo quando éramos pequenas e caíamos de nossas bicicletas ou esfolávamos os joelhos.

Eu zombo.

— Não vou morrer por um garoto, muito obrigada.

— Isso é muito sensato da sua parte.

Mexo nas brasas com um atiçador.

— Esse tempo todo, ele estava ficando com outras garotas.

Parece uma piada, uma reviravolta ruim em um filme, tão previsível, tão clichê que parece mentira.

— Ele é um bundão — declara Afton.

— Ele é — concordo plenamente.

— Então, no fim das contas, foi bom.

Eu me viro para encarar minha irmã.

— O quê? O que teve de bom nisso?

— Você não dormiu com ele. Merece que sua primeira vez seja melhor do que a minha primeira vez. Essas coisas deveriam ser especiais.

Ela está certa, eu sei disso, mas o comentário também tem um tom de "eu avisei".

— *Foi* especial — esbravejo. — Achei que ele me amava.

Afton arqueia uma sobrancelha para mim.

— Sim, e ontem você estava assustada com isso porque não sentia o mesmo. Mas hoje está irritada porque ele claramente não te ama. A questão é que as coisas não estavam certas entre vocês.

Meu rosto arde. Leo não me ama. Ele nunca amou. Claro, é verdade que também não o amo, mas essa distinção não parece importante no momento. Penso no relato dele para Kayla sobre como nos conhecemos. Isso é tudo o que eu era para ele. Uma das admiradoras da arte de sua mãe. Um elogio ambulante. Uma fã.

Afton percebe minha expressão e recua.

— Mas entendo que dói. É a essência da coisa, ou o que quer que seja. Eu sei.

— Como você saberia?

Afton nunca levou um fora na vida. Ela nunca foi traída. O namorado visivelmente a adora e não tem dificuldades com a definição da palavra *namorado*. Esse tipo de coisa nunca aconteceria com Afton.

— Eu sei porque... — Ela mesma se interrompe, porque vê que estou certa. — Acredite em mim, teria sido um erro dormir com Leo. Você teria se arrependido. Portanto, deveria ficar contente agora.

— Estou muitas coisas no momento, mas contente não é uma delas.

Estou é cansada de Afton me dizer como devo me sentir. Uma parte do meu cérebro entende que minha irmã está apenas tentando ajudar, mas outra quer dar um soco naquele narizinho perfeito e arrebitado. Especialmente porque Leo não está aqui para levar um soco no nariz.

— Você não pode me pedir para ficar feliz com isso, tá?
— Eu entendo, mas na minha experiência...

Levanto a mão.

— Essa não é sua experiência. Essa é a *minha* experiência.
— Tá, mas eu...
— Eu não sou você, Afton! — interrompo de forma explosiva antes que ela comece o sermão de irmã mais velha sobre como mudar minha perspectiva. — Eu não sou...

Perfeita é a palavra que não digo, a palavra que fica presa na minha garganta por saber que Afton não vai gostar de ouvir isso. Pessoas perfeitas odeiam que as chamem de perfeitas. Porque ser perfeito não é perfeito. Uma pessoa perfeita precisa ter a quantidade certa de defeitos.

— O quê? — Os olhos de Afton ficam gélidos. — Uma vadia? Era isso que você ia dizer?

— Não! — retruco de imediato, chocada. Aprendi a nunca dizer *"vadia"*. A palavra parece perigosa até dentro da minha cabeça. — Não. Eu não ia dizer isso.

— Pois parece que é o que você ia dizer.
— Eu não ia.

— Isso não é justo.

Agora as bochechas de Afton estão cobertas por uma mancha rosa quase neon. Ela se levanta e começa a andar de um lado para o outro.

— Não é que eu seja promíscua, Ada. Sim, eu transei com três homens em dois anos. E, sim, os dois primeiros foram grandes erros, você nem imagina o quanto, mas é por isso que fico tentando falar pra você que não está pronta para...

— Você não tem o direito de me dizer quando estou pronta e para o quê — interrompo. — Não sou como você.

Afton se vira para me encarar.

— Como você não é como eu? Pode explicar?

Eu bufo. Ela só pode estar de palhaçada.

— Bom, além das diferenças óbvias, tudo sempre dá certo pra você. Pra mim, não. Tenho que pensar bem nas coisas antes. Eu *pensei* bem sobre isso. E hoje, com o Leo, seria a única parte da minha vida que eu faria certo. Não seria o mesmo que ficar com um estranho em uma garagem ou com um desconhecido aleatório em uma festa porque bebi muito vinho barato.

Afton me encara em silêncio por um minuto.

— Bom, lamento que seu plano de ser melhor do que eu não tenha funcionado como você queria.

Ela dispara em direção à casa, pisando duro.

— Não foi isso que eu quis dizer — digo, tarde demais para ela ouvir.

Eu estremeço.

O fogo se apagou.

Durante todo o dia, fico repassando aquela primeira conversa, de quando Leo e eu nos conhecemos, um milhão de vezes na cabeça. Como eu o reconheci. Como fui até ele e perguntei se era estranho ser a musa da mãe. Como eu disse que também era artista, e como ele pareceu genuinamente interessado. Porque é claro que pareceu. Leo, acima de tudo, sabe como lidar com artistas.

Depois de conversarmos por um tempo, ele perguntou:

— Então, você conhece minha mãe?

Eu o encarei sem saber como responder àquela pergunta, pois parecia tão óbvia. É claro que eu a conhecia. Era por isso que eu estava lá.

— Sim, sou uma grande fã — respondi, por fim.

Eu realmente disse que era uma *fã*. Foi a palavra que usei. Deus.

— Não, no caso, você conhece ela na vida real?

— Ah. Não — admiti, o rosto queimando. — Eu só tenho uma enorme admiração por ela.

— Então deveria conhecer.

— Não precisa — protestei, mas ele já tinha pegado minha mão e estava me levando até a mãe num canto, ao lado de uma mulher com um vestido de linho branco bebendo uma taça de vinho tinto.

Por um momento, a sensação dos enormes dedos de Leo entrelaçados nos meus me distraiu do pânico. Ele me puxou até Diana Robinson como se não fosse nada demais. O que eu acho que não era, ao menos para ele.

— Aí está você, Leo — disse Diana, como se ele não tivesse ficado prostrado em uma cadeira diretamente na linha de visão dela durante toda a noite. — E esta, quem é?

Todos os olhares se voltaram para mim com expectativa. Àquela altura, nem Leo sabia meu nome ainda. Eu tinha me esquecido de contar.

— Ada — falei com dificuldade. — Ada Bloom.

— Ela é uma artista — disse Leo.

Diana sorriu, um sorriso verdadeiro, tão quente quanto a mão de Leo que eu ainda estava inexplicavelmente segurando.

— Ada Bloom é nome de artista.

— Obrigada.

Com a mão livre, prendi uma mecha do meu cabelo frisado cor de palha atrás da orelha. Olhar para Diana era como olhar para uma obra de arte. Ela estava usando um vestidinho preto com um colar de miçangas que brilhava sob as luzes da galeria; o cabelo ondulado se movia ao redor do rosto de uma forma que me lembrava a moda das melindrosas dos anos 1920; os lábios bem delineados e pintados de um vermelho vivo, da mesma cor dos saltos. Desejei ter vestido algo mais bonito. Eu estava usando calça jeans e minha camiseta roxa de arte, coberta por um cardigã cinza um tanto surrado que minha avó tricotara anos atrás.

E Diana Robinson estava olhando para mim.

— Sou uma... grande fã — sussurrei. — Quer dizer, amo seu trabalho. Toda vez que olho para uma das suas esculturas, vejo um detalhe que nunca notei antes.

— Ah é? Como o quê? — perguntou Diana, mas não como se estivesse me desafiando, e sim como se realmente quisesse saber.

Eu me virei e apontei para a estátua mais próxima: Leo pequeno lendo Proust.

— Como o cadarço do tênis no pé esquerdo. Ele está prestes a desamarrar. Muitas pessoas simplesmente fazem com que os cadarços dos tênis estejam do jeito que se espera que estejam, bem amarrados, ou talvez desamarrados, já que ele é uma criança pequena. Mas o fato de que está prestes a se soltar é brilhante.

Eu estava falando demais. É um problema.

A mulher de vestido branco emitiu um barulho no fundo da garganta.

— Você tem um olhar aguçado. Faz esculturas?

— Eu desenho — expliquei. — Retratos, principalmente.

— Bom, eu adoraria ver seu trabalho algum dia — disse a mulher.

As pessoas dizem isso o tempo todo quando descobrem que você é artista: *adoraria ver seu trabalho*. Isso sempre me parece um pouco presunçoso. Compartilhar seu trabalho é como mostrar às pessoas um pedaço de você. Uma peça íntima. Porém, com aquela mulher, o pedido era diferente.

— Eu... — balbuciei. — Por quê?

Diana Robinson deu uma risadinha.

— Ela é a dona da galeria.

— Ah. — Meus olhos se arregalaram. — Ah. Bom, não tenho nada que eu possa... Não sou uma artista profissional nem nada do tipo. Eu não...

— Mas obviamente vai ser — observou a mulher. — Pegue meu cartão.

Fiquei com medo de ela derramar vinho tinto no vestido branco enquanto mexia na bolsa, mas isso não aconteceu, ela só me entregou um cartão simples e pesado, onde estava impresso em letras prateadas o nome Eileen Watts, Galeria Watts, com número de telefone e endereço de e-mail.

Mais tarde, colei o cartão na parede do meu quarto. Sempre olho para ele e penso: *um dia.*

— O que mais? — perguntou Leo, depois que a conversa com Diana e Eileen mudou para outros assuntos e eu meio que me afastei.

— Mais?

O canto da boca dele se levantou.

— Que outros detalhes você notou?

Mordi meu lábio.

— Vamos ver. Você tem uma pintinha na lateral do pescoço. Não é nada grande, peludo ou nojento, apenas um pequeno ponto na metade do lado esquerdo.

Ele virou a cabeça e puxou a gola do capuz para revelar o sinal, exatamente onde eu disse que estaria.

— Seu segundo dedo do pé é um pouco mais longo que o dedão — continuei.

Ele abriu um sorriso largo. Também sorri, mas estava envergonhada. Aqui estava eu descrevendo partes do corpo de Leo como se soubesse o que existia por baixo de suas roupas.

— Prometo que não sou uma stalker. Só presto atenção no trabalho da sua mãe.

— O que mais?

Eu ri. Foi a primeira vez que usei aquela risada, a risada nervosa, a que não parece minha. Mencionei o redemoinho.

— Quer ir lá em casa um dia desses? — convidou Leo.

— Claro — guinchei.

Deus. Eu era tão patética. Eu era tão ingênua. Eu estava tão enganada.

9

Eu me consolo imaginando um cenário em que Leo aparece no gramado da minha casa e grita pedidos de desculpas para a minha janela, como em uma comédia romântica. Ele também grita que cometeu um erro terrível e que, se eu o perdoar, vai fazer por merecer e que Kayla não significa nada para ele. Então, eu me imagino abrindo a janela e gritando de volta: "Você também não significa nada para mim! Cai fora, otário!", e bato a janela com força. Nada de beijos e amassos. Não preciso de um final feliz, apenas de algum tipo de vingança mesquinha.

Porém, infelizmente, Leo não aparece.

— O que aconteceu com você? — pergunta Pop. — Está mais quieta que o normal.

— Eu sou uma pessoa quieta.

Não é inteiramente verdade. Só fico quieta perto de pessoas que não conheço. Com Pop, geralmente falo bastante.

— Estou bem — completo.

Pop e Abby estão no meu quarto, me ajudando a fazer as malas para o Havaí. Pensando bem, Abby não está exatamente ajudando. Ela fica pulando em cima da cama e sugerindo que eu leve coisas estranhas, como meu enorme cavalete de madeira que não cabe na mala, ou o boá de penas brancas pendurado em um dos postes da cama, lembrança de uma festa de aniversário de anos antes.

— Pra você não sentir saudades de casa — justifica Abby, jogando o boá no meu pescoço.

— Só vamos ficar lá por uma semana — reforço.

— Quantos dias tem uma semana? — indaga Abby.

— Sete. Mas vamos ficar nove dias fora, contando os dias de viagem.

Abby conta nos dedos.

— Nove dias é muita coisa — conclui.

Sim, é. Graças a Deus. É exatamente o que eu preciso: nove dias com um oceano inteiro me separando de Leo.

— Não vou ficar com saudades de casa, Abby. Pode confiar.

— Que pena que você queimou o Bucky — acrescenta ela, com pesar. — Podia levar ele. Era tão bonitinho.

— Bucky? — Pop parece confuso.

— Ada ficou brava com o cavalo dela — explica Abby. — Não acho que foi culpa dele, mas ela queimou ele mesmo assim, na fogueira, porque Leo é um bundão.

Pop abre a boca, mas nenhuma palavra sai. Ele se vira para mim, com as sobrancelhas erguidas.

Eu me encolho e levanto as mãos, me rendendo.

— Não quero falar sobre isso.

Felizmente, Afton entra no quarto — sem bater, é claro —, e todo mundo se vira para ela. Porque Afton não está vestindo nada além de um biquíni vermelho berrante.

— Por que está só de calcinha? — pergunta Abby.

Uma pergunta legítima.

— Ah, não, isso é pequeno demais para ser uma calcinha — digo. — Na verdade, não sei bem o que é isso. Mas não acho que seja roupa.

— O que tem? É coisa de *vadia* pra você? — desafia Afton, com ar de arrogância.

— Epa, epa, epa! — exclama Pop. — Você sabe que não usamos essa palavra.

— Ah, vê se cresce — murmuro para Afton.

— Eu sou crescida. Ao contrário de você, que é muito imatura, não é verdade?

— Vocês estão brigando? — pergunta Abby.

— Meu Deus, isso está machucando meus olhos — diz Pop, desviando a cabeça como se o biquíni de Afton tivesse se tornado o sol, intenso demais para olhar diretamente.

— Você não está com frio? — pergunta Abby.

— Estou. — Afton esfrega as mãos nos braços, onde sua pele está, de fato, arrepiada. — Mas não vai fazer frio no Havaí.

Se ela está tentando provar algum tipo de argumento, não sei qual é.

— Você não vai usar isso no Havaí, mocinha — diz Pop. — Sua mãe vai ter um ataque cardíaco.

Afton lança um olhar frio e avaliador para ele.

— Pela lei, sou uma mulher adulta, então sinto muito. Posso usar o que quiser, quando quiser. E quando foi que você e a mamãe se tornaram tão puritanos?

Pop parece ainda mais chocado do que quando sua filha de 5 anos pronunciou alegremente a palavra *bundão*. Afton nunca falara daquele jeito com ele antes. Pop encara, absolutamente perplexo.

Afton finge não perceber. Ela se vira para mim, segurando um cabide com outra opção, um maiô branco com um decote que vai quase até o umbigo.

— Qual deles?

— O que você tá fazendo? Não precisa descontar nada no Pop.

— Ah, qual é. — Afton se vira para o espelho da porta do meu armário. — Estou sentindo que é o vermelho. É menos *precavido*, sabe? Menos chato.

Ah, então Afton está me chamando de chata. Pego meu roupão e o atiro sem cerimônia em cima de minha irmã.

— Sai do meu quarto. Ninguém aqui quer ver isso.

Afton bufa, mas se retira para o próprio quarto, batendo a porta.

— Muito bem, o que exatamente está acontecendo aqui? — pergunta Pop.

— Afton e Ada estão brigando! — exclama Abby, com entusiasmo.

— Não é bem assim. Afton está só fazendo drama. Vamos ficar bem.

— Aconteceu alguma coisa com o Leo? — pergunta Pop, parecendo preocupado.

Penso em contar a ele, mas decido que é melhor não. Sempre achei que poderia conversar com Pop sobre qualquer coisa, mas, aparentemente, não é o caso. Só de pensar na cara dele se eu confessasse tudo… seria demais para nós dois. Então engulo o nó na garganta.

— Sério, Pop, não quero falar sobre isso. Vamos só fazer as malas, tá?

Posso ver em seus olhos que ele está decidindo se vai insistir ou não, se vai tentar me fazer contar ou deixar para lá. No final, acaba cedendo.

— Tudo bem. Mas estou aqui se precisar de mim, Ada. Ficarei feliz em conceder minha sabedoria sobre relacionamentos. Peça, e será atendida.

— Talvez uma outra hora — digo, com leveza.

Pop finalmente desiste e volta a organizar minha bagagem. Ele gosta de enrolar as roupas em rolinhos bem apertados, o que, de alguma forma, permite colocar mais roupas na mala de mão do que seria humanamente possível. Minha mãe não gosta de ficar esperando pela bagagem na esteira e sempre faz todo mundo da família viajar só com a mala de mão.

— Espera aí — diz Pop depois de um minuto. — Não vai levar nenhum maiô?

Balanço a cabeça.

— Não tenho nenhum.

— Ada! — exclama ele, como se eu o estivesse ofendendo pessoalmente com minha terrível falta de roupa de banho. — Nós moramos na Califórnia.

— Eu sei disso.

— Você pode ir à praia sempre que quiser.

Dou de ombros. A praia me faz pensar em Santa Cruz. O que me faz pensar no Leo.

— Nós temos uma *piscina* — diz Pop.

— Eu sei. Nadei nela umas duas vezes quando nos mudamos para cá.

Isso aconteceu na época em que Abby nasceu. Não gosto de nadar. Especialmente agora. Deus. Nunca mais quero ver uma piscina. Porque isso, é claro, agora também me faz pensar no Leo.

Ainda bem que estou fugindo para o Havaí, um lugar composto inteiramente de piscinas e praias.

Pop dá uma risada.

— Como é possível não ter um único maiô?

— Eu até tinha um.

Era preto, se me lembro bem, com uma faixa diagonal branca no peito. Eu me acostumei com ele e nunca consegui comprar um novo. Naquela vez em que nadei na piscina do Leo, foi de calcinha e sutiã, o que me pareceu ousado e sexy na época. Engulo em seco.

— Eu podia arranjar um... talvez, em algum lugar... antes de amanhã de manhã. Hum. Parece meio improvável.

Pop aparentemente decidiu que não é essencial.

— Não se preocupe. Se tem uma coisa que dá para comprar no Havaí, é biquíni. — Ele suspira saudoso. — Eu adoro o Havaí. Sua mãe e eu passamos a lua de mel em Kauai.

— Eu sei. Fiquei brava porque vocês não levaram a gente.

— Passamos momentos maravilhosos lá. Teve uma manhã que acordamos cedo, quando o sol estava nascendo, e fomos andar de stand up. A água era tão tranquila. Foi uma experiência quase espiritual.

Isso parece incrível. Também parece ser exatamente o que eu preciso.

— Você vai ter que me ensinar — digo.

Seu olhar distante se volta para mim.

— Ensinar você?

— A andar de stand up.

Ele fecha a boca.

— Ah. Sobre isso — diz ele, baixinho. — Eu não vou desta vez.

— Não vai andar de stand up?

— Eu não vou. Para o Havaí. Teve uma alteração de última hora na programação.

Fico olhando para Pop, sem fôlego.

— O quê? Mas você sempre vai na conferência.

— Desta vez, não posso. Precisam de mim no trabalho.

Abby para de pular na cama e se joga na colcha.

— Espera aí, por que você não pode ir, Pops?

Ele acaricia o cabelo dela. Depois de pensar um pouco, diz:

— Bem, você sabe que eu sou enfermeiro.

Não apenas enfermeiro, na verdade, mas o melhor enfermeiro do pronto-socorro do El Camino Mountain View, mas vamos ser modestos quanto a isso.

— E junho é a época em que as pessoas começam a fazer as coisas mais perigosas, como trilhas, acampamentos e escaladas, e acabam precisando de atendimento de emergência com mais frequência que o normal. E o que seria dessas pessoas se Pops estivesse de férias quando precisassem de ajuda?

— A mesma coisa que fazem quando precisam de uma cirurgia nas férias da mamãe — diz Afton, de volta à porta.

Desta vez, graças a Deus, ela está vestindo uma camiseta de pijama e samba-canção. Afton completa:

— São atendidas por outra pessoa e ficam bem.

— E você sempre vai na conferência — repito. — Além disso, você trabalha tanto. Seria bom botar o pé na areia e recarregar as energias.

— Como assim, recarregar? Tipo celular? — pergunta Abby, de forma adorável, porque ainda não consegue pronunciar todos os R direito.

— Recarregar as energias do corpo — explica Pop.

Ele esfrega os olhos como se estivesse cansado só de pensar no trabalho, o que prova meu ponto, mas já decidiu que é não, mesmo sabendo que tenho razão.

— Sinto muito, meninas. Estamos com a equipe reduzida este ano. Não tenho como ir.

Afton e eu trocamos olhares tensos, o atrito entre nós momentaneamente suspenso enquanto avaliamos aquela nova informação. Não acredito nem por um segundo nessa desculpa esfarrapada sobre o trabalho. Só pode ter a ver com a mamãe. Talvez eles até tenham brigado entre a noite passada e hoje, alguma discussão passou batida pela gente. Talvez estejam se separando.

— O que a mamãe acha de você não ir? — pergunta Afton, claramente chegando à mesma conclusão que eu.

— Ela entende. Claro que entende — responde Pop, um pouco triste.

Isso não é bom. Nadinha bom.

— Mas, Pop... — começo.

— Você provavelmente nem quer ir à conferência — teoriza Afton.

— Bobagem. Por que eu não gostaria de ir?

Posso pensar em um motivo: porque foi no Havaí que ele e a mamãe viveram um amor intenso e lindo, e agora não dividem mais esse tipo de amor.

— Porque você odeia ter que passar uma semana inteira com um bando de cirurgiões preconceituosos e metidos, que acham enfermeiros idiotas, e os enfermeiros homens ainda piores — diz Afton.

O rosto de Pop fica ligeiramente enrubescido.

— Não. Não é isso...

— Então, por quê? — interrompe Afton, incisiva.

— Eu já disse. Preciso trabalhar.

— Mas esse ano é o Havaí. Você adora o Havaí.

Odeio a carência em meu tom de voz, mas não consigo evitar. Pop é minha pessoa favorita. Sei que não deveria ser uma espécie de competição entre quem eu mais gosto na minha família, mas, para falar a verdade, não existe competição. É o Pop. Nem mamãe, nem Afton, nem mesmo Abby.

Pop é minha rocha.

— Sim, eu amo o Havaí. — Ele suspira, concordando comigo, mas não por completo. — Vocês vão se divertir muito lá.

10

— Ei, desculpa pelo que eu disse ontem — arrisco dizer no domingo de manhã.

O avião está prestes a decolar do Aeroporto Internacional de São Francisco. Afton e eu fomos acomodadas juntas — assentos 17 A e B, respectivamente —, e, embora eu ainda esteja levemente irritada com minha irmã mais velha, por motivos que não consigo articular, não acho que conseguiria suportar um voo inteiro de seis horas ativamente brigada com ela. Sendo assim, estou levantando a bandeira branca. Sendo a pessoa mais madura. Escolhendo ser legal.

Afton pega um espelho de bolsa e reaplica o batom.

— Por qual parte?

— Quê?

— Por qual parte do que você disse, exatamente, está pedindo desculpas?

Ela estala os lábios para fixar o batom e fecha o espelho com um clique.

— Er… todas?

— Hum. Ok.

Afton começa a enviar mensagens de texto para alguém. Provavelmente Logan.

Porque Afton, que sorte a dela, ainda tem um namorado.

— Você não devia usar celular agora. Ele interfere no radar do avião ou algo assim.

Afton suspira e guarda o celular de volta na bolsa, mas não o desliga nem o coloca no modo avião. O avião começa a ganhar velocidade. Tento controlar minha respiração enquanto decola. Eu nunca gostei de voar. Não gosto de ficar em espaços apertados e fechados onde, se alguma coisa der terrivelmente errado, vou ficar presa sem ter como escapar. Só consigo superar isso me lembrando de que é uma situação temporária.

Só que esse é um voo de seis horas.

— Teve notícias do Leo?

Afton olha pela janelinha enquanto o solo vai ficando cada vez mais distante. Ela pegou o assento na janela. Sempre fica com o assento da janela, e eu sempre fico com o do corredor. Isso parece uma metáfora para alguma coisa.

Solto o ar pela boca devagar antes de responder.

— Não. E não quero ouvir falar dele nunca mais.

— Ótimo — diz Afton.

E, simples assim, estamos nos falando de novo. Eu dou um suspiro de alívio.

— O que me mata é que ele sempre dizia as coisas certas, todas aquelas besteiras progressistas, liberais e feministas sobre me respeitar e gostar de mim exatamente do jeito que eu sou, mas por baixo disso ele era só o perfeito clichê de um filho da mãe.

Também aprendi a não usar o termo *filho da mãe*, que só é considerado um insulto porque está associado a uma mulher. Da mesma forma que *mulherzinha* é uma ofensa. Porém, a palavra *bundão* não é suficiente quando se trata de Leo.

— Então você tinha razão. Que bom.

— É — diz Afton, distraída.

— Essa viagem é exatamente do que eu preciso — digo, quase alegre agora. — Mesmo que Pop não tenha vindo com a gente.

Ainda não falamos sobre Pop não viajar conosco e o que isso pode significar. Porque não estávamos nos falando.

— E mesmo que seja para mais uma conferência idiota — acrescento.

— Com licença — Ouço a voz da mamãe do assento à nossa frente, nos fazendo dar um pulo. — Essa conferência vai ser incrível. — Ela simula uma voz mais aguda para nos representar: — Obrigada, mamãe, por nos levar para mais essa maravilhosa aventura.

— Obrigada, mamãe — cantarolamos, juntas, Afton e eu.

— Assim é melhor.

Obviamente, mamãe considera a conferência algo muito empolgante. Para o restante de nós, o evento consiste, em grande parte, em esperar que ela fique disponível depois das reuniões e de todos os encontros sociais que ela espera ter, pontuado por alguns passeios para turistas que eles reservam com antecedência para as famílias. Como quando fizemos um passeio de barco pelo pântano na conferência de Nova Orleans. Ou a visita ao Vaticano, em Roma. E ao Cristo Redentor, no Brasil. No entanto, a comida costuma ser boa e sempre nos hospedamos nos melhores hotéis. Desta vez, será em um Hilton com cerca de vinte piscinas e uma lagoa própria, além de uma infinidade de lojinhas e restaurantes. Dei uma olhada na internet antes e parece ser um verdadeiro paraíso, com palmeiras balançando e água azul cintilante.

Quero brincar com aquarelas. E quero andar de stand up; ter aquela "experiência espiritual" de que Pop falou. E quero tentar esquecer que Leo existiu.

— Talvez você encontre algum carinha bonito com quem transar — sugere Afton. — Dizem que sexo por vingança é incrível.

Olho para a fileira da frente tentando ver se mamãe continua ouvindo a conversa, mas ela já recolocou seus fones de ouvido com cancelamento de ruído. Está trabalhando — eternamente trabalhando — debruçada sobre o notebook com a apresentação da conferência aberta na tela. É estranho como ela consegue fazer isto: entrar em uma pequena parte de uma conversa para provar que está participando, imagino, e em seguida desaparecer no próprio mundinho novamente. Ao lado dela, Abby também está de fones de ouvido, assistindo a um filme em seu tablet com as legendas ligadas. Quando perguntei o motivo, ela disse que estava aprendendo a ler sozinha.

— Não quero transar por vingança — sussurro para Afton, rígida.

Afton enrola uma longa mecha de cabelo no dedo e a solta.

— Ué? Mas você disse que estava pronta. Talvez no Havaí encontre um cara para passar o tempo. Nunca se sabe.

Estou prestes a discutir que sim, de fato, eu sei, mas é quando percebo que Afton não está falando sério. Ela está perfeitamente ciente de que não estou mais pensando em sexo. Só está tentando me atormentar, porque acha que ainda estamos brigando. Porque ainda está brava.

Por que ela ainda está brava?

— Olha, eu já pedi desculpas — digo, exasperada.

— E eu disse que tudo bem.

— Tudo bem significa que você me perdoa?

Afton me olha com frieza.

— Significa que tudo bem você ter pedido desculpas.

Ah. Não é a mesma coisa.

— Senhoras e senhores, o capitão desligou o aviso dos cintos de segurança — diz uma voz do alto-falante no teto. — Sintam-se à vontade para circular pela cabine.

Afton abre o cinto, tira a jaqueta e reclina a cadeira ao máximo. Em seguida, enrola a jaqueta em um travesseiro improvisado, coloca uma máscara para os olhos e se enrosca contra a parede revestida de plástico cinza. Pelo jeito, a conversa terminou.

Eu a cutuco.

— Você devia estar com o cinto de segurança.

Ela levanta a máscara.

— O aviso foi desligado.

— Sim, mas é para continuar com ele enquanto estiver sentada. Em caso de turbulência.

Afton me encara por bastante tempo. Então diz, ainda com a cara totalmente séria, e desta vez sei que ela está falando sério:

— Ah, Ada. Para de ser tão chata, porra.

Prendo a respiração com tanta força que posso ouvir o ar sendo sugado para dentro dos pulmões. O que está acontecendo com a gente? Nunca fomos o tipo de irmãs que tentam machucar uma à outra. Às vezes, discutimos, enchemos o saco, claro, quando necessário, mas sempre parecia que estávamos no mesmo time. Irmãs. Melhores amigas.

— Tudo bem, então — murmuro, piscando depressa porque meus olhos começaram a arder.

Vaca, penso, mas sei que dizer isso vai desencadear um confronto real, e eu não ia sair ganhando.

Afton coloca a máscara de volta no lugar e parece dormir.

Fico olhando para seu rosto tranquilo. Não é justo. Eu não disse que ela era uma vadia ontem. Talvez ela tenha pensado que eu estava insinuando isso, mas não era nada disso que eu ia falar. E meu coração tinha acabado de ser partido — mais ou menos. Eu estava chateada.

O dispositivo de ar no teto começa a emitir um som de assobio, e eu o levanto e o giro até parar. Naquele exato momento, o avião sobe e desce repentinamente, como se estivesse surfando em uma onda. Uma vez, e depois duas. Na hora, tomo consciência de tudo ao meu redor: o bebê chorando algumas fileiras atrás. O barulho de uma bandeja. O cheiro de café queimado vindo do fundo.

O avião mergulha outra vez. Meu estômago vai até a boca.

— Senhoras e senhores — diz o capitão pelo alto-falante. — Parece que estamos enfrentando um pouco de turbulência. Logo passaremos por essa região e seguiremos para céus mais tranquilos, mas, enquanto isso, sentem-se e apertem os cintos de segurança.

Afton se remexe e murmura algo ininteligível.

Eu me agarro ao braço da poltrona. A luz do cinto de segurança se acende, acompanhada de um "plim" animado.

Turbulência à frente.

11

Felizmente, quando chegamos ao Havaí, Afton e eu já estamos mais bem-humoradas. É difícil ficar de mau humor no Havaí. É um lugar lindo demais para ficar de cara fechada.

— Este hotel é incrível! — exclamo, enquanto arrastamos nossas malas pela porta da suíte.

O quarto tem todas as comodidades essenciais: TV de tela grande, frigobar, bar normal. Decoração tropical, mas de bom gosto. Edredons brancos e macios nas camas queen, lençóis de algodão egípcio e muitos fios. Bancadas de granito no banheiro espaçoso. Um closet. Uma cafeteira Keurig. Uma escrivaninha grande de mogno. É, definitivamente, um dos melhores quartos em que já nos hospedamos, e olha que já nos hospedamos em hotéis grandiosos.

Só que o mais *in-crí-vel* é a vista.

Uma das paredes é uma janela inteira — bem, uma porta de vidro deslizante que se abre para a varanda e uma grande janela. As palmeiras emolduram a cena, com silhuetas escuras contra o céu claro. A água brilha em azul e prata à distância contra o verde intenso do gramado do hotel.

Imediatamente vou para a varanda. Nosso quarto fica no sexto andar e, bem abaixo, tem uma longa extensão de grama bem cuidada e um riacho sinuoso (parte de um campo de golfe?). Depois, um caminho pavimentado que leva à praia e a uma leve colina com dois bancos e uma grande estátua de Buda que brilha branca sob o sol da tarde.

Começo a me coçar para pegar o conjunto novo de aquarelas que trouxe comigo.

— Devíamos ir esfregar a barriga dele — diz Afton, se aproximando de mim.

Ela joga a cabeça para trás e respira profundamente, absorvendo o ar perfumado pelo mar.

Acho que tudo vai ficar bem agora, penso. A viagem vai ser exatamente o que nós duas precisamos. Vou me distanciar um pouco de Leo, pegar sol, pintar várias paisagens, relaxar, comer, beber e me divertir, e a humilhação de ontem desaparecerá como se nunca tivesse acontecido. Afton vai me perdoar pela ofensa que eu nem sequer disse, e voltaremos ao normal.

— Não vejo nenhum carinha bonito com quem eu queira fazer sexo — digo, com um suspiro exagerado.

A testa perfeita de Afton se enruga no meio. Prendo a respiração, esperando para ver se ela vai interpretar meu comentário como o que é para ser: uma tentativa de oferta de paz.

— Bom, acabamos de chegar — diz ela depois de um minuto. — Ainda tem tempo.

É claro que ela não está falando sério. Definitivamente não é minha intenção. Mas agimos como se fosse.

Satisfeita por estar progredindo com minha irmã, volto para dentro. A porta que liga nosso quarto ao da mamãe foi aberta, e Abby está pulando entre a cama de Afton e a minha.

— Isso... é... tão... legal — diz Abby, ofegante.

— Você tem razão, abelhinha — respondo, assentindo. — É muito legal.

— O jantar é em uma hora — avisa mamãe do outro cômodo. — Precisamos nos arrumar e ir logo para lá.

Vou até a porta do quarto dela e a observo desfazer as malas. Ela passou o dia inteiro em aeroportos sujos, aviões turbulentos e um táxi que não era lá essas coisas, mas consegue parecer completamente arrumada, com a metade superior do cabelo loiro presa em uma presilha de tartaruga, o suéter e a calça cáqui ainda intactos e sem nenhum amassado. Pendura com cuidado uma fileira de blusas caras e de bom gosto no armário, dois pares de calças pretas engomadas, um vestidinho preto de festa e um vestido preto formal para a noite de premiação no final da semana. O guarda-roupa de minha mãe é quase inteiro preto — preto combina com tudo e ela não precisa pensar muito.

— Temos que jantar com o grupo todo? — protesta Afton atrás de mim. — É pra gente estar em uma viagem de férias.

— Sempre jantamos todos juntos na primeira noite.

Mamãe volta para a mala e pega um roupão de seda que nunca vi. É branco com uma estampa de flor de cerejeira em vermelho e preto.

— Que lindo — observo.

— O que é lindo?

Afton chega mais perto e inspeciona o roupão. Ela acaricia o tecido de uma das mangas.

— Hummmm, que macio.

— Obrigada — diz mamãe, rígida, pendurando o roupão com seus vestidos e camisas. Ela nunca foi boa em receber elogios, nem mesmo sobre roupas. — Ruthie o encontrou na Nordstrom's semana passada.

— Podíamos pedir serviço de quarto — sugere Afton.

Nem sei porque ela está tentando escapar do jantar. É como se não conhecesse nossa mãe.

— Não — veta mamãe categoricamente.

Viu?

— Você podia dizer que não estou me sentindo bem — insiste Afton.

— Sempre jantamos todos juntos na primeira noite — repete mamãe.

— Vai ter sorvete? — pergunta Abby.

— Aposto que vai ter abacaxi — digo. A fruta favorita de Abby é abacaxi. — E talvez eles tenham, sei lá, alguns *carinhas bonitos* para avaliarmos no jantar — digo para Afton.

— Carinhas bonitos? — Mamãe faz uma cara feia para nós. — Mas vocês duas não têm namorados?

Parei de tentar manter minha mãe atualizada sobre os acontecimentos da minha vida há muito tempo. Desta vez, também não esclareço a situação. Não estou a fim de ouvir um discurso sobre como decepções são uma parte natural da vida, ou sobre como sou uma mulher forte e capaz e não preciso de outra pessoa — muito menos de um namorado — para ser eu mesma. Mamãe é ótima nesse tipo de discurso, e tudo isso soa maravilhoso e encorajador se você sentir que realmente é estas coisas: forte, capaz, independente. Caso contrário, você se sente ainda mais destinada ao fracasso.

O canto da boca de Afton sobe e forma um sorriso.

— Ok, tudo bem, já que talvez tenha garotos bonitos... — diz, como se eu estivesse fazendo um favor. — Eu vou me vestir.

O Hilton Waikoloa Village é tão grande que eles têm um bonde para os hóspedes irem de um lado para o outro, e também um barquinho no qual é possível se locomover. Nossa família está hospedada na Torre Oceano, na parte mais distante. Pegamos o bonde para o local do jantar — que chamam de "grande escadaria", um espaço ao ar livre na base de algumas impressionantes escadas de mármore. O salão é como uma treliça de jardim gigante projetada lagoa adentro, com uma cachoeira caindo em cascata ao fundo e uma música suave e indistinguível de um ukulelê pairando pelo ar. O sol está se pondo quando chegamos, um brilho alaranjado contra o distante oceano índigo.

Tiro uma foto rápida no meu celular para recriar mais tarde em aquarela.

— Carambola — sussurra Abby, sua nova expressão para substituir palavrões. Ela olha maravilhada para a fileira de mesas do bufê ao lado. — Olha! Tem abacaxi *e* sorvete.

— Olá! Que bom ver vocês! — Mamãe começa a chamar seus colegas antes mesmo de descermos metade da escadaria. — Como estão?

Eu me preparo para o constrangimento. Cresci vendo essas pessoas todos os anos — os mesmos rostos, as mesmas vozes, os mesmos beijos e abraços. Em sua maioria, o grupo é composto por casais mais velhos que comparecem à conferência desde sempre, e seus filhos já crescidos. Aos 46 anos, mamãe é uma das integrantes mais jovens da Sociedade de Cirurgiões Torácicos. Isso significa que Afton e eu fomos alvos de comentários babões e tivemos nossas bochechas beliscadas muitas vezes nas últimas — faço umas contas rápidas — onze conferências da sociedade. O jeito é sorrir e aceitar o sofrimento.

— Ah, meu Deus! — exclama uma senhora enquanto mamãe nos conduz pelo espaço. — São suas filhas?

— E quem mais poderíamos ser? — murmura Afton baixinho.

Nossa mãe lança um olhar de advertência para ela. Afton e eu caminhamos, empurrando Abby para a nossa frente como se ela fosse um sacrifício humano.

— Olá — dizemos juntas. — Que bom ver você!

A próxima meia hora é basicamente esse processo repetido *ad nauseam*, até que todos se separam em círculos menores — aqueles colegas com quem convivem todos os anos. O círculo íntimo de mamãe é formado pelas seguintes pessoas:

Jerry Jacobi, supostamente um médico brilhante, mas que sempre bebe demais nesses eventos e começa a falar muito alto. Nessa hora, a esposa dele, Penny, começa a rir de nervoso e se desculpar pelo marido, e a filha do casal, Kate (uma mulher divorciada de 30 e poucos anos), começa a revirar os olhos como se desejasse estar muito, muito longe dos pais constrangedores.

Max Ahmed, chefe de cirurgia de algum lugar da Costa Leste, acompanhado da esposa, Amala, e da neta de 11 anos, Siri, que não para de falar sobre seu canal no YouTube.

Marjorie Pearson, uma senhora solteira e durona de 89 anos que foi uma das primeiras mulheres negras a estudar cirurgia cardíaca em Princeton. Eu meio que quero ser como ela, tirando a parte de operar pessoas. Ela se aposentou há alguns anos e, por isso, não participa tanto da parte da conferência, mas comparece para se reunir com velhos amigos e participar de todos os passeios.

Por fim, Billy Wong, a esposa dele, Jenny, e seus filhos: Peter, de 9 anos, e Josie, de 6. Conhecemos bem Billy e sua família, já que nós os encontramos durante o ano todo. Mamãe e ele fizeram residência na UC Davis na mesma época. Ela o chama de seu "marido do trabalho" e, tecnicamente, passa mais tempo com Billy do que com Pop. Ou com a gente.

Gosto do Billy. Ele é animado, engraçado e simpático. Ele é um dos bons, segundo mamãe.

Passamos cerca de meia hora conversando e nos atualizando sobre o círculo de amigos da mamãe. Todos expressam surpresa e decepção pela ausência de Pop. Mamãe explica o motivo de Pop não ter vindo de forma tão tranquila e com um pesar tão real na voz, que me sinto imediatamente melhor sobre a situação. Mamãe não é mentirosa e também não é ótima atriz.

Talvez as coisas em casa estejam bem.

Talvez seja só paranoia minha e de Afton.

Finalmente, o dr. Asaju (o cirurgião responsável pela conferência) chama nossa atenção e pede para que todos se sentem.

— Gostaria de dar as boas-vindas aos membros da sociedade em nossa trigésima sexta conferência anual — começa ele. — Espero que esta semana seja informativa, relaxante e, acima de tudo, inspiradora. Espero vê-los bem cedo amanhã no centro de conferências que fica aqui atrás do salão. Peguem seus crachás, suas programações e suas sacolas assim que chegarem. Vamos ter lanches e café disponíveis em todas as salas para a sessão da manhã. O almoço será servido em um dos salões de baile, mas terão que jantar por conta própria até a noite de premiação no final da semana.

Afton suspira, e sou obrigada a concordar. A noite de premiação é a pior do mundo. Precisamos usar trajes formais e assistir a uma dúzia de prêmios sobre assuntos que não entendemos em nada sendo concedidos. É sempre a parte mais cansativa da viagem.

O dr. Asaju junta as mãos em um gesto de oração.

— Agora vou parar de falar, pois sei que viajaram muito hoje e querem descansar. Aproveitem a conferência. Vamos comer!

— Viva! — exclama Abby, aplaudindo.

Ela leu minha mente. Não comi nada desde que saímos do avião.

Vamos direto para o bufê. Há tanta comida que não sei nem por onde começar: três tipos de saladas diferentes, massas, arroz e batatas. Carne. Frango. Peixe. Carne de porco no estilo havaiano. Montanhas de pães e cestas gigantes de salada de frutas. Além de uma estação de sobremesas repleta de tortas, bolos de abacaxi, um tipo havaiano de manjar de coco, biscoitos, brownies e frozen yogurt.

— Parece até que nenhum desses médicos ouviu falar em ataque cardíaco antes — diz Afton enquanto avançamos pela fila.

— Né?

Secretamente, no entanto, estamos em êxtase. Mamãe e Pop sempre foram pais lamentavelmente relapsos quando se trata de sobremesa.

Enchemos o prato e comemos como se estivéssemos passando fome, depois voltamos para buscar diversas sobremesas e ficamos conversando de barriga cheia demais.

— Ei, cadê o Michael? — pergunta Afton do nada.

Eu quase tinha me esquecido de Michael — o filho mais velho de Billy e Jenny. Ele está na faculdade e, assim como Afton é uma cópia da mamãe, Michael é uma cópia fiel do Billy — alto e magro, com o mesmo cabelo escuro e sorriso sincero do pai. Ele é um crush de Afton há anos, mas um crush platônico, é claro, já que é muito mais velho.

Billy sorri, pesaroso.

— Acho que o Michael não vai conseguir vir este ano. Reservei uma passagem, mas ele acabou de se formar e está ocupado com um estágio de férias.

Ele olha em volta da mesa com uma expressão que diz: *Essa garotada de hoje, né?*

— Sempre achei ele um jovem brilhante. Qual o próximo passo? — pergunta Marjorie.

O rosto de Billy se ilumina com um sorriso orgulhoso.

— Faculdade de Medicina.

A mesa inteira praticamente se extasia com a notícia, totalmente previsível.

— Seguindo os passos do paizão, hein? — diz Max.

— Não completamente. — Foi mamãe quem discordou, balançando seu garfo com um pedaço de cheesecake cravado nele. — Michael quer ser clínico geral.

— Ah, nossa.

Aquele obviamente não parece ser o caminho profissional correto para Michael.

Todos debatem possibilidades melhores por um tempo: se não for cirurgia, porque evidentemente nem todo mundo nasceu para operar, então alguma especialização: oncologia, podologia, prótese dentária. Não presto atenção até que o assunto muda repentinamente para o fato de Afton também ter acabado de se formar, só que no ensino médio.

— Com notas máximas — acrescenta mamãe. — A melhor da classe.

— Parabéns — diz Max. — Qual faculdade tem em mente?

Afton, que estava mandando mensagens de texto debaixo da mesa, levanta a cabeça. Provavelmente estava falando com Logan de novo.

— Fui aceita em Stanford — responde ela, tímida.

Temos sorte nesse sentido. Já que minha mãe ensina e pratica medicina no Stanford Hospital, entrar em Stanford é quase garantido.

— Ah, então sua mãe vai poder ficar de olho em você — observa Marjorie.

Tento não sorrir com a ideia de mamãe ficar de olho em Afton em qualquer momento que seja.

— Você também quer fazer Medicina? — pergunta Marjorie.

Afton franze a testa, ainda enviando mensagens de texto.

— Não, estou pensando em fazer Direito.

— E quanto a você? — Marjorie volta sua atenção para mim.

— Ah…

Odeio essa pergunta. Gosto de muitas coisas, e é muita pressão tentar escolher apenas uma.

— Eu quero ser uma artista? — digo, por fim. — No caso, eu *sou* uma artista. Trabalho com carvão, principalmente, mas também faço esculturas e aquarelas e um pouco de pintura a óleo e… Enfim, acho que quero estudar arte, obviamente, e talvez história, que eu também amo muito, e aí isso talvez se transforme em algum tipo de emprego acadêmico. Mas também adoro ler, então talvez eu possa fazer Letras? Também estou pensando em começar a escrever histórias em quadrinhos.

— Ela só tem 16 anos — interrompe minha mãe. — Ainda tem alguns anos para escolher uma profissão respeitável.

Com isso, ela quer dizer um emprego que possa me render um salário decente. Tipo, sem ser arte ou qualquer coisa criativa ou fantasiosa que eu realmente goste de fazer.

— Eu quero ser diplomata — interrompe Abby, fazendo toda a mesa se derreter com sua precocidade e, felizmente, tirar os holofotes de cima de mim.

Eu me aproximo da cadeira de Afton, que guarda o celular com um suspiro, parecendo entediada.

— Está vendo algum cara bonito? — pergunto baixinho enquanto a conversa na mesa volta a ser medicina.

Ela apoia o queixo na mão.

— Não. Que pena que o Michael não está aqui.

Eu não concordo. A última coisa de que preciso é de Afton sugerindo que eu transe com um universitário muito mais velho que, por acaso, é filho do colega mais próximo da minha mãe. Não que isso fosse possível. Michael Wong é muita areia para o meu caminhãozinho.

Só que acho que o Leo também era. Talvez esse tenha sido o problema o tempo todo.

— Pensei que você não aprovasse ninguém da faculdade — lembro.

Ela passa a mão pela longa cascata de cabelos claros e os ajeita sobre o ombro, com uma expressão neutra.

— Ele acabou de se formar, então não está mais na faculdade. E você já deu uma boa olhada na bunda do Michael Wong?

— Não, não posso dizer que olhei.

Parece errado reduzir uma pessoa à aparência de seu traseiro.

— É perfeita. Que pena pra você, Ada. Michael seria o substituto perfeito.

— Até parece.

Ela definitivamente continua me provocando, mas estou determinada a seguir em frente.

— Péssimo isso de ele não ter vindo este ano — digo, fingindo tristeza. — Poderia ser justo o que eu precisava.

Examinamos as outras mesas. Simplesmente não existem candidatos da nossa idade.

Dou um suspiro.

— Isso é patético. Deveria ter pelo menos um cara gostoso na equipe de garçons, mas nem isso.

— Coitadinha de você, Ada — repete Afton, dando um tapinha em meu ombro.

Então, ela vê um rosto familiar a algumas mesas de distância.

— Ah, espera. Olha lá o Nick Kelly. Mas ele não tem, tipo, 12 anos?

— Ele é da minha idade. Um pouco mais novo — corrijo. — Sempre faz aniversário na conferência, lembra? O aniversário de 16 anos dele é essa semana.

Ela abre um sorrisinho.

— Lembra quando o Nick se perdeu no Rio?

— Lembro.

Eu tinha 10 anos e o desaparecimento de Nick no meio de uma cidade enorme em um país onde nenhum de nós falava o idioma, com os adultos todos desesperados, foi um drama bem-vindo nas nossas vidas na época.

— Cadê ele? — pergunto, olhando em volta.

— A duas mesas daqui — diz Afton, olhando para ele por cima do meu ombro.

Então, ela parece chegar a algum tipo de decisão.

— Não — conclui ela. — Ele não é pra transar.

— Ei, isso não é legal — protesto, embora não esteja surpresa com o veredito.

Aos 13 anos, Nick tinha um cheiro estranho e era tão magro que eu achava que ele estava passando fome. "Um feijãozinho" foi como Marjorie Pearson rotulou, dizendo que era "melhor ficar de olho nesse garoto". Só que Nick não é tão horrível assim.

— Quando foi que você virou uma menina malvada? — pergunto a Afton.

Na verdade, ela parece um pouco envergonhada agora que chamei sua atenção.

— Você está certa. Acho que não devemos julgar o livro pela capa.

Dou uma espiada em Nick Kelly. Ele está olhando para o celular embaixo da mesa, provavelmente jogando algum jogo, em vez de enviando mensagens de texto. Nick e eu temos a mesma idade, mas, ironicamente, não o conheço tão bem quanto conheço Jerry, Marjorie ou qualquer outro do grupo de adultos. Eu me considero uma pessoa tímida, introvertida, mas Nick é pior — ou talvez não seja tão tímido, mas muito na dele para se dar ao trabalho de ir conhecer outras pessoas. Não importa para qual lugar do mundo viajamos — Paris, Nova Orleans ou Xangai —, Nick fica a maior parte do tempo no quarto do hotel jogando videogame.

A aparência dele não deixa mentir. Se procurar a palavra *gamer* no dicionário, vai ver a descrição aproximada de Nicholas Kelly. A pele é pálida, como se nunca tivesse sido tocada pelos raios do sol. Ele cresceu um pouco desde os dias em que era um feijãozinho, mas ainda é magro demais — e magro demais consegue ser um problema para meninos. *Desnutrido* é a palavra que eu usaria. O pomo de Adão é tão saliente que parece estar tentando atravessar a pele do pescoço. Deveríamos estar bem-vestidos para o jantar, mas ele está usando bermuda cáqui e uma camiseta velha e desbotada com alguma referência a *Fortnite*. Os cabelos castanho-avermelhados não foram penteados, e estão tão compridos que quase cobrem os olhos. Os ombros têm uma curvatura estranha.

Afton tem razão. Não consigo me imaginar transando com Nick.

Por apenas dois segundos, vejo um vislumbre do Leo na tela de cinema lá no fundo do meu cérebro. O rosto vermelho pairando sobre o meu. *Eu amo você*, sussurra ele.

Vai se foder, sussurro de volta. Antes das últimas vinte e quatro horas, nunca gostei muito de falar palavrão. Pelo menos, não em voz alta, mas agora parece que essa palavra não sai da minha cabeça.

— Pelo visto vai ter que passar essas férias praticando o celibato — diz Afton, soando empática.

— Sim, estou muito decepcionada.

Tento tirar Leo da cabeça. É difícil parar de pensar em alguém quando você não fez nada além de pensar nessa pessoa por muito tempo.

— Ouvi dizer que sexo por vingança é fantástico. Espera. *Você* já fez sexo por vingança?

— Bom, não — admite Afton. — Ainda não.

— Então, como é que você sabe disso?

— Do que vocês estão falando? — pergunta Abby.

— É, o que vocês duas estão tramando aí? — pergunta mamãe, com a boca apertada.

Deve ter me ouvido dizer uma ou duas palavras inadequadas. Ela reprova, é claro, mas não gosta de ser nossa mãe em público — mamãe gosta da ideia de que suas filhas se comportam bem sem precisarem de ameaças ou subornos. Acho que se orgulha de sermos tão independentes. Mesmo que ela tenha tido muito pouco a ver com isso.

— Nada — diz Afton rapidamente.

— Exato, não é nada — reitero.

12

Naquela noite, sonho que Leo me leva a um lugar que não conheço. O lugar tem piso de concreto, prateleiras com equipamentos esportivos e caixas de papelão. Uma bicicleta encostada na parede.

Não faz sentido, mas é um sonho, então não questiono.

— Aqui — diz o Leo do sonho, abrindo os braços para estender um cobertor vermelho no chão ao lado de uma máquina de lavar.

É uma garagem, percebo quando ele se reclina no cobertor e eu me deito a seu lado.

A mão dele acaricia minha bochecha e prende uma mecha de cabelo atrás da minha orelha.

— Você é a garota mais bonita que já vi.

Passo a mão brevemente pela panturrilha para verificar. Desta vez, minhas pernas estão mais lisas que bumbum de nenê. Acho que desta vez vai dar certo.

Porém, as coisas se desenrolam exatamente como antes. Beijos. Toques. Os dedos dele no botão do meu short. Minha respiração presa no peito. Eu me sentando na cama.

Parando tudo.

— Espera — digo, arfante, e é tão frustrante me sentir assim que tenho vontade de chorar. — Afton tem razão. Não posso fazer isso. Não estou pronta.

E lá está a expressão no rosto dele: a mesma que desenhei antes. As pálpebras fechadas. O cenho franzido. E então se transforma em uma cara feia.

— Ah, Ada. Para de ser tão chata, porra.

Acordo quando ainda está escuro, o tipo de preto aveludado que faz eu me sentir engolida por inteiro. Por alguns segundos, não tenho ideia de onde estou, mas escuto o oceano, o barulho das ondas. Então, meus olhos se ajustam. Lembro que estou no Havaí. É uma noite clara, o céu é de um azul profundo lá fora, pontuado pelas silhuetas em ébano das palmeiras.

Viro o rosto esperando ver Afton na cama ao lado, mas ela não está lá. Depois do jantar, saiu sozinha e ainda não tinha voltado quando mamãe colocou Abby para dormir e fechou a porta entre nossos quartos. Pego o celular e verifico a hora: pouco antes de uma da manhã.

Abro as mensagens de texto e vejo a última conversa dela comigo, todas anteriores à nossa briga. A maioria de nossas trocas é boba: uma sequência de emojis ou comentários engraçados para mostrar como somos brilhantes e sarcásticas. Não consigo me livrar da sensação de que tudo está dando errado. Leo. Mamãe e Pop. Afton, que parece bem em um minuto e irritada no seguinte, e que agora desapareceu do quarto. Ela já é bem crescida, eu digo a mim mesma, enquanto meu dedo paira sobre a tela do celular, tentada a perguntar como ela está. Afton é forte e destemida. Ela sempre foi assim. Sabe se virar sozinha.

Além disso, aquele "deixa de ser chata, porra" ainda dói.

Sendo assim, me convenço de que não sou a guardiã da minha irmã, viro na cama e tento voltar a dormir.

Na manhã seguinte, mamãe entra em nosso quarto previsivelmente cedo, acompanhada de Abby, ainda de olhos remelentos, atrás.

— Tenho que ir agora — diz rapidamente.

Eu me viro para procurar Afton. Ela está lá, na cama ao lado, e tudo o que se vê é um longo rastro de cabelo loiro-claro saindo do edredom.

— Você fica responsável pela pestinha — declara mamãe.

Seria de se esperar que Afton, por ser mais velha, fosse a cuidadora de nossa irmã mais nova. Só que Afton deixou claro desde o dia em que mamãe e Pop chegaram com Abby do hospital que não estava nem um pouco interessada em cuidar de crianças, enquanto eu estava superanimada para segurar a nova bebê, alimentá-la e ajudar a trocar as fraldas. Aqueles papéis acabaram se cimentando.

— Ok — murmuro, sonolenta, porque mamãe está claramente falando comigo.

— Não fiquem pedindo serviço de quarto — avisa ela.

Mamãe gosta que o serviço de quarto contenha apenas despesas de trabalho, o que é um saco. Para impedir isso, ela deixa uma nota de cem dólares na minha mesa de cabeceira; a mesada padrão para cobrir minhas despesas e as de Abby durante o dia. Em seguida, sai pela porta do quarto, deixando a do outro aberta para podermos acessar a bagagem de Abby.

Abby escala até minha cama e se enrola ao meu lado, tão quente que logo fico com calor, mas não a perturbo. Ela fica quieta por alguns minutos, aconchegada, mas depois decide que quer ver desenhos animados. Depois resolve que está com fome. Ela pula de um lado para o outro fazendo tanto barulho que não tenho outra opção a não ser levantar. Até tira Afton da cama. Por fim, nós três nos vestimos e vamos até o café ao ar livre no térreo, onde Afton e eu exploramos os prazeres do café Kona, alimentamos com migalhas a multidão de passarinhos que entra e sai da área do pátio e observamos os hóspedes do hotel correndo para pegar o bondinho.

Durante toda a refeição, me obrigo a não perguntar onde Afton estava, porque é realmente um mistério para mim o que ela poderia estar fazendo por aí até tão tarde, mas perguntar me colocaria de volta na categoria de "tão chata, porra". Portanto, não pergunto. E ela não toca no assunto.

— O que vamos fazer hoje? — pergunto, em vez disso, enquanto vasculho minha bolsa até encontrar o folheto detalhando as atividades do hotel.

Eu o coloco sobre a mesa para Abby olhar. Estou pensando em algo calmo e que seja alguma atividade física, alguma forma de me mexer depois do dia anterior que passamos só sentadas ou comendo. De preferência, algo que não envolva caminhar em praias ou nadar em piscinas.

Tipo stand up paddle. Essa atividade se recusa a sair da minha cabeça. Stand up. Será nesse momento que vou me sentir melhor de verdade em relação a tudo.

— Eu quero *isso*.

Abby aperta o dedinho sobre o folheto e depois o levanta de volta para me mostrar a que está se referindo: a foto de uma jovem havaiana dançando *hula* diante de um grupo de senhoras mais velhas.

Meu primeiro erro, percebi na hora, foi perguntar a uma criança de cinco anos o que ela gostaria de fazer.

— Parece divertido, mas que tal isso aqui?

Aponto para uma foto da lagoa com uma família em um barco para quatro pessoas, outro casal em um caiaque e uma garota em pé em uma prancha à distância.

— Talvez a gente veja até uma tartaruga marinha. Não seria legal?

— Não. Eu quero dançar.

Eu suspiro, incapaz de pensar em algo menos divertido do que ficar diante de um grupo de mulheres me observando enquanto tento rebolar meus quadris inexistentes.

— Bom, isso é uma aula, não é? — Tento redirecionar. — Talvez a gente precise se inscrever com antecedência.

Afton, que mais uma vez ficou enviando mensagens de texto durante todo o café da manhã, de repente pega o folheto e o examina.

— Tem uma aula de *hula* às dez horas. Conveniente. Diz aqui que hóspedes não precisam se inscrever. E a estadia dá direito a uma aula grátis por dia.

— Vamos dançar! — exclama Abby.

Dou um sorriso apertado para minha irmã mais velha.

— Valeu, Afton. Você é muito prestativa. — Eu me viro para a caçula. — Não sei, não, garota. Talvez possamos deixar a aula de *hula* para outro dia...

Amanhã vamos fazer uma excursão de um dia para o outro lado da ilha, mas depois teremos tempo livre.

— Quero dançar *agora* — insiste Abby, já com a pontada de um choro com o qual estou muito familiarizada nascendo na voz. — Por favor?

— Tá bem — suspiro. — Mas...

— Eu posso levar — diz Afton, com leveza.

Eu a encaro.

Afton guarda o celular no bolso, o que significa que está falando sério.

— Eu não me importaria de mexer um pouco os quadris.

— Sério? Você quer levar a Abby para a aula de *hula*?

— Eu quero dançar — repete Abby.

Afton dá de ombros.

— Não é como se eu tivesse algo melhor pra fazer.

— Hum, tá — digo pausadamente. — Se tem certeza...

— Você não é a única pessoa que pode cuidar dela, sabe.

— Sei, é? — pergunto, sarcástica.

Tudo bem que Afton fica de babá às vezes, mas, quando fica, é sempre como um favor para mim, mamãe ou Pop. Por outro lado, quando cuido da Abby, eu cuido porque é minha responsabilidade implícita.

— Eu cuido de *você* — rebate Afton, e isso é quase sempre verdade.

Enquanto eu sempre cuidei de Abby, Afton sempre cuidou de mim. Até recentemente, pelo menos.

— Senti sua falta ontem à noite — murmuro, perguntando, sem tecnicamente perguntar, onde ela estava.

O rosto dela não revela nada.

— Eu estava andando por aí. Pensando.

— Pensando no quê?

— Ah, você sabe. Umas coisas. — Ela se levanta. — É melhor irmos logo. O bondinho está quase saindo. Te vejo mais tarde.

Ela joga o copo e a tigela de açaí vazia no lixo mais próximo, puxa Abby pela mão e as duas correm uns quinze metros até o ponto do bonde. Aceno quando entram, mas não estão me olhando. O bonde solta uma buzina avisando que está prestes a sair e, em seguida, se afasta.

Sem mais nem menos, fico sozinha.

Por alguns minutos, continuo ali, segurando meu café morno, sem saber o que fazer. A realidade do que acabou de acontecer é pouco a pouco absorvida. Estou comprovadamente sozinha. Afton me deu um presente e, para fazer uma oferta tão generosa ao tirar Abby de minha guarda, deve ter superado o drama. Essa é a melhor coisa que poderia acontecer.

Eu me pego sorrindo. Não que eu não ame minha irmãzinha, mas é muito raro ter tempo para mim. E ainda estou com aquela nota de cem dólares no bolso, lisinha e promissora. Posso fazer o que eu quiser. Posso voltar para o quarto e dormir mais um pouco, embora de repente não me sinta nem um pouco cansada. Posso explorar o resort sem ter que ficar cuidando de ninguém.

Releio o folheto e mando uma mensagem para mamãe (que, ironicamente, gosta de ser informada sobre o que estamos fazendo durante o dia), avisando que Abby e Afton foram a uma aula de *hula* e que eu vou tentar andar de stand up.

Passe protetor, responde ela.

Já estou me imaginando na lagoa, sem Abby, sentada na prancha à minha frente, fazendo suas observações de criança e eternamente prestes a nos derrubar, constantemente precisando de alguma coisa, como uma bebida ou que eu ajeite o colete salva-vidas dela ou encontre os óculos escuros que estavam em seu rosto dois segundos atrás. Estou sozinha. Que coisa abençoada e incrível. A água batendo na prancha. O sol em meus ombros. A brisa em meus cabelos.

De repente, percebo que, no magnífico cenário de stand up que estou criando na cabeça, sem dúvida estou usando um maiô, mas ainda não tenho um.

Vou precisar ir às compras.

Minha euforia por estar livre de todas as minhas responsabilidades desaparece tão depressa quanto surgiu. Não gosto de fazer compras, e odeio ainda mais comprar roupa de banho. Se existem círculos no inferno, tenho certeza de que um deles é composto inteiramente por uma fileira interminável de provadores e espelhos de três lados.

De repente, dançar *hula* não me parece mais um programa tão ruim.

— Sabe onde posso comprar uma roupa de banho? — pergunto à funcionária do café.

Ela assente.

— Tem uma lojinha em cada um dos cinco prédios. A loja desse está bem ali, está vendo? E tem várias lojas diferentes na Torre Lagoa.

Agradeço e disparo para a loja mais próxima, onde a oferta de trajes de banho femininos consiste em uma única prateleira de biquínis, o que decididamente não funciona. Minha barriga nua não é da conta de mais ninguém além de mim. Minha mente se volta para Leo, o quarto dele, Michael Phelps me julgando lá de cima, mas logo me concentro no assunto em questão. Foco. Compras. Nenhum desses é do meu tamanho. Vou até a Torre Palácio, o edifício ao lado, mas acontece a mesma coisa por lá.

A caminhada até o Romã é mais demorada. Eu poderia pegar o bonde, mas me parece preguiçoso fazer isso para transitar entre os edifícios de um hotel e, caminhando, é menos provável que eu encontre alguém da conferência que me conheça e que me prenda em uma conversa fiada.

No Romã, tem outra loja pequena no saguão da frente, e ela tem maiôs, embora só nos tamanhos pequeno e médio.

Isso é discriminação, penso, irritada. Estou desperdiçando todo esse lindo tempo que tenho só para mim em uma busca que está começando a parecer impossível. E se eu não conseguir encontrar um maiô? Pop disse que seria fácil, mas e se for fácil só para homens como ele? E se ninguém nesta ilha jamais tiver concebido a ideia de uma mulher vestir tamanho grande?

Eu poderia ir de roupa de baixo, como fiz na piscina do Leo naquele dia. Tenho um sutiã e uma calcinha pretos que talvez consigam se passar por trajes de banho. Só que seria como usar um biquíni, o que já estabelecemos que não vai rolar. Além disso, as pessoas provavelmente perceberiam. Mamãe definitivamente não gostaria muito da ideia de me ver andando de sutiã e calcinha na frente de todos os seus estimados colegas.

Eu poderia usar uma camiseta por cima, raciocino. E um short. Só que usar roupas normais na água seria desconfortável e nojento.

Desesperada, pego o bonde para a Torre Lagoa. Quando desembarco, tem um grande lance de escadas que leva ao spa e ao centro cultural, indicados por uma placa. O centro cultural é onde Afton e Abby estão aprendendo *hula*. Verifico o celular e vejo que se passaram cerca de trinta minutos desde a última vez que as vi. Quanto tempo será que dura a aula? Sou tomada por uma sensação de pânico de que elas vão subir as escadas a qualquer momento, e aí Afton vai jogar Abby em cima de mim e me levar de volta para o ponto de partida.

Entro em uma loja aleatória — a moça estava certa; tem várias lojas aqui. Eu nem me importo com qual é qual.

— Posso ajudar? — pergunta um sujeito dobrando camisas no canto.

— Preciso de um maiô — murmuro.

— Claro. Parede do fundo.

Toda a parede do fundo é abastecida com trajes de banho de várias formas, cores, estilos e, o mais importante, tamanhos. Suspiro aliviada quando encontro uma camiseta igual a uma blusa de mergulho com mangas curtas capaz de cobrir meus ombros de mulher das cavernas e também minha barriga. É branca com uma estampa de flores de hibisco, de tamanho grande, e eu imediatamente me apaixono por ela.

Na prateleira ao lado, existe uma seleção de partes de cima e de baixo avulsas, também disponíveis em tamanho grande.

Escolho um top verde que parece um sutiã esportivo (tá, é um biquíni mesmo, mas ninguém vai ver com a camisa por cima) e um shortinho combinando. Levo os três itens direto para o caixa e os coloco cuidadosamente na frente do rapaz que me ajudou antes.

— Gostaria de experimentar as roupas primeiro? Temos provador.

Eu balanço a cabeça.

— Não preciso.

Ele soma os itens. O total é de $92,50. Deslizo a nota de cem dólares pelo balcão.

Em um minuto, saio da loja e vou esperar o bonde. Desta vez, enfrento mais do que o medo de que minhas irmãs apareçam espontaneamente diante de mim e estraguem minha diversão solitária. Para voltar aos trilhos com meu plano de stand up, preciso trocar de roupa, aplicar protetor solar e fazer algo com meu cabelo rebelde. Também esqueci meus óculos de sol.

Preciso passar no quarto. Que fica na extremidade oposta do resort. Depois preciso me vestir correndo, me preparar e ir até o ponto de aluguel de pranchas. Que é onde estou agora.

Isso vai consumir muito mais de meu precioso tempo, mas não tenho opção melhor. Considero a possibilidade de comprar um novo protetor solar e óculos escuros e me vestir na loja mesmo, mas só restaram sete dólares e cinquenta centavos.

Então, faço a única coisa que posso fazer: pego o bonde e volto para o quarto.

Não perco tempo quando chego. Preciso correr, caso Afton e Abby apareçam logo. Sinto-me ligeiramente culpada por tentar evitá-las, mas quero que meu tempo sozinha seja mais do que apenas uma ida às compras — eu quero fazer stand up. Pego minha escova de cabelo e o frasco de protetor solar que está sobre a cômoda e me viro para ir até o closet, onde posso me vestir e aplicar o protetor em frente ao espelho.

É quando ouço o barulho.

É um ruído que já ouvi em filmes impróprios para menores de idade e em algumas noites desconfortáveis quando mamãe e Pop estavam em um certo tipo de clima, já que, infelizmente, divido a parede com o quarto deles. Esse tipo de ruído.

Não seja boba, digo a mim mesma. É um hotel. Em um hotel, é normal existir ruídos ocasionais de momentos sensuais. Só que parece... perto demais. Quase parece estar vindo do quarto de mamãe e Abby.

Vou até a porta, entreaberta por uma fresta, e espio lá dentro.

O cômodo está escuro, com a única luz entrando por uma pequena janela e o resto totalmente bloqueado pelas cortinas, mas consigo enxergar bem o suficiente para ver uma figura no meio da cama. Uma mulher.

Uma mulher de cabelos loiros.

Usando seu novo roupão branco com flores vermelhas e pretas.

Montada em um homem de cabelos escuros.

Ela está de costas para mim, mas é claro que eu sei quem é.

Minha mãe.

13

Minha mente trava. É uma imagem horrível e definitivamente vai me traumatizar pelo resto da vida, mas não consigo tirar os olhos dos estranhos na cama. Não, eu me corrijo. Não são estranhos. Minha mãe, na cama, agindo como se estivesse transando.

Porque ela está transando.

Minha mãe está transando. Com alguém que não é Pop.

Finalmente consigo destravar e me afasto. Eles não me viram. Do ângulo em que estão, não dá para ver a porta do quarto ao lado. Eles não sabem que estou aqui.

Saio de fininho, devagar, até a porta que dá para o corredor. Abro com uma lentidão tão dolorosa que parece demorar cinco minutos inteiros. Então estou do lado de fora na extensa passarela ao ar livre, e parece um mundo diferente aqui fora. O céu azul avança ao alto, sem uma só nuvem. As pessoas caminham com trajes de banho e saídas de praia e envoltas em toalhas brancas felpudas. Os pássaros gorjeiam nas árvores. As crianças riem e correm umas atrás das outras e os pais gritam: "Parem de correr!".

A porta se fecha atrás de mim com o menor e mais suave clique.

Fico parada ali como se tivesse me transformado em pedra.

Tudo o que eu mais temia — a pior coisa que eu poderia imaginar — está acontecendo. Aconteceu. *Acabou*, penso, embora eu não saiba a que estou me referindo.

Minha mãe e Pop.

Minha infância, talvez.

A felicidade em geral.

Alguém sai do quarto ao lado. Não é minha mãe — ela continua ocupada, imagino —, mas o barulho repentino e o movimento me ajudam a despertar. Não posso ficar aqui. Não posso estar aqui. Preciso ir.

Então começo a correr.

Não sei para onde estou indo. Corro até o final do corredor e, quando chego lá, disparo por um lance de escadas e desço e desço mais, andar após andar, até pensar que cheguei ao térreo, mas na verdade estou no subsolo. Tem uma lavanderia lá, além de uma série de máquinas de venda automática e armários onde se pode pegar toalhas para a piscina. Passo por eles, subo por um lance de degraus que me leva à luz do sol novamente, corro e quase caio em uma grande piscina de águas cristalinas que ainda não tinha visto. Depois da piscina, há uma fileira de espreguiçadeiras reclináveis de plástico branco e um caminho pavimentado para longe do prédio.

Sigo pelo caminho correndo. Meu cérebro ainda não funciona, apenas recicla algumas palavras cruciais e se concentra em trazer ar para meus pulmões. *Minha mãe*, ofego, *minha mãe*, ofego, *minha mãe transando* — uma espécie de ritmo que me afasta cada vez mais da suíte, da Ocean Tower, longe, longe da minha mãe e de quem quer que seja, passando por uma longa sequência de piscinas conectadas por escorregadores e escadas, passando por uma capela de casamento, por uma série de pontes pequenas, por banhistas e crianças espirrando e chiando, por um restaurante com pessoas comendo em mesas ao ar livre e um aquário onde aparentemente golfinhos nadam. Passando por outra grande piscina e uma cascata e...

E aí eu tenho que parar. Cheguei ao fim do resort. Já corri da Oceano à Lagoa. Não tenho mais para onde ir.

Normalmente, esse tipo de corrida me mataria ou pelo menos me derrubaria por um tempo considerável, mas sequer me sinto cansada. Meu coração está batendo tão forte que sinto a pulsação latejando no pescoço. Minhas pernas não parecem conectadas ao corpo; estão formigando, leves como penas e pesadas como sacos de areia. Minha mente está a mil com a imagem de minha mãe com o robe branco, e então se acalma em uma espécie de vazio confuso que acolho.

Eu me viro e volto, querendo que minha respiração desacelere, tentando esfriar a cabeça. Espairecer. Entender o que aquilo significa. E o que significa é o seguinte:

Minha mãe está tendo um caso.

Penso imediatamente na voz gentil do Pop. Na risada engraçada do Pop. Pop.

Preciso ter calma. Mas... Pop.

Acabou, penso outra vez. Engolir é um processo dolorido. Paro de andar e pressiono o espaço logo abaixo das costelas. A dor na lateral me apunhala. De repente, fico tonta. Percebo que uma senhora com um carrinho de bebê está tentando passar por mim, mas eu a estou bloqueando de alguma forma e não consigo fazer com que meu corpo reaja corretamente nem aos comandos mais básicos. Por fim, cambaleio para fora do caminho e me sento em um trecho de grama curta e arenosa, tentando me orientar.

É quando percebo onde estou.

Na lagoa. Mais especificamente, estou sentada bem em frente ao espaço com os equipamentos de aluguel para entrar na lagoa.

Pranchas de stand-up, anuncia uma placa em letras grandes na parte de trás da barraca. *Dez dólares por hora*.

Solto uma gargalhada engasgada. Não é nada engraçado, mas não consigo evitar. Entrei em pânico e corri como uma louca e, de alguma forma, acabei praticamente na fila para alugar uma prancha — meu plano desde o começo. Eu rio de novo, depois a risada se torna um soluço seco.

Cubro a boca com a mão. Coitado do Pop. Como ela pode fazer isso?

Na boa, sério. Como? Ela não foi só trair o marido espetacularmente inteligente, doce e bonito, mas decidiu levar um homem para o quarto que divide com as filhas? Como ela poderia saber que não iríamos voltar para o quarto para pegar alguma coisa? Como foi assim tão descuidada? Ou será que nem se importa se descobrirmos?

Meus batimentos cardíacos voltam a disparar. Penso em mais uma coisa, importante.

Afton e Abby podem estar voltando para a suíte agora. Minhas irmãs podem estar prestes a dar de cara com nossa mãe transando.

Vasculho os bolsos, atrapalhada, e encontro meu celular em um deles. Minhas mãos tremem tentando completar a ligação. O telefone toca, toca, vai para a caixa postal. Não sei mais o que fazer, então tento de novo. E de novo.

Na quarta vez, Afton atende.

— E aí?

Ela parece normal, quase alegre. Ainda não vive neste mundo, o mundo onde nossa mãe é infiel e tudo o que suspeitamos é verdade: mamãe e Pop não estão mais apaixonados. Acabou.

— A aula de *hula* já acabou? Onde vocês estão? — pergunto, recuperando o fôlego.

— Só andando por aí.

— Não voltem pro quarto.

— O quê? Por quê?

— Abby está com você, né?

— Está tudo bem, Ada? Sua voz está esganiçada.

— Estou bem. — Eu limpo a garganta. — Onde vocês estão? Vem me encontrar para almoçarmos em algum lugar.

— Eles servem almoço grátis na área comum — lembra Afton.

Eu estremeço. Não quero ir ao centro de convenções — não com todos aqueles conhecidos da mamãe. E talvez agora ela tenha terminado de... fazer... o que estava fazendo... e possa estar lá também.

— Não, sempre servem só sanduíches. Abby odeia sanduíches. Venham para a lagoa. Tem um restaurante onde estou. Chama-se... — Giro para ver o letreiro. — Lagoa Grill.

Outro pensamento me ocorre.

— Ei, você tem dinheiro?

— Mamãe não te deu já? — pergunta Afton.

— Eu gastei. Sobraram uns sete dólares.

Embora dinheiro seja o menor dos meus problemas.

— Ok, aguenta firme aí — diz minha irmã. — Chegamos daqui a pouquinho.

14

Minha primeira lembrança é de um acidente de carro. Eu tinha uns 3 anos, acho. Papai (meu pai biológico, não Pop) estava dirigindo para buscar Afton em algum lugar, em uma rodovia entre San José e São Francisco, o mundo agradavelmente passando pela janela. Aí papai teve que mudar de pista. Ele olhou por cima do ombro direito para verificar se a outra estava livre, e o que não percebeu foi que os carros à nossa frente tinham parado.

— Aaron! — gritou mamãe.

Meu pai teve cerca de dez segundos para passar de mais de cem quilômetros por hora para zero.

Ele enfiou o pé no freio. Essa é a primeira parte real de minha memória, na verdade — a sensação de ser arremessada violentamente para a frente com tanta força que sofri uma fratura na clavícula devido ao impacto contra o cinto de segurança. Depois, minha mãe gritando, e eu também, sabendo, conforme o carro à nossa frente parecia vir em direção ao para-brisa, que não conseguiríamos frear a tempo. Depois *bam* — o impacto — o barulho foi terrível, aquele estrondo enorme e mórbido, agravado pelo rachar e o quebrar dos vidros, o estalo dos airbags.

E então tudo, pelo menos por alguns segundos, parou por completo.

A poeira flutuava no ar.

O pisca-alerta ainda estava ligado, o som de clique. Clique. Clique.

Eu conseguia ouvir minha própria respiração. Indo e vindo. Indo e vindo.

Em seguida mamãe soltou o cinto de segurança e se aproximou de mim, tocando meu rosto.

— Você está bem, querida? Se machucou?

Balancei a cabeça. Algo *estava* machucado, claro, mas eu ainda não sentia.

Meu pai tossiu.

— Merda. O carro ficou destruído.

Mamãe se virou para ele com uma expressão que eu nunca vira em seu rosto antes e nunca mais vi depois.

— *Seu...* — começou, ofegante, a princípio, mas depois disparou a gritar: — Seu babaca! Você poderia ter nos matado!

— Eu não vi! — berrou ele de volta. — A culpa não foi minha!

— Poderíamos ter morrido!

Estávamos bem, relativamente falando, mas ficou óbvio para mim, mesmo aos 3 anos, que havia algo muito errado com meus pais, que continuaram gritando um com o outro até a polícia aparecer. Minha mãe parecia uma pessoa diferente naquela lembrança, a fúria contrastando com a calma que eu sempre vira até então, o comportamento controlado a maior parte do tempo. Naquele instante, o mundo deixou de ser seguro e tornou-se assustador. Tornou-se um lugar onde as pessoas poderiam se machucar. Poderiam morrer. Poderiam mudar.

Ver mamãe hoje, traindo Pop, foi a mesma coisa.

Meu mundo parou, mas meu corpo ainda continua, e algo se quebra.

15

A espera parece durar uma eternidade até Afton e Abby finalmente chegarem ao Lagoa Grill. A essa altura, já me acalmei. Estou até com vergonha da reação dramática. De ter corrido tanto. Do suor e da falta de ar. Das emoções exageradas e pensamentos desoladores. Ter até um *flashback* de um acidente de carro, pelo amor de Deus. Eu já consegui me recompor. Ainda assim, ver minhas irmãs andando em minha direção de mãos dadas, os rostos tão inocentes comparados às coisas que sei, faz meus olhos arderem. De alguma forma, contudo, consigo sorrir.

— E aí! Como foi a aula? — pergunto a Abby.

— Muito legal! Josie, a mãe dela e os irmãos também estavam lá! E aprendemos uma música nova.

Ela começa a desafinar uma canção sobre o oceano e a lua prateada, mas a interrompe no meio para nos informar que está com fome agora e que provavelmente deveríamos alimentá-la.

— Tudo bem? — pergunta Afton, franzindo o cenho para mim.

— Tudo. Vamos almoçar.

Encontramos uma mesa com vista para o tanque de golfinhos. No final das contas, a maioria dos pratos no cardápio também são sanduíches.

— Não gosto de sanduíches — diz Abby.

— Eu sei. — Releio o cardápio. — Que tal um hambúrguer?

— Não gosto de hambúrguer.

— Que tal uma boa salada verde?

— Salada é comida de coelho — decreta ela, torcendo o nariz.

— Mas você é uma coelhinha, não é? — comenta Afton em tom de brincadeira, franzindo o nariz.

Abby ri.

— Não. Eu sou uma menina, sua boba.

— Que tal uma salada… com abacaxi? — sugiro.

Vitória.

Peço um hambúrguer com bacon havaiano para mim, o que é uma péssima ideia. Minha cabeça está cheia, mas o corpo, vazio, e pensei que se eu comer algo familiar, como um hambúrguer, talvez as coisas em meu mundo voltem ao normal.

Só que, em vez disso, o hambúrguer me dá uma dor de estômago abominável já na primeira mordida.

Abby pega sua salada e depois de cerca de quatro abocanhadas declara que já terminou de comer. Não tento discutir. Em média, só conseguimos que ela coma cerca de uma refeição completa por dia, o que já fez no café da manhã. Quando digo que pode ir olhar os golfinhos, ela vai, meio saltitando, meio correndo, rumo ao tanque.

Afton e eu ficamos na mesa. Ela usa seu cartão de débito para pagar a refeição.

— Você está bem? — pergunta. — Está mais estranha que o normal.

Não digo nada de imediato. Não sinto que exista algo que eu possa dizer.

Então Afton continua:

— Desculpa, tá?

Eu pisco, aturdida.

— O quê?

— Me desculpa por ter sido meio maldosa com você. Eu sei pelo que está passando. Só fiquei magoada quando você me chamou de...

— Eu não te chamei de vadia! — exclamo, interrompendo. — Eu ia dizer que você é perfeita, e não, eu não queria dizer exatamente como um elogio, mas eu não disse vadia, porque eu nunca diria isso e não acho que você seja uma.

— Ah — declara ela. — Ok. Bem, eu não sou perfeita.

— Ah, eu sei.

Ela sorri.

— Certo. Enfim. Desculpa.

— Me desculpa também — digo, embora aquele assunto pareça pertencer a uma vida passada.

Estamos caminhando rumo a catástrofes mais graves agora; ela só não sabe ainda. Estremeço ao respirar fundo. Preciso contar. Afton é minha irmã, e isso também a envolve. Ela precisa saber.

Mas a sensação é de que estou prestes a dizer a ela que alguém — ou alguma coisa, eu acho — *morreu*, e o que morreu foi essa noção fantasiosa à qual nossa família está se agarrando há tanto tempo, a de que somos uma pequena unidade segura. Mamãe e Pop e Afton e Abby e eu. Nossa família. E essa noção foi basicamente apunhalada no coração assim que espiei pela porta adjacente de nosso quarto de hotel.

Estou sendo dramática. Outra vez. Porque, claro, Afton e eu, no fundo, sabíamos que algo assim poderia acontecer.

— Preciso te contar uma coisa — diz Afton, o que dá um curto-circuito em meu cérebro por um minuto.

O que ela poderia ter para me contar?

— Logan e eu terminamos.

Eu pisco de novo, surpresa.

— O quê? Não.

— Foi uma decisão mútua. Amistosa. Como amigos. Ele estava considerando ir para Stanford, mas decidiu que queria ir para a Dartmouth em vez disso.

Uau. Dartmouth. Logan sempre me pareceu um cara inteligente. Ele precisava ser, para Afton se interessar por ele.

— Onde fica a Dartmouth, mesmo?

— Em New Hampshire — diz ela, suspirando. — Concordamos que essa coisa de longa distância provavelmente não funcionaria, e que deveríamos terminar de boa, sabe? Terminar enquanto estávamos bem, um término amistoso e todos aqueles clichês.

— Quando foi isso? Quer dizer, quando vocês terminaram?

Ela parece simultaneamente culpada e triste.

— Sexta-feira.

Sinto que ela me deu um soco, o que faz meu estômago doer ainda mais do que já doía depois do hambúrguer tenebroso.

— Sexta-feira. Tipo dois dias atrás.

— Pois é. Achei que estava bem com isso, que era uma decisão madura e tudo mais, mas não estava exatamente bem. Eu estava... — Ela procura a palavra certa. — Mal.

— Você não me contou.

Ela fixa os olhos nos meus.

— Você estava lidando com os próprios problemas.

O comportamento dela nos últimos dias faz muito mais sentido agora. Além disso: sou uma péssima irmã.

— Desculpa. Você devia ter me contado. Quer dizer, terminamos com nossos namorados no mesmo fim de semana.

— Sim, exatamente — diz ela, com um leve sorriso. — Mas vamos ficar bem agora. Confia em mim. Vai dar tudo certo. Você vai ver.

Naquele instante, entendo como sendo um fato absoluto: não posso contar que mamãe está tendo um caso.

Se contar, não só vou arruinar o Havaí para Afton e todo o seu otimismo quanto a como vai dar tudo certo, mas ela também vai achar que precisamos fazer alguma coisa. Eu a conheço. Vai querer confrontar a nossa mãe. E se confrontarmos mamãe, a única coisa que vai acontecer é que ela vai sentir que *também* precisa fazer alguma coisa. E a única coisa que ela pode realmente fazer é, tipo, confessar. E então provavelmente vai se separar de Pop. Eles vão se divorciar.

Não consigo imaginar a vida sem Pop ou Abby. Porque Abby vai com Pop.

Sou uma péssima mentirosa. Meu rosto é um livro aberto, Pop sempre diz isso. Minha voz faz aquela coisa do tom agudo. Mas desta vez consigo fingir.

— Tem razão — digo com firmeza. — Vamos ficar bem.

Abby volta correndo até nós, sorrindo e tagarelando, as bochechas coradas de empolgação, os olhos brilhando com o simples prazer que se sente aos 5 anos pela mera existência de golfinhos.

— Eu quero nadar com os golfinhos! Posso, Ada? Posso nadar com os golfinhos como aquelas pessoas estão fazendo?

Afton se levanta.

— Vamos ver, abelhinha. — Ela estende a mão para nossa irmãzinha, que a segura. — Eu cuido dela — diz Afton, oferecendo mais um presente generoso para mim. — Conversamos mais depois.

Ou não, o que prefiro. Não até eu entender como lidar com isso. Sozinha. Completamente sozinha.

Mas eu posso *fazer isso*. Posso agir como se não soubesse de nada. Como se não tivesse visto nada. Como se isso sequer tivesse acontecido. Eu preciso.

— Vamos fingir que somos sereias — diz Afton enquanto arrasta Abby para os tanques de golfinhos. — Aqui no mar.

16

Passo as próximas horas sozinha, pensando até achar que vou enlouquecer se continuar.

É nesse ponto que me faço a pergunta: *Quem? Quem era?* Estava escuro no quarto e nunca cheguei a ver o rosto do homem, só um vislumbre da parte de trás da cabeça. Eu me esforço para recordar mais detalhes. Cabelo escuro, cortado rente à cabeça. Ombros largos e nus estreitando-se em uma cintura fina.

Estremeço de repulsa.

Uma coisa é certa: não era Pop mudando de ideia sobre não tirar férias para surpreender a todas nós.

Pop é um homem negro. E aquele cara, não.

Então, *quem* era?

Faço uma lista de hipóteses na cabeça, começando pelos homens do círculo de minha mãe:

Jerry. Ele tem cabelos escuros, mas, eca — não. Jerry é muito mais velho e não está em boa forma. O homem que vi definitivamente não era Jerry sem camisa.

Max Ahmed. Ele também tem cabelos escuros. Só que Max é tão quieto, tão reservado e tão correto o tempo todo. Não consigo conceber um universo em que Max trairia a esposa.

Billy Wong. Mas ele é tão atencioso com a família, algo que sempre admirei, diferente da minha mãe. No ano passado, no jantar de premiação, peguei Billy mandando um "eu te amo" para a esposa do outro lado da sala lotada. Não consigo imaginar Billy fazendo... isso.

O que só deixa as centenas de outros médicos nessa conferência, homens que só minha mãe conhece. Homens que eu não conheço.

Frustrada e com os olhos cheios de lágrimas, me estico em uma daquelas redes de corda branca espalhadas pelo resort e tento me convencer a tirar uma soneca em prol de algumas horas de alívio do labirinto angustiante que minha mente está se transformando, mas não consigo me obrigar a dormir. Depois que desisto, fico na encosta e observo um casal se casar na capela ao ar livre.

Porque pelo visto adoro me martirizar mais.

Não estou perto o suficiente para ouvir o que os noivos estão dizendo, mas sei que estão fazendo promessas um ao outro. Promessas de fidelidade. Tipo, abster-se de fazer sexo com qualquer outra pessoa. Deve ser tão fácil acreditar nessas promessas quando se é jovem e está apaixonado, penso tristemente ao observar a cena.

Claro que eu não tinha experiência nenhuma naquele assunto. A história com Leo agora me parece tão sem importância, infantil e boba. Eu não o amava. Gostava dele, claro, e adorava a ideia dele — o que não é a mesma coisa. Porém, eu acreditava que o amor verdadeiro existia, lá fora, no mundo, que era uma coisa real. Que era possível. Acreditei nisso graças a mamãe e Pop.

Eles se casaram em um vinhedo quando eu tinha 8 anos, Afton, 10, e Abby ainda não existia. Fazia sol e o ar cheirava a lavanda. Mamãe usou um vestido de algodão branco simples, um círculo de flores silvestres preso à cabeça e botas de caubói porque achava que ficariam engraçadas e seriam mais confortáveis do que saltos. Ela sorriu o dia todo, de manhã até à noite, mesmo quando sabia que estava sendo fotografada — ela odeia sorrir para fotos porque acha que deixa seus olhos pequenos e estrábicos. A foto de perfil no diretório médico no site do hospital, por exemplo, é dela olhando quase solenemente para a câmera, os olhos arregalados, os lábios curvados na mais discreta versão possível de um sorriso. No entanto, naquele dia, no dia do casamento, ela sorriu mostrando os dentes.

Eu me pergunto se ela sorri assim para esse outro homem. Não quero imaginar, apesar de tê-la visto fazendo coisa muito pior. Uma parte de meu cérebro se recusa a aceitar que o que aconteceu naquela manhã foi real. *Estava escuro lá dentro*, essa parte sussurra com urgência, lá do fundo. Talvez eu não tenha visto o que pensei ter visto. Talvez eu tenha interpretado mal de alguma forma. Essa parte de mim tenta me fazer duvidar de tudo, porque quer se apegar à crença teimosa de que mamãe nunca trairia Pop. Ela até pode ser distante às vezes, pode ser negligente do jeitão intelectual e distraído dela e pode ser descuidada com os sentimentos de uma pessoa porque sentimentos não são seu forte. Porém, não quero admitir que ela possa ser tão terrivelmente desleal com todos nós, tão desonesta, tão repulsiva, feia e ruim. *Não é ela*, fico pensando, sem parar. *Essa não é a minha mãe.*

Só que claramente estou errada. Claramente não conheço minha mãe.

Claramente, as promessas que ela fez naquele dia ensolarado não significaram nada, e não há nada que eu possa fazer a respeito. Eu me sinto completamente inútil. A única coisa que posso fazer que tem alguma utilidade é impedir que Afton e Abby descubram. Posso proteger minhas irmãs. E possivelmente Pop. Se é que ele ainda não sabe.

Só que talvez seja por isso que ele se recusou a vir para o Havaí.

Meu telefone vibra em meu quadril. Mensagem da mamãe.

Terminei por hoje. Um grupo está se reunindo para jantar às sete. Encontro vocês de volta no quarto às seis?

Fecho os olhos com força, lutando contra a vontade de arremessar o aparelho na primeira lagoa ou piscina que encontrar. Tem muitas para escolher, mas resisto ao impulso. Não seria justo descontar a raiva em meu inocente e bem-intencionado celular.

Meus dedos estão frios e, por algum motivo, o telefone não reage ao meu toque. Esfrego as mãos, abro e fecho os punhos, respiro fundo e tento outra vez.

Na verdade, não estou me sentindo bem, digito, trêmula. *Acho que estou ficando doente.*

Eu sou uma covarde e me odeio por isso, mas sei que não consigo fazer isso, não esta noite. Não posso jantar com minha mãe, Afton e Abby e todos do grupo e fingir que não sei de nada.

Clico em enviar.

Doente como?, pergunta ela imediatamente.

Claro que ela quer a relação dos sintomas exatos que estou sentindo.

Estômago, respondo.

Você vomitou?

Mordo o lábio. Ela não vai me deixar ficar no quarto se for só uma azia no estômago. Vai me fazer tomar um antiácido ou outro remédio qualquer e ir jantar de qualquer forma. Ela tem essa mania de querer exigir participação.

Sim, escrevo de volta. Uma mentira. A primeira de muitas, penso, sobre essa coisa eu não deveria saber. A primeira de uma vida. Mas que escolha eu tenho?

Você está no quarto?

Resmungo para o celular. Merda.

Sim.

Vou aí te ver.

Guardo o telefone de volta no bolso, meu coração pulsando nos ouvidos outra vez, e começo a andar rápido, me chamando de idiota durante todo o caminho de volta, porque eu não raciocinei por um minuto antes de dizer que estou doente, e ela é médica e saberá que não estou, claro, e mesmo que não saiba que inventei os sintomas, vai de fato querer me examinar, e como é que vou estar tão perto dela, olhar nos olhos dela e esconder o que sei? Ela vai sacar que tem algo errado em dois segundos. Vai exigir saber o que foi. Ela e Afton são parecidas até nisso.

Só que não consigo pensar em outra alternativa. Estou em uma ilha a três mil quilômetros de casa. Não tenho carro, dinheiro nem uma boa desculpa.

Preciso voltar para o quarto.

Aperto o passo e, em poucos minutos, estou diante da Torre Oceano. Fico olhando para o edifício por um minuto, me perguntando qual janela é a nossa. Todas parecem iguais, mas algumas estão com as cortinas fechadas e outras não.

Eu me pergunto se abriram as cortinas depois, enquanto eu estava fugindo o mais rápido possível. Eu me pergunto se minha mãe saiu para a varanda com seu novo roupão sexy — o roupão *é* sexy, por que não notei isso antes, por que não desconfiei quando ela trouxe um roupão sexy para uma viagem de negócios? Eu me pergunto se ela olhou para o oceano perfeitamente satisfeita, pensando onde estava e o que acabara de fazer com alguém que não era Pop.

Sinto uma dor súbita no estômago, seguida de uma pressão terrível, então me desvio da calçada e vomito em um arbusto. Lá se vai o hambúrguer de bacon havaiano parcialmente digerido. Fico ajoelhada na terra por alguns minutos, limpando a boca na bainha da camisa.

Acho que não vou precisar mentir sobre o vômito, afinal.

— Nossa, você está bem?

Ergo o olhar. Nick Kelly está a poucos metros de distância. Ele estava nadando. O cabelo está molhado e penteado para trás, e ele tem uma toalha enrolada em torno da cintura fina.

— Oi, Nick — respondo, entorpecida. — Estou bem.

— Tem certeza?

O rosto está enrugado na expressão clássica de preocupação, as sobrancelhas arqueadas, os olhos arregalados e solidários, a boca meio aberta.

— Isso foi... um jato e tanto.

— Estou bem, de verdade.

Eu me levanto. Nick dá um passo à frente como se para oferecer ajuda, mas isso envolveria me tocar, e ele não tem certeza se deveria me tocar. Normalmente eu daria risada de como somos desajeitados, mas estou muito cansada.

— Preciso entrar — falo.

Ele caminha comigo até a entrada e abre a porta para mim.

— Quer que eu ligue para alguém? Meu pai é médico. Ele pode dar uma olhada em você. — Ele coça a nuca. — Nossa. Que ideia imbecil, desculpa. Todo mundo aqui é médico. Quer que eu ligue para a sua mãe?

— Ela sabe. Já está vindo. — Meu estômago revira de novo, mas consigo prender dessa vez. Por pouco. — Preciso entrar.

— Tudo bem. Melhoras, Ada.

Eu sei que não vou melhorar.

17

Mais uma manhã. Meu primeiro dia inteiro desde que flagrei minha mãe. Temos uma daquelas excursões de passeio, para o outro lado da ilha.

— O que tem do outro lado da ilha? — pergunta Abby durante o café.

Estou atrás dela, tentando lhe fazer um penteado. Abby tem longos cabelos loiros, mas um loiro mais escuro e acinzentado que o de Afton e o meu, e é cacheado, como o meu, embora muito, muito mais.

— Um vulcão.

Estou tentando — muito — agir como se tudo estivesse normal. Fazendo piadas e tudo.

O queixo de Abby cai.

— Fala sério.

— Não, é verdade. E hoje vamos ver de pertinho. — Termino de trançar os cabelos dela, prendo com um elástico e verifico meu telefone. — Está quase na hora de ir. — Com essa deixa, chega o bondinho. — Bora, Abby. Você vem? — pergunto a Afton, pegando na mão de Abby.

— Claro que ela vem — responde Abby. — Ela não é burra, né? Não vai perder um vulcão. Dã.

— Não chamamos ninguém de burra, Abby — eu a repreendo. — E não dizemos *dã*.

Abby bufa.

Afton está com o celular na mão, trocando mensagens outra vez. Sempre trocando mensagens. Telefone à mesa, uma descarada violação das regras da família, mas Pop não está aqui para impor nada.

Estou tentando não pensar em Pop.

O bonde começa a apitar, prestes a partir.

— Vem logo, Afton! — grita Abby.

Afton atira o telefone de volta na bolsa, e nós três corremos para o bonde, chegando em cima da hora, mas chegando.

— Para onde vamos? — pergunta Afton assim que começamos a andar.

Inclino a cabeça para olhar para ela.

— Hum, o vulcão?

Ela fecha os olhos como se eu fosse uma irritação enorme. Afton nunca foi o que se chamaria de pessoa matinal.

— Eu quis dizer por onde vamos começar essa viagem maravilhosa a um vulcão de verdade?

— Ah. Tipo um estacionamento para ônibus como ponto de encontro. Perto do lobby principal.

Ela obviamente não leu a pasta de informações úteis sobre a conferência que deixaram em nosso quarto com as informações sobre os horários e as excursões que vamos fazer e o que devemos levar e onde precisamos estar. Eu, claro, li tudo de cabo a rabo.

Abby franze a testa.

— Esse vulcão não está ativo, está?

— Não.

— Afton disse que era um vulcão de verdade.

Abby parece perturbada. É difícil saber que tipo de preocupações se passam pela cabeça da minha irmãzinha.

— Eu não quis dizer que estava ativo — esclarece Afton. — Ei, olha só.

Ela aponta para fora, onde no centro da pequena ilha há um grande pássaro cinza com um moicano amarelo. Tiro uma foto rápida, porque esse é meu comportamento normal. Vejo uma coisa bonita, tiro uma foto. Para pintar depois.

Abby passa alguns segundos apreciando o belo pássaro.

— Vou chamar ele de Walter — diz. Aí ela puxa meu braço. — É o tipo de ilha onde jogam as pessoas no vulcão como oferenda aos deuses?

Faço uma careta.

— Onde ouviu isso?

Ela dá de ombros.

— É ou não é?

— Não. Acho que não existem mais ilhas assim. Se é que um dia existiram ilhas assim fora dos filmes.

— Acho bom. Não quero virar um sacrifício humano. Pops sentiria minha falta.

Eu me aproximo e afago seus cachos.

— Eu também.

Ela assente, aceitando meu amor por ela com tanta simplicidade que dói.

— E Afton sentiria minha falta.

Afton confirma com a cabeça e diz:

— Pode apostar.

— Mas não tanto quanto Ada — diz Abby, um fato indiscutível.

— E mamãe sentiria sua falta — acrescento, porque isso também é algo que a Ada normal diria. Porque a Ada de comportamento normal incluiria, claro, a mãe da nossa família feliz.

— Mamãe ficaria triste, é verdade.

É louco para mim que, mesmo aos 5 anos de idade, minha irmã pareça entender que existe uma diferença entre sentir falta de alguém e ficar triste pela ausência desse alguém. Ou talvez essa impressão seja coisa da minha cabeça, não de Abby.

— Estou com saudade do Pops. — Abby suspira e encosta a cabeça na janela enquanto as palmeiras e folhagens tropicais passam. — Eu queria que ele estivesse indo ver o vulcão.

Afton e eu nos entreolhamos, mas logo desvio o olhar.

— Eu sei — murmuro, apesar do nó na garganta. — Também sinto falta dele.

As primeiras pessoas que vemos quando embarcamos no ônibus da excursão são os Wong; menos Billy, que ficou no centro de conferências com mamãe. Jenny Wong e seus filhos estão ocupando os dois primeiros assentos do lado esquerdo do corredor e ela está debruçada amarrando um dos sapatos de Josie quando Afton, Abby e eu subimos os degraus. Costumo ficar feliz em encontrar Jenny, porque significa que Josie também estará lá, e que Abby terá alguém da mesma idade para brincar, e assim vai me dar menos trabalho. Além disso, na maioria das vezes, Jenny se oferece para cuidar de Abby também, e isso quer dizer que fico com um tempo para mim.

Só que desta vez meu estômago aperta quando vejo Jenny, pensando que é possível — possível, mas não provável, digo a mim mesma — que tenha sido Billy quem estava com mamãe ontem. O que ainda me dá vontade de vomitar. Então tento passar por ela sem ser notada, mas Abby, é claro, não deixa passar nada e grita:

— Oi, Josie!

Jenny ergue o olhar.

— Oi, Abby! — cumprimenta calorosamente.

Afton já passou correndo por ela e foi direto sentar no fundo do ônibus. Afton prefere o fundo, eu gosto da frente. Geralmente, chegamos a um consenso e sentamos em algum lugar no meio.

Jenny se vira para mim.

— Oi, Ada. Você fez falta no jantar ontem à noite. Está se sentindo melhor?

Ela diz isso como se estivesse preocupada comigo, mas também como se estivesse um pouco preocupada por uma pessoa doente estar prestes a ficar perto dos filhos dela o dia inteiro.

— Estou me sentindo muito melhor — murmuro. — Foi só alguma coisa que comi. Já estou bem.

Uma mentira. Ontem foi como imagino que seria ver sua casa queimar, todos os seus tesouros de infância e heranças familiares virando cinzas, e você parado ali, impotente, vendo tudo acontecer, sabendo que as coisas nunca mais serão as mesmas. Sabendo que terá que morar em outro lugar agora.

Só que hoje já passei do estágio da tristeza. Hoje estou oficialmente furiosa. O que é o oposto de estar bem.

Jenny assente distraidamente, sorrindo como se estivesse aliviada.

— Que bom que se recuperou. Seria triste ficar presa num quarto de hotel em vez de aproveitar e conhecer o Havaí.

— É — concordo. — Muito triste.

Cheguei a pensar em dizer que ainda estava mal hoje, mas a noite passada já foi ruim o bastante. Mal consegui voltar para o quarto e me deitar na cama antes de mamãe chegar em seu *modus operandi* médico completo, pronta para diagnosticar e tratar minha doença misteriosa. Fechei os olhos e fingi estar enjoada demais para olhar para ela enquanto ela media minha temperatura, apalpava minhas glândulas e me fazia vestir uma camisa limpa. (Aparentemente, a que eu estava usando tinha um respingo do tal hambúrguer de bacon havaiano.) Depois ela me deu uma garrafa de soda limonada gelada que comprou na lojinha no caminho do centro de convenções, e acariciou minha cabeça maternalmente por alguns minutos, até encerrar dizendo que eu precisava descansar. Não havia muito o que fazer quanto à intoxicação alimentar, exceto garantir que eu não ficasse desidratada.

— É melhor esperar passar — instruiu. — Se sentir que precisa vomitar, não prenda. — Ela esvaziou o balde de gelo e o deixou na mesa de cabeceira precisamente com este propósito: o vômito. — Vai se sentir melhor se colocar tudo para fora.

Bem que eu gostaria que fosse verdade.

Depois que ela saiu, fechei as cortinas, tentando não olhar na direção da porta do quarto ao lado. Assisti a uma bobagem na TV por um tempo e, finalmente, fui dormir. Acordei naquela manhã ainda sozinha. Mamãe colocara Afton em seu quarto, na mesma cama de Abby. Uma precaução no caso de ser uma gripe e não um simples incidente com um hambúrguer ruim.

Ou com uma mãe ruim, pensei, amarga, quando ela entrou e encostou a mão em minha testa.

— Como se sente? — perguntara ela.

Eu sabia que, se dissesse que ainda não me sentia bem, ela me confinaria no quarto e me examinaria várias vezes ao longo do dia. Pior, eu teria que continuar mentindo e escondendo o fato de que só olhar para minha mãe já me enchia de repulsa.

Além disso, não queria ficar naquele quarto um segundo a mais que o necessário.

Então respondi que estava bem e optei por ir ao passeio. Se eu comparecesse a essa pequena excursão, não a veria o dia todo, o que já estava bom o suficiente para mim.

— Hum, a Abby pode sentar com a Josie? — pergunto a Jenny.

— Claro. Nós sempre adoramos a companhia da Abby.

— Vai ter um vulcão! — exclama Abby. — Mas não precisa se preocupar, não vão jogar ninguém lá dentro.

— Bom saber, querida — diz Jenny, rindo.

Eu murmuro um agradecimento, instruo Abby a ficar com os Wong e fujo para o fundo, atrás de Afton.

— Ei, Ada — diz alguém, e lá está Nick Kelly de novo, me encarando por baixo de seus cabelos desgrenhados da mesma maneira ligeiramente preocupada com que me olhou ontem. — Está melhor?

— Ah, oi, Nick. Sim. Estou bem.

Uma mentira. Uma mentira.

— Que bom. Pode sentar aqui, se quiser.

Ele gesticula para o assento vazio a seu lado.

— Valeu, mas vou sentar com a minha irmã — digo, passando apressada por ele.

Quando chego ao fundo do ônibus, no entanto, Afton já está sentada com Kate Jacobi.

É melhor assim, penso, mesmo que eu esteja meio magoada por ela não ter guardado um lugar para mim. Talvez seja mesmo melhor ficar bem longe da Afton até processar direito essa história do caso que nossa mãe está tendo.

Afundo em um assento vazio algumas fileiras na frente dela e enfio minha bolsa embaixo do assento. Depois me encolho para ficar longe da vista de todo mundo. Tento me forçar a relaxar. Pela janela, observo o estacionamento do hotel, onde ônibus e minivans e táxis entram e saem como abelhas em um jardim repleto de flores. Todo mundo tão ocupado e centrado nos próprios mundinhos.

O motor do ônibus de repente ruge e ganha vida.

— Aloha, pessoal! — cumprimenta uma voz. — Meu nome é Kahoni, que significa "o beijo", mas não me venham com ideia errada, hein. A menos que você seja uma moça muito bonita, aí acho que não me importo. Hoje vou levar vocês a alguns lugares muito especiais na Ilha Grande. Prontos para se divertir e aprender sobre a história e a cultura havaiana?

O ônibus afirma que sim em um coro desanimado.

— Ah, vamos, podem fazer melhor que isso — insiste Kahoni, e todo mundo tenta de novo, mais alto. — Certo, então, vamos lá!

Ele ri e o ônibus avança.

Atravessamos o interminável mar de rochas negras desoladas por algumas horas enquanto nosso amigo motorista Kahoni conta tudo sobre a história do Havaí. Por fim, paramos em uma área de descanso, onde nos deixam sair para um parque gramado plano com mesas de piquenique espalhadas ao redor e distribuem marmitas bentô com o almoço.

Não sei onde me sentar. Comer com Afton ou Jenny Wong e sua família parece uma má ideia, considerando as coisas que estou guardando. Então, verifico se Abby está bem com eles e, em seguida, espreito por alguns minutos antes de caminhar e colocar meu almoço em cima da mesa em que Nick Kelly está sentado.

O doce e sem noção Nick.

Ele está de fones de ouvido jogando no celular. Presumo que ele seja a aposta mais segura para uma experiência gastronômica tranquila e sem complicações.

Ledo engano. Nick tira os fones e os deixa pendurados no pescoço assim que me sento em frente a ele.

— Oi.

— Oi. Posso sentar aqui?

— Deixa eu pensar. — Ele parece deliberadamente pensativo por um segundo, depois sorri, um clarão de dentes tortos. — Ok, mas só dessa vez.

— Obrigada.

Fico quieta por um minuto. Então Nick diz:

— Gente branca é podre.

Juro, é isso o que ele diz.

Eu o encaro. Isto é, Nick não poderia ser o mais típico retrato de um adolescente caucasiano.

— Hum... Quê?

Ele aponta com o polegar para Kahoni, sentado a algumas mesas de distância.

— Sabia que foram os colonizadores brancos que trouxeram mosquitos para estas ilhas? Ah, e tuberculose. Ratos. Sífilis. Se quer saber, foi bem feito para o Capitão Cook.

Eu não tinha prestado atenção à aula de história de Kahoni, ocupada demais com meus próprios desastres.

— Mas achei interessante quando ele disse que trocavam pregos por sexo com as mulheres indígenas — acrescenta Nick.

E voltamos a falar de sexo. Todo mundo é tão fixado em sexo. Eu dou um suspiro.

— Pregos, tipo, pregos de ferro. Como o que se usa para construir casas — continua.

Não sei como responder àquele comentário.

— Você não fala muito, né?

— Estou só tentando comer, eu acho.

— Tá. Desculpa. Também não costumo ser tão verbal. — As bochechas dele ficam cor-de-rosa, e em seguida as orelhas. — Foi mal. Vou deixar você comer. A comida é melhor do que parece.

Abro a tampa da marmita e olho o conteúdo. Há três compartimentos: um com um pedaço de frango frito, outro com pedaços de carne não identificáveis e o terceiro com uma generosa porção de arroz branco com algas desfiadas por cima e alguma coisa que parece ser dois dedos zumbis grandes e inchados, mas que descubro ser um tipo de batata roxa.

Cravo o garfo num dedo zumbi e como. Não é ruim, então passo para a carne misteriosa, que deduzo ser porco com molho teriyaki.

— Nene — diz Nick.

É como se nem estivéssemos falando a mesma língua.

— O que é nene? — pergunto.
— O pássaro símbolo do Havaí. Um ganso, na verdade.
Eu cuspo prontamente a carne de volta no guardanapo, e agora é Nick que está me olhando estranho.
— Não gostou?
— Eu não achei que íamos comer ganso!
Ele franze as sobrancelhas, mas logo as relaxa e começa a rir. Aponta atrás de mim. Eu me viro. A cerca de um metro e meio de distância, vejo um bando de pássaros com listras pretas e brancas espalhados pela grama. Nenes. No gramado, não em meu prato.
— Ah. Graças a Deus.
Nick continua rindo até eu não aguentar mais e rir também, apesar de tudo. De fato *foi* engraçado. Nós dois rimos e os gansos grasnam, e por uns cinco segundos até me esqueço de que minha vida virou do avesso. Então Nick volta a seu celular e seu jogo, e eu volto a comer a carne misteriosa que ainda é, provavelmente, carne de porco.

Depois desse ocorrido, Nick decide que somos amigos, e eu não discuto. Ele vem em minha direção sempre que paramos, primeiro em Rainbow Falls, que é um lugar lindo, mas lotado, e depois em uma praia onde a areia é totalmente preta. Do cais, Nick aponta uma tartaruga marinha, que não consigo ver.
— Eu amo tartarugas — digo, apertando os olhos para identificar a silhueta debaixo d'água, mas tudo o que vejo são reflexos de luz e trechos escuros.
— Que tipo de tartarugas?
Dou de ombros.
— Grandes. Pequenas. Tartarugas. Jabutis. Elas são demais.
Tem alguma coisa nas tartarugas que me faz sentir em casa. Adoro suas texturas estranhas, a mistura do aspecto áspero e

reptiliano, mas também bonito, de alguma forma. Sua calma. Seus olhos firmes e inteligentes.

— Que tartaruga ninja você é? — pergunta Nick, do nada. — Você me parece um Rafael. Talvez um Leonardo.

Eu não conheço as tartarugas ninja — elas foram antes, e possivelmente depois, de minha época —, então eu me oriento pelos artistas homenageados com seus nomes.

— Rafael era bom. Gosto mais dos retratos do que das obras religiosas. A genialidade de Michelangelo meio que me intimida. Eu nunca poderia fazer tudo que ele conseguiu fazer. Agora, Donatello é mais acessível. Ele estava interessado em pessoas reais, não só em ideias ou personagens de livros de histórias. Ele era um escultor, e, apesar de eu não ser muito boa nessa técnica, tem alguma coisa no trabalho dele que não sei... me prende. Eu entendo Donatello.

As vias neurais de meu cérebro logo me levam a outra escultora: Diana Robinson e, dali, meu pensamento vai direto para Leo. Basicamente me chamando de fanzoca da mãe dele. Dizendo que não tínhamos nada em comum. Se alguém me perguntasse sobre meus sentimentos por Leo agora, eu diria que já superei, que era coisa do passado, mas, ainda assim, sinto um aperto doloroso no peito quando penso no que ele disse sobre mim.

Ao mesmo tempo, entendo o que ele foi: um pequeno solavanco na estrada perigosa que se tornou minha vida ultimamente.

Nick sorri para mim, indiferente àquilo tudo.

— Ah é, você gosta de arte.

— Sim. Gosto de arte.

Vejo Afton caminhando pela praia com os Wong, acompanhando-os, mas olhando para o celular. Alguma coisa no semblante dela me intriga. Melancolia? Resignação?

— ... um dia desses — Nick está dizendo.

— Há?

Não peguei o início da frase. Nem as duas ou três frases que ele falou antes disso.

— Eu disse que você precisa me mostrar seu trabalho. Um dia desses.

— Ah. Tá, claro — concordo, embora não esteja falando sério.

Volto a atenção para Afton, que me pega olhando para ela e franze a testa por apenas um segundo, como uma única nuvem passando na frente do sol, antes de sorrir para algo que a sra. Wong diz. Sinto o peso da culpa. Quero contar para ela. Quero muito, muito mesmo.

Só que eu não vou.

18

Minha estratégia de me manter distante de Afton não dá certo, no entanto, porque nem meia hora depois ela se aproxima de mim na saída dos banheiros do Parque Nacional dos Vulcões.

— O que está rolando com você? — pergunta sem rodeios.

Merda.

— Não está rolando nada — vocifero.

Outra mentira.

— Ainda pensando no Leo?

— Não, eu não estava pensando no Leo, só que agora estou, muito obrigada.

É um bom disfarce, percebo: agir como se estivesse chateada com aquele término idiota. Explica coisas que preciso explicar. Como a forma com que estou rangendo os dentes.

— Você devia conversar com a mamãe sobre isso.

Eu bufo.

— Ah, tá. Mamãe nem sabe que terminei com meu namorado. Ela sabe que *você* terminou com o seu?

— Ainda não — diz Afton, sem rancor. — Ela está ocupada.

— Ela parece arrumar tempo para as coisas com que se importa — digo amargamente.

— Sim — diz Afton, porque acha que estou elogiando nossa mãe. — Ela teve alguns términos interessantes. Poderia te dar uma perspectiva sobre o assunto.

— Não quero a perspectiva dela — murmuro.

— Naquela vez que eu... Depois da minha primeira vez, na garagem, eu fui conversar com ela.

Imediatamente endireito a postura.

— Você contou pra mamãe que transou?

Afton assente.

Eu dou uma risada sarcástica.

— O que ela falou?

— Ah, não ficou muito feliz, mas me abraçou e conversou comigo. Ela não é tão boa quanto Pop nesses assuntos, mas às vezes consegue ser uma figura materna quando é preciso. Devia falar com ela.

Fico imaginando quanto tempo vai demorar para que eu volte a me sentir confortável no mesmo ambiente que minha mãe. Hoje de manhã, antes de ela sair do quarto, pensei em confrontá-la. Depois, quando Abby, Afton e eu estávamos tomando café e ela mandou mensagem perguntando o que planejávamos fazer hoje (ela também não leu a pasta, pelo visto), fiquei tão tentada a responder dizendo *Ah, nada de novo, vamos passar o dia no quarto. Ou você e sei-lá-quem precisam dele vazio de novo? Pareciam bem ocupados lá dentro ontem.*

Então imaginei minha mãe olhando para o celular, horrorizada, quase tão chocada quanto fiquei ontem, tendo náuseas ao saber que foi pega. Apavorada por eu saber quem ela realmente é agora. Com medo de ter que me olhar na cara em algum momento e finalmente me dizer a verdade.

Eu poderia me sentir um pouco melhor se ela experimentasse um pouquinho do que estou sentindo. Se confessasse tudo. Se dissesse que está arrependida. Se prometesse não fazer de novo.

Porém, se todas nós colocarmos nossas cartas na mesa, continuo vendo só um resultado provável: divórcio. Uma palavra que associo a algumas lembranças nebulosas de gritos por trás de portas fechadas e a silhueta de um homem carregando uma mala. E dessa vez, o homem com a mala será Pop. Travo a mandíbula ao imaginar aquilo. Eu me amaldiçoaria para sempre — sim, amaldiçoaria, decido, o que parece uma expressão velha, mas eu a aceito. Eu me amaldiçoaria para sempre se perdesse Pop porque minha mãe é uma vadia egoísta.

Pronto. É isso. A palavra. Desta vez, penso nela com vontade. Não devemos usar a palavra *vadia* porque é assim que os homens costumavam chamar mulheres que ousavam fazer sexo sem o controle deles. Há muitas palavras para isso: *rameira, vagabunda, prostituta, vulgar, sem-vergonha, ordinária*. Qualquer mulher que possa gostar de sexo e realmente queira participar do ato, e que tenha se relacionado com mais de um parceiro — só pode ter algo errado com uma mulher assim. Ela deveria ser punida. *Vadia*.

Porém não consigo pensar em outra palavra. Minha mãe nos traiu.

E por quê? Por que ela faria isso? Não é como se estivesse na seca. Ela e Pop fazem sexo. Ela não é daquelas donas de casa reprimidas e solitárias dos anos 1950, que nunca tiveram escolha a não ser casar com o primeiro bonitão disponível e ter bebês e cumprir seu dever conjugal. Minha mãe é uma mulher moderna. Ela é uma cirurgiã, pelo amor de Deus. Abre pessoas com seu bisturi, as desmonta e depois as remonta. Minha mãe é uma gigante. Ela é durona.

Então, por que também não pode ser uma pessoa decente? É pedir demais? Ela sempre fala sobre como Afton e eu (e Abby, mais cedo ou mais tarde) precisamos ser fortes e boas não só como pessoas, mas também como mulheres. Gosta de dizer que devemos ser a mudança que o mundo precisa — uma frase atribuída a Gandhi, eu acho. Espera que façamos o nosso melhor, e nós fazemos. Tiramos nota alta em todas as matérias. Participamos das atividades extracurriculares necessárias e nos destacamos nelas também. Fomos exemplos quando crianças.

E esse tempo todo ela estava transando com outros por aí. Eu quero muito odiá-la.

— Ada? — diz Afton, baixinho.

— Por que fazem tanto caso com sexo? — pergunto, mais para mim do que para ela.

— Ah. Certo. Eu costumava pensar que não era nada demais. Eu encarava como uma coisa puramente física, algo programado no nosso cérebro animal, ou sei lá. Não achava que tinha que significar nada. Eu estava ansiosa demais para perder logo o cabaço, mas agora...

— Acho que não tenho como entender — retruco —, porque ainda sou uma virgem ingênua.

Ela inclina a cabeça, confusa com a insolência repentina.

— O que você não teria como entender?

— Todo mundo à nossa volta considera sexo a coisa mais importante do mundo.

As bochechas dela ficam rosadas.

— Todo mundo?

— Bom, você mesma disse que eu precisava encontrar um cara bonito para transar e, assim, superar o Leo.

Então, simples assim, voltamos a brigar. E a culpa é minha.

— Você sabe que eu não quis dizer isso — argumenta Afton, seus olhos abaixando como se eu a tivesse envergonhado de alguma forma. — Eu só estava...

— Acho que você estava falando sério, sim, ou não teria dito. Porque é exatamente isso que você faria.

Afton fecha a boca com tanta força que seus dentes batem.

— Ei. Não seja uma vaca.

Ah, então agora *ela* está *me* xingando.

— Quem, eu? — Finjo olhar em volta. — Acho que é melhor do que eu ser uma porra de uma chata, né?

Afton estreita os olhos e me encara em silêncio por um minuto. Então ela diz:

— Cadê seu *novo* namorado, afinal?

A pergunta é uma provocação imediata.

— Nick não é meu namorado. Estamos apenas conversando.

— Ficaram o dia inteiro conversando.

— Não é nada. Ele foi legal comigo ontem à noite, quando eu estava vomitando.

— Ah, é mesmo, eu bem que estava me perguntando sobre isso. Você *vomitou* ontem? — pergunta, os olhos azuis cravados em mim. — Sério? Porque eu acho que você estava fingindo para não ter que jantar com todo mundo. E essa costuma ser a minha desculpa. — Ela suspira. — Não quero mais brigar. Não sei que bicho te mordeu hoje, mas não é certo despejar sua raiva em cima de mim. Por que está tão brava, afinal? Tudo bem, eu entendo que ainda esteja irritada por causa do Leo, eu também estaria, mas não precisa descontar em mim.

Ela tem razão. É com minha mãe que estou brava. Eu devia pedir desculpas, sei disso. Agir como uma adulta responsável. Só que também ainda acho boa a estratégia de manter Afton longe de mim. Temos uma coisa meio morde e assopra, ora nos entendendo, ora nos estranhando. Eu a quero por perto, quero conversar com ela, entender as coisas, ouvir seus conselhos, sentir sua comiseração, ganhar seu apoio. Mas também quero afastá-la para que ela não se machuque.

Ter uma irmã é uma coisa complicada.

E de alguma forma irracional, eu culpo Afton. Se Afton não tivesse levado Abby para a aula de *hula* — se as duas não tivessem insistido na porcaria da aula de *hula* em vez de stand up, como eu queria —, nada disso teria acontecido. Eu ainda estaria feliz e totalmente alheia ao que está acontecendo com a mamãe.

Só que não posso dizer nada disso, então tenho que pensar em outro motivo.

Começo pelo óbvio.

— Você não me contou que você e Logan tinham terminado.

Ela franze o cenho.

— Eu já falei, você estava lidando com os próprios problemas...

— Uma boa irmã teria contado. A gente sempre conta tudo uma para a outra. Eu contei sobre o Leo. E se você tivesse me contado sobre Logan, poderíamos ter... não sei... nos consolado juntas. Mas, em vez disso, você me deixou ficar tagarelando sobre tudo que eu estava sentindo.

— Eu estava tentando ser solidária.

— Bom, melhor não ser. Além disso, você não guardou lugar pra mim.

— Quê?

— Hoje, quando chegamos no ônibus. Pensei que íamos sentar juntas, mas não, você ficou com a Kate.

Ela dá uma sacudida de cabeça um pouco confusa, tipo, de que diabos eu estou falando?

— Achei que você ficaria na frente, com a Abby.

— Mas não fiquei. Você nem gosta da Kate. E mais, você estava sentada na janela.

— E daí? Eu sempre sento na janela.

— E daí que você deve ter se sentado primeiro. E aí, quando Kate foi sentar do seu lado, você não disse: "Desculpa, estou guardando lugar pra minha irmã". O que teria sido a coisa certa para uma irmã fazer.

Afton parece cansada.

— Talvez eu não seja muito boa nessa coisa de ser uma irmã.

— Pois é, né? — digo, com ironia. — Enfim. É por isso que estou passando meu tempo com o Nick.

— Bom, ótimo — retruca ela, sarcástica. — Ele obviamente gosta de você.

— Ele está sendo legal. Só isso.

— Talvez ele possa ser mais do que legal.

Eu bufo.

— Você está solteira agora. Que tal *você* procurar algum cara para ficar? Deve ser fácil pra você. Você é tão incrivelmente linda. Tem que ter alguém por aqui que...

É quando o vejo.

Michael Wong.

O filho mais velho de Billy e Jenny, em pessoa. O que acabou de se formar na faculdade. O que supostamente tem uma bunda incrível. Ele está andando com Abby, Peter e Josie, conversando com Jenny.

— Olha o Michael lá — digo devagar, surpresa e confusa porque Billy disse no jantar da primeira noite que Michael não viria para o Havaí. — O que ele está fazendo aqui?

— O mesmo que o resto de nós. Foi arrastado pelos pais.

Nós duas encaramos Michael fixamente, e, como se sentisse nosso olhar, ele se vira, sorri em nossa direção e acena um *oi*.

Afton levanta a mão no aceno mais idiota da história. E depois eu juro que ela fica vermelha.

Dou uma risada incrédula.

— Olha só. Tá. Vai com tudo. Você mesma disse que Michael seria o consolo perfeito.

Olho em volta. Tudo o que vejo é um emaranhado de floresta tropical, tão denso que não consigo ver nada além da aglomeração sufocante de árvores e arbustos ao redor. Tipo meu humor atual.

— Bom, talvez seja estranho se alguém descobrir que você estava pegando o... filho muito mais velho do colega da nossa mãe. Mas quem se importa? É o que os animais fazem, não é? Eu apoio.

— Ele é fofo, na verdade — diz Afton friamente, ajeitando o cabelo sobre o ombro. — Acho que não percebeu o quanto é gato, e eu gosto disso nos homens. Além disso, ele também é muito inteligente.

— E para completar, tem uma bunda espetacular.

— Verdade. Temos muito em comum.

Claro que pessoas perfeitas têm muito em comum. Porque elas são perfeitas.

— Então presumo que você vai transar com ele. Tipo, não é mais brincadeira, né?

Nós nos encaramos em algum tipo de impasse em que ambas estão pensando duas vezes antes de dizer as palavras maldosas que queremos dizer.

— Quem disse que ainda não transei? — declara ela, por fim.

— Seria impressionantemente rápido, até pra você — retruco.

— Sim, bom, é impressionante o quanto eu sou eficiente.

Nesse momento, Nick sai do banheiro sacudindo as mãos para secá-las. Ele olha em volta e me vê. Seus olhos de fato brilham, e ele começa a vir em minha direção.

Naquele instante percebo que Afton tem razão. Merda. Nick gosta de mim. Gosta, tipo, está interessado em mim, romanticamente falando. Dá para ver pela maneira como sua caminhada muda, os ombros se endireitam, mais autoconscientes, como se ele estivesse deliberadamente tentando parecer atraente. Ele joga o cabelo para o lado e o ajeita atrás da orelha. Sorri. Merda, merda. Nick acha que eu estou interessada nele também. Achei que ele só estava sendo simpático. Não estava prestando atenção, mas agora vejo, em um daqueles lampejos que se tem às vezes, que todo esse tempo ele estava flertando comigo, do jeito nerd dele. Porque gosta de mim.

— Ah, ele é fofo — diz Afton. — Tipo um cachorrinho.

Eu me viro para minha irmã.

— Se você pudesse se abster de falar comigo pelo resto do dia, isso seria incrível.

Ela estreita os olhos.

— Ótimo.

— Fantástico — concordo.

Outra palavra com F.

Ela se afasta, provavelmente indo ao encontro do pobre e desavisado Michael.

Nick está quase me alcançando. Mais dez passos, e ele estará aqui, abanando o rabo.

Mas, em vez de cumprimentá-lo, em vez de ser legal da forma que ele é legal, decido que já tenho coisas o suficiente para lidar no momento. Eu nem conheço Nick direito, e já tive drama suficiente com meninos esta semana, obrigada.

Não preciso de um cachorrinho.

Então viro as costas para ele. E caminho na outra direção.

19

O primeiro grande crush que tive, alguns anos antes de Leo aparecer na galeria de arte naquele fatídico dia do ano passado, foi bem clichê: ele era meu vizinho. Seu nome era Darius, que é um nome bíblico sábio que caía muito bem nele porque Darius era quieto. *Como eu*, pensei. Eu o via trazendo as compras de mercado com a mãe enquanto ela fazia um monólogo, e ele a seguindo silenciosamente, indo e voltando para o carro. Eu o via aparando a grama. Colocando os pisca-piscas de Natal. Tirando o lixo. Eu o observava caminhando até o ponto de ônibus (para uma escola diferente da minha, já que a minha era só para meninas), e enquanto os outros meninos riam e provocavam uns aos outros e tentavam agir como se fossem maneiros, Darius era maneiro espontaneamente. Quando ele falava, os outros ouviam. Eu também gostava do som de sua voz, do timbre baixo e suave, embora nunca compreendesse o que ele estava dizendo. Nunca estive perto o suficiente para ouvir.

Comecei a desenhá-lo. Rosto. Orelhas. Mãos. A maneira como uma camiseta de manga comprida cobria seus ombros. Os sapatos que usava. Eu sempre fiz esboços rápidos de pessoas, mas fiz tantos de Darius naquele ano que Pop finalmente percebeu.

— É o vizinho? — perguntou certa manhã na mesa do café, debruçado sobre meu caderno de rascunhos, e eu corei tanto que poderia ter desmaiado, então Pop continuou: — Ah. Então é isso.

E era mesmo.

— Está bem parecido — disse Pop. — Devia chamar ele para sair alguma hora.

— E você provavelmente devia parar de palpitar na minha vida amorosa.

— Justo.

Deixamos o assunto de lado até ele vir à tona outra vez, naturalmente, algumas semanas depois. Estávamos em São Francisco em um jogo dos Giants. Eu estava sentada assistindo ao jogo, cuidando da minha vida, quando de repente Pop cutucou meu ombro.

— Olha lá — disse, indicando muito sutilmente com a cabeça duas fileiras à nossa frente, onde Darius estava com a família. — É a sua chance, Ada. Podia ir lá falar com ele.

Impossível.

— O que eu digo? — perguntei.

— "Oi, eu sou a Ada, sua vizinha."

Balancei a cabeça.

— Ele sabe que eu sou a vizinha.

— Seria só para puxar assunto — explicou Pop.

Mas que assunto eu puxaria? *Te acho bonito? O tempo está ótimo, né?*

— Agora vocês têm algo em comum para conversar — continuou Pop.

Encarei-o fixamente.

— Vocês dois gostam de beisebol.

Ah.

— Então vá falar com ele — insistiu Pop. — *Carpe diem*. Vai com tudo.

Voltei a balançar a cabeça.

— Eu... Não consigo.

Pop deu de ombros.

— Você que sabe. Acho que todo mundo precisa viver um amor não correspondido em algum momento da vida. Eu entendo. Se você nem tentar, é mais seguro. E assim ele não deixa de ser a pessoa que você imaginou. A realidade não afeta você. As pessoas podem continuar perfeitas quando nunca se descobre quem elas são. Só não é muito gratificante. Eu adoraria que algo melhor acontecesse com você. Uma coisa real.

— Você só pode ser o primeiro pai da história que *quer* que a filha adolescente converse com meninos — apontei.

Então, do nada, imaginei Darius e eu em meu quarto, Darius se virando para olhar minha arte nas paredes.

São ótimas, diria ele com a voz grave.

E então se assustaria ao ver um desenho dele mesmo. E eu ficaria envergonhada, porque provaria que eu estava basicamente o perseguindo, eu acho, mas eu também perceberia que ele estava lisonjeado. No fim, ele gostaria do desenho.

Você é muito talentosa, diria, e eu murmuraria um agradecimento e então quem sabe o que aconteceria, em meu quarto, com a porta fechada e Darius sussurrando que gostava do meu trabalho.

— Não estou dizendo para beijar ele — argumentou Pop. — Só não quero que você perca as melhores partes da vida por medo de se machucar.

Resumindo, Pop estava me chamando de covarde. Eu sabia disso. E eu também sabia que meu devaneio nunca aconteceria se eu não começasse falando com Darius. Então me levantei.

— Você consegue — disse Pop.

— Nós dois gostamos de beisebol — sussurrei para mim mesma conforme andava de lado sem jeito, contornando um monte de gente para chegar ao corredor.

Então, avancei algumas fileiras e fiquei um minuto observando Darius enquanto ele assistia ao jogo. Ele vestia uma camisa preta dos Giants com seu sobrenome (OLIVERA) estampado nas costas, em cima do número 07. Uma camisa que declarava que ele era mais do que apenas um fã casual de beisebol. Ele era um fã de verdade.

Não como eu, que vinha a um ou dois jogos por ano. Mal entendia as regras do jogo. Estava lá principalmente pela comida e porque Pop adorava.

Eu não poderia falar com Darius sobre beisebol, decidi. Então, o que eu poderia dizer?

— Precisa passar? — perguntou a senhora no final da fila, que percebi de imediato que era a mãe de Darius.

— Eu só vim dizer oi.

Ela franziu a testa, evidentemente alheia a quem eu era.

— Sou sua vizinha — expliquei.

Talvez se eu falasse com a mãe dele, poderia de alguma forma chegar até o próprio Darius. (Que foi mais ou menos como as coisas aconteceram com Leo, também, agora que penso nisso.)

— Da casa ao lado. Ada Bloom?

— Ah. — A testa continuava franzida. — Ah, legal. Oi.

— Oi.

Algo aconteceu dentro de campo. Todos se levantaram e aplaudiram.

A sra. Olivera parecia irritada por ter perdido o lance.

— Bom, que legal ver você, Ava — disse ela. — Obrigada por passar aqui.

Eu não me importava que ela tivesse errado meu nome nem que tivesse feito parecer que eu era um daqueles vendedores que tocam a campainha para convencer o morador a comprar painéis solares ou algo do tipo. Eu estava tentando descobrir como perguntar se ela gostaria de sair para jantar: a família dela e a minha. Algo sobre como nunca conhecemos nossos vizinhos direito hoje em dia, e como eu achava isso triste. Só que ela não estava mais olhando para mim.

Eu teria desistido naquele momento, mas foi quando Darius olhou em nossa direção, e seus olhos brilharam como se eu fosse a pessoa que ele mais queria ver. Ele até sorriu. *Sorriu.* Para mim.

Eu poderia ter desmaiado.

Então ele se levantou e se aproximou.

Oi, pratiquei em um murmúrio. *Curtindo o jogo?*

Ele parou no corredor ao meu lado.

— Oi — falei, sem fôlego.

— Vou querer dois — disse ele, com aquela voz melodiosa e esplêndida, estendendo o braço para entregar algumas notas ao vendedor de cachorro-quente atrás de mim.

Porque ele estava *comprando cachorro-quente, sua tonta*.

Depois, com o lanche em mãos, Darius voltou para o lugar.

Foi muito mais do que não me reconhecer. Ele nem sequer registrou que eu estava lá.

Eu não existia no mundo dele.

Corri de volta para o meu assento.

— Como foi? — perguntou Pop enquanto eu desabava na cadeira ao lado dele. Ele viu minha cara. — Foi bom assim, hein?

— Me faz um favor, tá?

— Qualquer coisa. Desde que seja razoável, claro.

— Não me dê mais conselhos sobre meninos.

— Tudo bem.

— Tipo, nunca mais.

— Tudo bem.

— É sério.

— Entendi.

— Ótimo.

Acho que foi a primeira vez que percebi não ser aquele tipo de menina, a menina para quem os meninos olham e querem beijar. Daquele jeito que todos aparentemente queriam beijar Afton assim que avistavam seu longo cabelo loiro. Eles simplesmente não me viam dessa forma. Se é que me viam, para começo de conversa.

Eu não era — senti um embrulho no estômago com a constatação — beijável.

Eu nunca teria pensado no termo *intransável*, mas isso também.

Até o Leo aparecer. Só que isso foi um acaso. Ou não. Quanto mais penso no assunto, mais acho que talvez Leo não estivesse tão interessado em mim. Talvez ele estivesse simplesmente interessado em transar. O que não é a mesma coisa. Não mesmo.

20

Obviamente, não me sento ao lado de Nick no ônibus depois de esnobá-lo, ou quando paramos novamente, desta vez para jantar em um restaurante enorme estilo bufê. Fico encolhida no canto do salão de jantar, justificando minha grosseria ao pensar que não seria boa companhia para ninguém. Meu término com Leo aconteceu há menos de quarenta e oito horas. O casamento dos meus pais está desmoronando. Estou escondendo um grande segredo da minha irmã. Estou aqui lembrando de Darius, do nada, em quem eu não pensava há muito, muito tempo.

Minha vida está uma bagunça.

A expressão no rosto de Nick, porém, foi tenebrosa. Tive um vislumbre, enquanto me virava de costas para ele, de como seus olhos se turvaram e seu sorriso se desfez. Foi muito pior do que meu episódio do cachorro-quente com Darius, porque eu fiz isso com Nick de propósito. Porém, digo a mim mesma que estou realmente fazendo um favor a ele ao rejeitá-lo. Às vezes, como diz uma das músicas favoritas de Pop, você tem que ser cruel para ser gentil.

Estou me sentindo moderadamente bem com aquela decisão até trazerem o bolo de aniversário, um bolo de abacaxi pequeno e redondo com uma vela acesa no meio.

É aniversário dele.

Kahoni coloca o bolo na mesa diante de Nick. Todos começam a cantar o parabéns desafinados. Nick se debruça sobre a chama oscilante com um olhar envergonhado. Ele não olha para mim, embora eu tenha certeza de que sabe que estou ali. Ele olha para todo mundo, *menos* para mim.

Porque eu o magoei. Eu fiz com que ele se sentisse pequeno e idiota. No dia do seu aniversário.

Nossa, que cretina. Eu sou uma cretina.

— Quantos anos você tem? — pergunta Kahoni, depois que o coro para e Nick sopra as velas.

Nick murmura uma resposta. Não consigo ouvir, mas sei o que ele disse: 16 anos, o mesmo que eu agora.

— Parabéns pelos 16! — exclama Kahoni, dando tapinhas nas costas de Nick outra vez.

— Você já deu seu primeiro beijo? — pergunta uma mulher de cara vermelha na mesa ao lado. É Penny Jacobi, claro! Ela parece ter tomado vinho demais no jantar. — E aí, já beijou?

Nick a encara incrédulo, como se Penny estivesse perguntado se ele já andou na lua.

— Quer dizer, tipo, romanticamente?

— Bom, beijinho na sua mãe é que não é — esclarece ela, abrindo um meio sorriso.

Não sei nada sobre a mãe de Nick. Todo mundo chama o pai dele de solteirão "convicto", seja lá o que isso signifique. A mãe de Nick deve ter estado em cena em algum momento, mas não faço ideia do que aconteceu com ela.

— Não — murmura Nick. — Nunca beijei.

— Talvez devêssemos tentar consertar isso.

Penny ri e olha em volta.

— Quem quer beijar este rapaz no dia do aniversário dele?

Silêncio.

— O quê? Ninguém? Ah, vamos lá, ele não é tão feio assim! — insiste Penny, sua voz arrastada. — Quem se voluntaria?

Todas as meninas de uma idade remotamente elegível se afastam. Eu adoraria dizer que sou diferente, que me levanto e mostro o dedo do meio aos Jacobi e planto um grande beijo nos lábios surpresos de Nick na frente de todo mundo.

Só que não faço isso. Apenas continuo sentada onde estou, a cabeça abaixada, esperando não chamar a atenção de Penny.

— Mãe, senta logo — diz Kate, por fim. — Deixa o garoto em paz.

— É, não seja cruel, Jacobi. Sente-se logo antes que você caia — emenda Marjorie Pearson, e já que ninguém mexe com Marjorie, Penny volta, aos tropeços, para seu lugar.

Kahoni apoia a mão no ombro de Nick e aperta.

— Não se preocupa, cara. Vai acontecer. O primeiro beijo é especial demais para desperdiçar com uma pessoa qualquer.

Lá vamos nós de novo. Especial.

— Certo — concorda Nick, parecendo desanimado.

Kahoni parece um especialista no assunto, considerando que seu nome, eu me lembro, significa "o beijo". Ele aperta o ombro de Nick uma última vez e sai para conversar com alguns dos outros convidados.

Todos voltam ao que estavam fazendo antes do bolo. Ainda bem que isso inclui os Jacobi. Vejo Nick revirar seu pedaço de bolo no prato.

Imbeijável.

Intransável.

E, de repente, só penso: *não.*

Não. Então faço o que deveria ter feito antes.

Eu me levanto.

É como se um alienígena tivesse tomado conta do meu corpo. Não me demoro. Não ensaio o que dizer. Não tento pensar em algo sagaz. Não hesito. Eu marcho direto até a mesa de Nick e digo:

— Oi.

Os olhos dele ainda brilham quando me vê. Eu não o interpretei mal mais cedo. Ele gosta de mim.

— Feliz aniversário — digo.

— Obrigado.

— Eu posso.

— O quê?

— Eu te dou um beijo, se quiser.

Ele me encara, atordoado.

— Beija?

— Além do mais, quer transar comigo?

— Quero.

Enquanto processo o que acabei de dizer, ele arregala os olhos.

— Espera aí… — balbucia. — O quê?

— Não quis dizer agora, obviamente — explico. — Talvez, tipo, amanhã?

Ele abre a boca e depois a fecha novamente.

— Te vejo depois — digo, e me afasto.

21

Volto para o ônibus mesmo que ainda não seja hora de entrar, e me escondo no banco de trás para tentar entender por que acabei de fazer aquilo: ir até Nick e perguntar na maior cara de pau se ele queria *transar comigo*. Esse menino que nem conheço. Ok, tecnicamente conheço Nick — eu o conheço desde que éramos crianças —, mas não o conheço a ponto de *vamos transar*. Como é que pulei de um beijo direto para um *quer transar comigo*?

Estou dizendo coisas do nada o tempo todo nessa viagem, mas é tarde demais para retirar o que acabei de falar.

Respiro fundo. As pessoas estão voltando para o ônibus. Nick vai estar entre elas. Preciso pensar no que dizer quando conversarmos de novo.

A meu ver, tenho três opções:

Opção um: *Ha ha ha, gostou da minha piada?*

Opção dois: *Desculpa. Estou passando por uma coisa. Posso estar perdendo a cabeça, na verdade. Eu não estava falando sério.* Essa parece ser a resposta mais honesta, mas será? Eu realmente *não* estava falando sério? O que me leva à…

Opção três: *Claro, vamos transar. Como está sua agenda? Porque a minha está vazia pelo resto da semana.*

Um calor inunda meu rosto. Quero escolher a terceira opção porque quero ser ousada e não ter arrependimentos. Chega de ser a tímida da história, de ser Ada, tão simpática e educada. Ousada. Posso ser ousada. Já gritei "Vai se foder!" para uma pessoa em um estacionamento lotado. Consigo ser ousada assim de novo.

— Ei, Ada — chama alguém.

Olho para meus pés e disparo:

— Eu tava brincando, óbvio.

— Brincando sobre o quê?

Quando ergo o olhar, descubro que não é Nick. É Peter Wong, segundo filho da família Wong.

— Desculpa — gaguejo. — Pensei que...

— Sua irmã roubou meu lugar — diz ele, gesticulando mal-humorado para a frente, onde Afton agora está sentada com Michael, Abby, Josie e Jenny. — E todo mundo já sentou.

Eu deveria me sentir ofendida, mas afirmo com a cabeça e digo:

— Tudo bem. Pode sentar aqui.

— Não precisa conversar comigo só por isso — diz Peter.

Ele é o filho do meio, entre Michael e Josie — ele é a "Ada" da família Wong.

— Por mim tudo bem — digo. — Pode só sentar.

Ele se senta. O motorista dá partida e o ônibus se afasta do restaurante. A voz de Kahoni explode nos alto-falantes, informando que estamos indo para a última parada da excursão: a parte de fato vulcânica do Parque Nacional dos Vulcões. Peter começa a assistir a um filme no celular e parece contente em me ignorar.

Eu suspiro. Mais uma vez, fui uma covarde.

Escolhi a opção um.

* * *

Já está escurecendo quando chegamos, o que Kahoni cronometrou intencionalmente, já que é muito mais fácil ver a lava do vulcão no escuro.

Primeiro, no entanto, o grupo passeia pelo centro de visitantes. Aprendemos sobre vulcões, esse tipo de vulcão em geral, e sobre o vulcão Kilauea especificamente. Sobre como sua atividade formou as ilhas havaianas, como continua formando-as agora mesmo, como, enquanto estamos comprando cartões-postais, a Ilha Grande continua crescendo. Existe outra ilha — li isso na parede —, uma nova, chamada Loihi, que aparecerá mais para o sudeste em algum momento nos próximos dez a cem mil anos.

Paro para examinar uma exibição de roupas e botas de um cientista recuperadas depois que ele caiu em lava quente de um lugar que ele pensou ser sólido, mas acabou sendo apenas uma crosta fina que o separara de um desastre.

Penso em Pop. Não consigo parar de pensar nele. Uma vez, improvisamos um caminho de travesseiros por toda a sala porque Abby queria fingir que o chão era feito de lava. Pulamos de travesseiro em travesseiro, Abby rindo com aquela alegria pura de criança e Pop rindo com ela. Pop rindo. É o que me vem à cabeça quando ouço a palavra *risada*: o estrondo profundo de alegria saído de seu peito largo.

Pego meu celular e mando uma mensagem para ele.

Estou com muita saudade. Ainda meio P da vida que você não veio.

Não usamos essa expressão na família, mas eu escrevo mesmo assim. Também uso ortografia completa e pontuação porque Pop odeia mensagens mal escritas. Ele não responde. Provavelmente está dormindo ou trabalhando. Perdi a noção da diferença de fuso horário.

— Tá bom, pessoal, vamos finalmente ver a atração principal!

Kahoni nos reúne para irmos ao mirante do vulcão e distribui binóculos para podermos dar uma boa olhada na lava laranja e brilhante que borbulha e borrifa ao longe.

Bem ao longe.

Muito, *muito* longe.

É por isso que precisamos de binóculos.

Estamos tão longe que é difícil ver qualquer coisa além de um pouco de laranja, como fogo. Não podemos nos aproximar mais porque o chão é instável e ninguém quer virar churrasquinho.

Não é muito empolgante. O contraste é bom — o estouro laranja contra a rocha cinzenta e o céu —, mas falta definição. Não acho que eu poderia pintá-lo, embora eu pudesse tentar.

Abby vem saltitando junto de Josie e Jenny Wong.

— Viu a lava, Ada?! Carambola! Acabei de descobrir que amo lava!

Talvez ela também esteja pensando em Pop.

— Eu sei. Não dá frio na barriga de ver?

— Não é frio. É quente — informa ela. — Te queimaria se você caísse lá dentro. Inteirinha! Ainda bem que não jogam mais gente lá dentro, né?

Ela me pede para levantá-la para ver melhor com os binóculos, e eu concedo o pedido. Então diz que quer descer e, assim que seus pés tocam o chão, corre de novo com Josie e Jenny para tomar sorvete.

Sozinha outra vez, fico olhando para o brilho distante do vulcão. Parece que estou esperando por algo. Um desastre? Um sinal? Eu não sei.

Então, percebo que Nick está ao meu lado, a luz laranja acentuando a nitidez de seu nariz pequeno e arrebitado. É como uma pista de esqui, o nariz de Nick.

Fico sem ar. Deus, eu perguntei se ele *transaria* comigo. E agora?

Será que realmente vou com a opção um?

— É uma noite bonita para ver um vulcão, né? — Ele se vira para mim. — Aparentemente, tem um passeio especial em que dá pra caminhar até um local onde a lava escoa para o oceano.

Teria sido bem legal de ver. Tem um passeio de barco também. Mas ainda assim dá um friozinho na barriga.

— Não é frio, é quente — digo.

Ele faz um som que é uma mistura de uma bufada e uma risada. Depois, silêncio. Ao longe, o vulcão expele um borrifo de rocha quente e líquida.

— Então... — diz Nick, por fim.

É assim que eu sei que vamos falar sobre a questão. Sobre o que eu disse.

— Então... — respondo.

— Tenho uma pergunta sobre o que rolou mais cedo.

— No restaurante?

Claro que ele está se referindo ao restaurante.

— Isso.

— Qual é a pergunta?

— A minha pergunta é: por quê?

— Por que o quê?

— Por que você me chamou pra transar com você?

Meu coração bate contra as costelas.

— Eu... er... Estou meio que passando por uma coisa agora.

— Eu percebi. Mas tipo o quê, exatamente?

Durante três segundos, fico tentada a contar. Seria tão bom contar para alguém. Desabafar. Aquele peso parado ali como uma pilha de tijolos.

— Bom, meus pais, sabe... e eu acabei de terminar com o meu...

Depois de começar, resolvo não elaborar.

— Eu não... e depois eu vi...

Meu Deus, estou seguindo com a opção dois, e ela é, percebo, ainda pior do que a opção um.

— Tive um lapso de sanidade, eu acho — concluo.

Ele assente discretamente.

— Então você não estava falando sério.

Mas aí é que está: eu estava.

Transar com Nick provavelmente seria um erro. Só que talvez eu queira cometer um erro. Um grande erro. Um erro alucinante, colossal, irrecuperável, um erro que significaria que estou viva e sou uma adolescente humana e tenho defeitos e, pasme, mundo: não sou uma porra de uma chata!

— Falei sério, sim — admito, mais alto do que pretendia. — Tenho 16 anos e sinto que nunca fiz nada remotamente arriscado ou emocionante, e parece que todo mundo à minha volta está fazendo coisas, e... Bom, não vou entrar nos detalhes do que estão fazendo, mas eu também *quero* fazer coisas. Quero sentir alguma coisa além de culpa, eu acho, e sabe, por que eu estou me sentindo culpada? Nem tenho motivo. Eu me recuso a me sentir culpada pelo que as outras pessoas fazem. *Eu* quero fazer coisas. Quero sentir as coisas. Então sim. Sim, eu estava falando sério. Eu quis dizer aquilo. Sim.

— Nossa. Quanta coisa para processar. Mas ok.

Olho para ele.

— É?

— Bom, eu não entendi tudo direito, mas do que eu consegui entender, eu concordo. Minha vida é um saco, pra falar a verdade. Eu fico pensando, é só isso? Sério? Essa aqui é a minha vida?

Começo a assentir compulsivamente.

— Exatamente.

— Quero fazer coisas!

— Então você quer transar — confirmo.

Está escuro, mas tenho a sensação de que ele está ficando vermelho.

— Quero. Eu também estava falando sério. No começo eu disse sim porque foi o que saiu da minha boca quando você perguntou, uma reação automática ou sei lá. Mas fiquei pensando nisso nessa última meia hora, e sim. Sim. Isso é uma afirmativa.

Agora é minha vez.

— Por quê?

— Sou um menino de 16 anos — explica ele.

— Feliz aniversário, por sinal.

— Valeu. Enfim, sexo é algo em que penso setenta e oito por cento do tempo hoje em dia. — Ele nota minha expressão e acrescenta: — Mas deveria ser especial, certo? Com a pessoa certa. No lugar certo. E o que poderia ser melhor do que o Havaí?

Aí está essa palavra, de novo. Especial. Só que eu me sinto agitada por dentro, uma excitação física real, todos os meus órgãos acelerando só de falar sobre sexo. Esse tipo de coisa, obviamente, não se restringe aos meninos. Eu quero transar. Com Nick Kelly, o magricela fujão.

E eu aqui pensando que Leo era o milagre.

— E você acha que eu sou a garota certa? — pergunto devagar, absorvendo o que ele disse.

— Bem, eu te conheço. Sempre gostei de você.

E aí, quem é intransável agora, hein? Eu é que não sou. Nem Nick.

— Também gosto de você — digo, em tom leve. Eu compararia ao tanto que gosto de chocolate. Ou quase isso. — Mas não precisa ser um relacionamento, né? Quer dizer, a gente só se vê tipo uma vez por ano. Pode ser casual.

— Certo. Casual. Por mim tudo bem. Então estamos de acordo. Nós vamos...

— Transar. Sim. De acordo — digo.

— Será que a gente... faz um aperto de mãos para selar o acordo?

O alienígena assume o controle de meu corpo novamente.

— Talvez a gente devesse se beijar. Eu disse mesmo que ia beijar você.

— Ok — concorda Nick, e então estamos nos inclinando na direção um do outro, já avançando pelo caminho até o local onde nos beijaremos, bem ali naquela multidão de turistas parados à beira de um vulcão. Nossos lábios estão se aproximando, só que muito devagar.

Meu coração bate como um tambor. Espero que meus lábios não estejam secos. Ficam rachados por dias sempre que viajo de avião. E espero que meu hálito esteja bom. O de Nick tem cheiro de baunilha, canela e abacaxi. Igual bolo. Eu realmente quero beijá-lo, percebo. Parece a coisa certa, como se o beijo dele pudesse apagar os beijos de Leo da minha cabeça. Como se beijar Nick pudesse me fazer esquecer as coisas que vi desde então. Parece a coisa certa a fazer. Parece...

— Ada!

Olho para trás bruscamente e vejo Afton de pé a poucos metros de distância, com as mãos na cintura.

— Eu disse pra você não falar comigo! — grito.

— Todo mundo já está no ônibus! — berra ela de volta. — Anda logo!

Ela olha feio para mim e depois para Nick e depois de volta para mim. Em seguida, joga as mãos para o alto, parecendo exausta, e volta para o ônibus.

— É melhor a gente ir — observa Nick.

— Desculpa. Minha irmã estraga tudo.

Corremos pelo estacionamento. Kahoni nos lança um olhar incisivo enquanto entramos no ônibus, mas não diz nada. O ônibus está cheio: não temos dois assentos livres juntos.

Nick se aproxima de mim, o cheiro de bolo ainda tentador.

— Me encontra na cabana à beira da piscina da Torre Oceano, amanhã, nove da manhã, e a gente conversa.

Parece sensato. Uma conversa primeiro. Algo que Leo definitivamente deveria ter feito.

— Pode ser às oito?

Às nove, costumo já estar com Abby a tiracolo, e não quero que minha irmãzinha faça parte dessa conversa. Quem sabe o que ela sairia dizendo por aí depois?

— Ah, oito, nossa, tudo bem.

— Amanhã, oito da manhã — confirmo.

Isso pode realmente acontecer. Para valer, desta vez.

Nick encontra um lugar vazio em algum ponto no meio do ônibus. Acabo ficando na frente ao lado de Kahoni, mas ele não reinicia sua aula de história. Em vez disso, deixa todos dormirem durante toda a longa viagem de volta ao Hilton. Eu, no entanto, não durmo. Estou com muita coisa na cabeça.

Duas horas depois, quando o ônibus entra no hotel, meu celular me notifica de uma mensagem.

Pop.

Também estou com saudade. Mais que você.

Ele não faz ideia.

Acho que esse é o problema. Só que também não quero que ele descubra nunca.

Queria que você estivesse aqui, escrevo. O que é meia verdade. Eu gostaria que ele estivesse com a gente o tempo todo. Assim, nada fora do comum teria acontecido. Assim, talvez, Nick Kelly tivesse sido a coisa mais emocionante que descobri no Havaí.

22

Quando eu tinha 8 anos, mamãe me levou para o trabalho no hospital. Eu me lembro de estar feliz por ela não ter levado Afton também, e por poder simplesmente ser eu mesma sem qualquer comparação entre nós duas. Também me lembro de ter ficado emocionada por ter um dia inteiro para passar só com minha mãe. E de, no trem-bala para Palo Alto, mamãe tentar ajeitar meu cabelo, mantê-lo baixo e no lugar, mas não tinha experiência em pentear cabelo e logo desistiu. Ela se sentou de frente para mim e me deu o verso de um pedaço de papel para eu desenhar.

— Está animada? — perguntou ela, enquanto eu tentava capturar o interior do vagão do trem em algumas linhas a lápis, embora eu também estivesse olhando para ela, memorizando os ângulos de seu rosto, para um retrato que eu queria fazer mais tarde.

Afirmei com a cabeça, incerta sobre aquele dia. Sabia que ela era uma cirurgiã cardíaca, ou seja, que abria o peito das pessoas e operava corações, e meu próprio coração batia rápido tentando me imaginar vendo aquele procedimento. Ao longo de toda a semana, tentei me preparar assistindo a séries sobre médicos. Eu me imaginei lavando bem as mãos a seu lado, de uniforme e touca.

— Bisturi — diria ela para mim, e eu entregaria a fina lâmina prateada, e então olharia por cima do ombro dela enquanto mamãe realizava o corte.

O corte. Uau. Parecia um teste. Eu seria forte o suficiente para testemunhar isso? Eu vomitaria? Desmaiaria ao ver todo o sangue?

Sinceramente, não sabia.

O trem guinchou até parar.

— Chegamos — disse mamãe. — Vamos lá.

No hospital, ela me levou direto para seu consultório, onde Ruthie estava esperando.

— Ai, graças a Deus, Ruthie — disse mamãe. — Consegue fazer alguma coisa com o cabelo dela?

Depois desapareceu pelo corredor, um borrão agitado de jaleco branco.

Fiquei sentada no consultório de minha mãe atrás da mesa enquanto Ruthie penteava meus cabelos em uma trança embutida.

— Sabia — começou Ruthie enquanto puxava e alisava — que você nasceu neste hospital? Sua mãe estava tão engraçada. Ela estava lá, em trabalho de parto, mas nem assim conseguia parar quieta. Acabou vindo da maternidade até aqui, de avental, só para ver como estavam os pacientes mais críticos.

Eu já escutara a história. Muitas vezes. E como, umas quatro horas depois de me ter, ela me amarrou ao peito com algum tipo de faixa e voltou para verificar seus pacientes outra vez. Tentei imaginar qual teria sido a sensação, sendo tão pequena e nova, apertada junto ao peito de minha mãe.

— Puxa, parece que foi ontem — disse Ruthie, com um suspiro.

— Não pra mim. Eu não me lembro.

Ela riu.

— Enfim. Por aqui, chamamos sua mãe de "o Vendaval".

Eu também sabia disso. Às vezes, Pop falava isso para ela em casa. Ele dizia: "Tudo bem, agora é hora de deixar de ser o Vendaval e voltar à velocidade normal". E ela obedecia. Pop era mágico. Quando o telefone sobre a mesa tocou, Ruthie atendeu.

— Está bem. Vou subir com ela.

Passei a maior parte do dia na galeria, um salão que dava para a sala de cirurgia. Fiquei sentada ali entre os estudantes de medicina e os residentes e observei, a uma distância segura e menos sangrenta, como minha mãe colocava pontes de safena, abrindo o peito, colhendo veias da perna do paciente para conectar ao seu coração.

Não desmaiei nem vomitei. Basicamente, fiquei lendo um dos quadrinhos de Pop e tentei parecer interessada caso minha mãe erguesse o olhar para me ver. O que ela não fez, já que estava cem por cento focada no trabalho. Provavelmente nem se lembrava de que eu estava lá.

A cirurgia durou cinco horas, mas correu tudo bem. Almocei com Ruthie no refeitório do hospital e depois passei um tempo com minha mãe, que me apresentou aos outros cirurgiões, enfermeiros e residentes. Lembro que Billy Wong me contou uma piada e me deu um pirulito. Ele ainda não tinha uma filha, só Michael.

Depois, no trem voltando para casa, mamãe disse:

— Estou orgulhosa de você.

Aquilo me deixou confusa, porque eu nem tinha feito nada.

— Eu sei — respondi, embora não soubesse, na verdade. — Estou orgulhosa de você também, mamãe.

Eu estava.

Eu realmente estava.

23

Hoje é o dia. É o primeiro pensamento que tenho ao acordar. Combinei de transar. Hoje. E por que não? Sinto um certo alívio pensando a respeito. Com Leo, havia muita pressão ligada àquela ideia. Tantos sentimentos. Um certo grau de ansiedade quanto a meu desempenho. Porém a ideia de transar com Nick é completamente diferente. Com Nick, parece apenas dois nerds tirando do caminho esse grande acontecimento da vida para podermos dizer que fizemos e seguir vivendo normalmente.

Casual, decidi. Casual é a escolha certa. Como foi mesmo que Afton disse ontem? Perder o cabaço.

Meio tarde demais me ocorre que talvez a decisão de fazer sexo seja uma forma de vingança. Vingança contra quem, não sei dizer. Contra Afton, por tentar definir para o que estou ou não estou pronta, ou por sua capacidade inexplicável de fazer qualquer cara que ela queira cair a seus pés, em um estalar de dedos. Contra minha mãe, por esperar que eu seja sempre tão perfeita enquanto ela está livre para errar o quanto quiser.

Elas vão ver só.

Porém, além de tudo isso, também se trata de uma curiosidade sincera. De saber como vai ser. Eu me sinto tão mal com tudo agora. Quero me sentir melhor. Sexo poderia fazer eu me sentir melhor. E talvez seja simples assim.

Estico os braços e me espreguiço. Hoje é o dia. Ou talvez a noite.

Ainda não consigo imaginar Nick e eu, fazendo sexo um com o outro, mas vou chegar lá. Eu decidi. Hoje.

Eu me levanto da cama e então percebo a mancha vermelha nos lençóis brancos.

— Não — digo, incrédula.

Corro para o banheiro para conferir o pijama.

— Não, não, não, não, não!

Sim. Minha menstruação desceu. Quatro dias adiantada. Eu sabia que estava chegando e até pensei em como era injusto ficar menstruada no Havaí e como é sempre assim quando você vai viajar. Você tem que levar todos aqueles itens a mais. Tem que se preocupar e se preparar.

Mas hoje, de todos os dias, é outro nível de injusto. Isso vai atrapalhar muito minha vida.

É como se o universo não quisesse que eu transasse. Por vingança ou não.

— Nãããããão — choramingo.

E, seguindo a deixa, vem a cólica. Por que isso sempre acontece, hein? A dor só vem quando você percebe que ficou menstruada? Eu me sento no chão do banheiro. Quero gritar. Quero chorar sobre como esse mundo é injusto. Quero comer sorvete e sentir pena de mim mesma e possivelmente morrer.

Uma sombra surge à minha frente: Afton, parada na porta do banheiro.

— Pelo barulho, achei que tinha alguém morrendo aqui dentro.

— Ah, mas eu estou — confirmo. — Minuto a minuto, estou me aproximando da sepultura. Só mais uns setenta anos mais ou menos.

Ela bufa e sai do banheiro, voltando a me odiar.

Eu me levanto e me limpo, depois tomo uma ducha rápida e recorro a uma série de produtos e, antes que mamãe possa entrar para despejar Abby em minhas mãos, corro para a piscina para me encontrar com Nick.

Só que agora não sei o que dizer.

Ele está lá. Que bom que ele é pontual. Leo sempre chegava atrasado.

— Já experimentou o açaí do café? É ambrosíaco — diz Nick, enquanto me aproximo da cabana à beira da piscina.

Ele está claramente tentando me impressionar com seu vocabulário requintado. Como um pássaro batendo as asas coloridas. *Verbal. Ambrosíaco.* Ha-ha-ha.

Desabo na espreguiçadeira ao lado dele. Mais uma pontada de cólica passageira. *Argh*, se eu pudesse simplesmente arrancar meu útero e jogá-lo no mar, seria ótimo.

— É bem bom — continua ele.

Nick mexe na tigela com a colher e levanta uma enorme porção de banana fatiada e mirtilos.

— Não sou muito chegado a fruta, mas isso está me fazendo repensar a minha vida. O que é açaí, afinal?

Não faço ideia.

— Uma espécie de fruta mágica. Por que você não gosta de frutas?

— Meu pai está sempre tentando me obrigar a comer frutas e verduras. E aí eu preciso obrigar ele a se esforçar nessa coisa de paternidade, sabe? Odeio ser fácil.

— Ou, tipo, saudável, né?

Ele dá de ombros.

— Tento transgredir de vez em quando. Especialmente quando se trata das minhas escolhas alimentares.

Vejo uma mancha de açaí na frente da camiseta dele.

Durante todo o tempo que estava acordada, fiquei me perguntando se, quando o visse de novo, ainda teria aquela sensação quase sexy de ontem à noite.

Não tenho.

Por vários motivos, eu acho.

Ele está olhando para minha cara.

— Você mudou de ideia?

Estou me sentindo inchada. Meu Deus, como eu amo ser mulher — ah, espera, na verdade não. Mas eu digo:

— Estou aqui, não estou?

— Você poderia estar aqui para me dizer que mudou de ideia.

— Bom, eu não mudei.

— Então transar continua de pé — diz ele, devagar. — Pensei que eu poderia ter comido um pedaço estragado do bolo de abacaxi ontem e alucinado tudo o que aconteceu.

— Continua de pé. — Eu me esforço para soar casual. — Mas precisamos de um plano.

— Com certeza. É de conhecimento geral que transar sempre requer uma estratégia.

— Tá. Agora falando sério.

Ele arqueia uma sobrancelha.

— Estou falando sério. Sou um cara muito sério.

Eu reprimo um sorriso. Antes disso, eu achava Nick bastante sério. Toda a minha vida ele foi esse garoto solene e quieto que ficava ao fundo nos passeios e excursões (exceto aquela vez no Rio). Só que agora, aqui, ele está sendo um piadista.

Seu olhar vai do meu rosto para o que estou segurando.

— Você trouxe um caderno. Então, obviamente, você está *mesmo* falando sério.

— É o meu bloco de desenho.

— Ah, vai me mostrar um pouco do seu trabalho? — pergunta ele, parecendo ansioso.

— Não. Eu uso isso para tudo. Às vezes eu uso para listar o que está na minha mira.

— *Mira*? Isso é preocupante. Tipo, você usa isso para registrar suas vítimas?

— Não — respondo, com um suspiro. — Tipo objetivos.

Ele me olha sem entender.

— Como tópicos que você lista quando está fazendo uma lista de tarefas...

Eu continuaria explicando, mas logo percebo que ele está zoando com a minha cara. Bato no joelho dele com meu bloco, e ele ri.

— Então, sabichão, vamos ao plano — digo, abrindo o bloco.

O PLANO, escrevo no topo da página. Minha mente está a mil, pensando em como isso será possível, agora que estou naqueles dias. Hoje está fora de cogitação, com certeza.

Nick se inclina para ler o que escrevi.

— Não deveria dizer sobre o que é o plano, tipo o plano de transar? Não queremos que se misture com nenhum dos outros planos que você tem escrito nessa coisa.

Eu bufo, mas escrevo o enunciado *transar:* antes de *o plano*.

— Melhor assim?

— Aham.

A voz dele parece mais calma. Volto a olhar para Nick. O sorriso travesso desapareceu. Seu rosto está ainda mais pálido do que o normal. Ele parece assustado.

Do jeito que me senti com Leo, talvez.

Não quero pensar em Leo.

— Acho que devemos começar por onde esse suposto sexo vai acontecer. No meu quarto não dá — acrescento rapidamente. — Não posso...

Minha mente escolhe este momento para revisitar a cena do roupão branco. O quarto de hotel escuro. Eu engulo o nó na garganta.

— Não dá pra transar no quarto em que minha mãe ou minhas irmãs estão dormindo. Seria estranho.

— Tudo bem. Que tal...

— Na praia, não. E nem na piscina.

— Isso seria meio que em público demais, né?

As orelhas de Nick estão ficando rosadas.

— Concordo. Precisamos de um lugar com privacidade.

— Tipo meu quarto — oferece Nick.

— E o seu pai?

— Tenho um quarto só pra mim.

Eu arfo de surpresa.

— Mimado!

Ele dá de ombros.

— A conferência paga dois quartos. Só temos duas pessoas na minha família. Uma das regalias.

— Então vai ser no seu quarto. Qual é o número?

— É o 407.

Eu faço a anotação.

— Mas tem que estar arrumadinho, tá? — exijo. Penso na primeira vez de Afton, na garagem daquele menino, ao lado da máquina de lavar. — Eu me recuso a transar do lado de uma pilha de meias sujas.

Nick solta uma bufada irritada.

— Você acha que eu sou um desleixado?

— Hum, não.

Tento ignorar a mancha na camisa dele e como a barra está enfiada pela metade na cintura da bermuda. Ou a bagunça em que está seu cabelo.

— Próxima pergunta — continuo, decidida. — Quando?

— Bom, poderíamos...

— Não vou estar pronta por pelo menos mais três dias — digo depressa.

Felizmente, meus ciclos são bem curtos. Três dias devem ser o suficiente. Eu espero.

— Por quê? Precisamos ter uma aula primeiro? — pergunta ele, abrindo um sorrisinho.

— Preciso me preparar.

Preciso me recuperar da traição que meu corpo fez comigo.

— Daqui a três dias é sábado — constata Nick. — Então, sábado?

— Isso.

— Que horas? Tem preferência pela manhã ou à tarde?

Ele faz parecer que estamos marcando uma consulta com o dentista.

— Noite, né?

— À noite parece mais romântico — concorda ele.

Não sei se romântico é o que queremos, mas anoto: *noite*.

— Mas sábado à noite é o jantar de premiação — digo, me lembrando. — Talvez domingo à noite?

Nick balança a cabeça.

— Meu pai e eu vamos pra Oahu no domingo à tarde. — Ele coça o queixo como se tivesse barba ali, em vez de três delicados pelos ruivos. — E se saíssemos de fininho *durante* o jantar de premiação? Isso eliminaria o risco de alguém entrar de repente...

— Você acha que seu pai pode entrar no quarto?

É uma hipótese desagradável.

— Ele é bom em respeitar minha privacidade, mas eu nunca tentei transar antes, então vai saber. Às vezes ele esquece e simplesmente entra. A gente sempre fica com a chave dos dois quartos. Só que na hora do jantar da premiação ele vai estar ocupado. Ele vai ganhar um prêmio este ano.

— Minha mãe é a apresentadora! — Bato na própria testa. — Essa ideia é genial. Podíamos ir e voltar, e ninguém descobriria. É o álibi perfeito!

Nick franze as sobrancelhas e fala:

— Ok, tem duas coisas que preciso dizer aqui. Primeiro: eu realmente espero que você não ache que transar comigo é um crime.

— Claro que não. Somos... quase adultos. Estamos consentindo.

— Ótimo. Então, segunda coisa: quanto tempo acha que isso vai demorar? A gente consegue sair sorrateiramente do jantar de premiação e depois voltar sem ninguém perceber nossa ausência?

Eu o encaro. Agora são minhas orelhas, sem dúvida, que estão ficando rosa-choque.

— Quer dizer, não deve demorar muito. Por quê? Quer ficar de conchinha depois?

— Sei lá — admite ele, com a voz meio embargada. — Você *não* quer ficar?

— Achei que meninos não gostassem de conchinha.

— Não recebi o memorando sobre o que meninos devem ou não gostar. Talvez eu queira ficar de conchinha. Acho que depende de como vai ser todo o resto.

— O resto — murmuro. Ainda estou achando difícil imaginar o resto. — Certo.

Ele continua franzindo as sobrancelhas.

— Tem certeza de que quer mesmo isso? Você pode desistir, sabe.

— Eu não vou desistir — respondo.

— Não vou te achar covarde nem nada.

— Eu não estou com medo. Só que, quando perguntei ontem à noite, era meio que teórico. E agora está começando a parecer real.

Mais real do que pareceu com Leo, de uma forma estranha.

— Se quiser cancelar, a qualquer momento, tudo bem por mim.

— Agradeço sua flexibilidade.

— Você pode até achar que quer uma xícara de chá agora, mas depois pode não querer mais uma xícara de chá.

Eu o encaro.

— Não faço ideia do que você está falando.

Ele afasta o cabelo dos olhos, sorrindo de forma tímida.

— Meu pai me fez assistir a um vídeo sobre consentimento. A ideia é que fazer sexo é como tomar uma xícara de chá. É um vídeo britânico.

— Claro que é.

Seguro a risada.

— Meu pai é muito britânico — explica Nick. — Ele adora metáforas de todos os tipos envolvendo chá.

Eu sei que o pai dele é britânico. Ele parece muito John Oliver, eu acho, com o cabelo e olhos escuros e os óculos de aro redondo. Hoje é a primeira vez que percebo, no entanto, que Nick tem um leve sotaque inglês — uma suavidade ocasional na pronúncia de algumas palavras.

Bato a caneta no caderno.

— Então, calculando um possível tempo de conchinha, e considerando que o jantar vai acontecer no gramado da Torre Palácio, que fica bem perto daqui, eu diria que podemos ir e voltar do seu quarto em uma hora. O jantar de premiação costuma levar pelo menos duas horas e meia, então isso deve nos dar bastante tempo. Podemos até sair e voltar em horários diferentes, assim ninguém vai suspeitar que estávamos juntos.

— Mais uma vez, não é crime estarmos juntos. — Nick soa levemente ofendido. — E agora estou começando a me perguntar se você está fazendo isso porque está sentindo pena de um nerd.

— Não estou.

Para falar a verdade, admito que não entendo perfeitamente o motivo de estar fazendo isso. Há muitas possibilidades, como mencionei: vingança, distração, conforto. Talvez eu queira provar algo para Afton. Ou para mim mesma por causa de Afton. Porém, quando penso nela descobrindo, ou, pior ainda, mamãe descobrindo, sei que não quero ter essa conversa. Porque falar sobre o sexo que eu fiz, inevitavelmente levaria a falar sobre o sexo que minha mãe fez.

Então não quero que ninguém saiba.

— É complicado, mas não, não sinto pena de você — digo. — Desculpa. Não tenho um pingo de pena dos pobres nerds infelizes mundo afora. Na verdade, estou pouco me fodendo.

Uau. Eu disse isso mesmo. Mais uma vez, parece que um alienígena assumiu o controle.

Nick dá uma gargalhada. Agora as orelhas dele estão de um vermelho vibrante como fogo.

— Tudo bem, ótimo. Só para nossas motivações estarem esclarecidas.

— Então, marcado. — Fecho o caderno. — Sábado à noite. Digamos, às oito? Quarto 407. Até lá, então.

Começo a me levantar.

— Espera aí — diz Nick, agora parecendo afobado. Ele respira fundo e então solta o ar. — Não precisamos de proteção?

Eu imediatamente me sinto idiota. É a segunda vez que a última coisa em que penso é uma camisinha. Você nunca vê essa parte quando as coisas ficam quentes em uma série ou na TV. Eles nunca precisam se atrapalhar por causa de camisinha e, ainda assim, magicamente conseguem não pegar herpes.

Meu Deus. Herpes. Não que nenhum de nós corra o risco disso a esta altura, mas mesmo assim.

— Certo. Você pode cuidar desse departamento?

Ele engole em seco.

— Posso tentar.

— Bom, vai precisar de mais do que só tentar. Eu não tomo pílula, então... O hotel deve vender em algum lugar.

Ele assente vigorosamente.

— Eu cuido disso.

— Qual é o seu celular, aliás?

Ele arqueia uma sobrancelha.

— Está pedindo meu número?

— Caso eu encontre uma pista urgente de onde encontrar camisinha.

Ele fica corado outra vez e diz seu número, que salvo no meu celular.

— Ok, ótimo. Acho que te vejo no sábado à noite.

Ele pula da cadeira e faz uma reverência.

— Até lá, bela dama.

— Não faz isso.

— Estou tentando ser um cavalheiro.

— Você só deixou tudo mais estranho.

Ele suspira.

— É meio que minha marca registrada.

— Humm. Acho que isso foi um aviso, então.

Eu sorrio, e ele sorri, e então cada um segue seu caminho.

Ou é o que tentamos. No entanto, por acaso, ambos estamos voltando para nossos quartos, que ficam na mesma direção, de modo que caminhamos juntos até o elevador.

— O que vai fazer com sua irmãzinha hoje?

Nick prestou atenção suficiente, ao longo de todos esses anos, para saber que estou sempre com minha irmãzinha.

Aperto o botão para subir.

— Ainda não sei.

Ainda quero fazer stand up paddle. É nisso que mais tenho pensado. Depois de sexo, claro.

— Acho que vamos tentar ir em todos os toboáguas.

A parte de trás do resort tem uma série de piscinas conectadas e vários toboáguas. Ou seja: o paraíso para uma criança de 5 anos.

— Parece legal.

— E você, vai fazer o que hoje? — pergunto por educação.
— Tenho um encontro com o destino. — Ele ri como se tivesse acabado de contar a melhor piada do mundo. — Foi mal. Sempre quis falar isso.
— Não entendo por que é engraçado.
— É de um jogo... que eu jogo... no PS4. Chama *Destiny 2*.
— Ah.
— Posso te mostrar um dia desses.
Balanço a cabeça.
— Vamos nos ater só ao sexo.
— ADA!
As portas do elevador se abrem, e Abby e mamãe estão de pé à nossa frente, Abby já de maiô e óculos e boias infláveis nos braços. Ela torce o nariz, coberto por uma camada branca de protetor, quando me vê.
— Você não pode ir no toboágua assim. Vamos! Quero toboágua. Agora!
— Vou correndo colocar meu maiô. Só um minutinho.
Olho para mamãe.
— Não posso ficar te esperando — diz ela, seca. — Preciso chegar cedo. Estou apresentando hoje de manhã. Te mandei mensagem, por que não respondeu?
Decido ser petulante.
— Você já pensou que seria legal, mãe, me perguntar se eu queria cuidar da minha irmã hoje? Porque você parece supor que eu não tenho vida nenhuma.
— O quê?
Ela parece mais confusa do que qualquer outra coisa. Eu nunca reclamei da Abby antes.
— Olha, não tenho tempo para...
— Então *quando* você vai ter tempo? — interrompo.
Ela balança a cabeça, perplexa com o aparecimento repentino de uma Ada que não coopera.

— O que deu em você?

Fecho os olhos ao pensar no roupão branco.

— Nada. Estou só cansada de você me tratar como se eu fosse uma assistente. Sempre eu, claro, e nunca a Afton.

— Afton ainda está dormindo.

Ela não está, não. Ela me viu no banheiro. Só que mamãe obviamente não sabe disso.

— Deixa eu adivinhar: ela ficou por aí até tarde ontem — digo, em vez de corrigi-la. — Você não tem ideia de onde, nem do que ela estava fazendo.

— Afton tem 18 anos e pode fazer o que quiser. Já é adulta.

— Tudo bem. E eu tenho 16, então eu sou uma criança e estou presa fazendo trabalho infantil.

Mamãe olha de relance para Nick, que está tentando discretamente nos contornar e seguir para as escadas. Assistir à minha malcriação com minha brilhante mãe obviamente o deixa desconfortável.

— Olá — diz ela.

Ele congela.

— Oi, dra. Bloom. Er, é um dia bonito para...

Porém ela já se fartou das formalidades. E também, aparentemente, do meu desaforo. Ela enfia a mão de Abby na minha.

— Não tenho tempo para você resolver ser adolescente agora. Não vou voltar para almoçar. O dinheiro está na mesa de cabeceira. Não se esqueça de reaplicar o protetor solar a cada duas horas. Não quero que vocês duas se queimem.

Concordo com a cabeça, entorpecida.

— Tá.

Mamãe corre em direção ao bonde, olhando para o celular o tempo todo, contornando os turistas com cuidado.

— Então tá. A gente se vê, Ada — diz Nick.

— Não faz bem ser gentil demais, né? — digo, como explicação.

Ele sorri, assente, mas ainda corre para as escadas em vez do elevador.

Sinto um puxão no braço.

— Você não quer nadar comigo? — pergunta Abby baixinho. — Você não gosta de mim?

Eu me ajoelho ao lado dela.

— Eu te amo, abelhinha. Você sabe disso. Você é, de longe, minha irmã favorita.

— Mas você queria me deixar com a Afton — acusa ela. Seu lábio inferior treme. — E Afton sempre tenta se livrar de mim também!

— Não tem a ver com você, meu amor. Estou brigada com a Afton.

— Eu sei disso. Dá.

Abby já viu Afton e eu brigarmos algumas vezes por coisas idiotas e insignificantes, como quem pegou emprestado os sapatos de quem e quem tem que aparar qual parte da grama, mas desta vez é diferente. Até Abby percebeu isso.

— Você e a Afton vão voltar a ser amigas? — pergunta ela.

— Claro que vamos — afirmo, porque é isso que devo dizer. Abraço Abby e continuo: — Eu, você e Afton somos irmãs, e esse vínculo é inquebrável, sabia?

Pelo menos era.

— Então nada jamais poderia quebrar a gente — diz Abby, mais animada. — Somos irmãs pra sempre.

— Irmãs pra sempre — digo, esticando meu dedo mindinho para enlaçá-lo ao dela. Nós os sacudimos de forma solene. — Agora, vamos para os toboáguas.

24

Nas horas seguintes, atiro voluntariamente o corpo por todas as superfícies escorregadias disponíveis no Hilton Waikoloa. Apesar de ter sido dura com minha mãe sobre sempre supor que estou de plantão para cuidar de uma criança, fico feliz de estar com Abby em vez de sozinha para remoer meus problemas. Preciso passar quase todos os minutos tentando evitar que minha irmãzinha se afogue.

Isso parece uma metáfora para alguma coisa.

Um pouco depois do almoço, Abby se cansa o suficiente para se sentar por alguns minutos. Reaplico o protetor solar e depois me deito em uma daquelas espreguiçadeiras de plástico branco que circundam as piscinas e fecho os olhos, sentindo o calor do sol.

Minha mente começa a vagar de volta para a situação com mamãe, então deliberadamente escolho pensar em Nick.

Nick. A maneira como ele comparara transar a tomar uma xícara de chá. Tão engraçado.

E ainda mais engraçado é o plano para transarmos. Só a palavra *transar* já me anima substancialmente, não porque sexo seja um assunto divertido, mas porque a ideia soa ridícula demais para ser verdade. Nick Kelly e Ada Bloom — indiscutivelmente, os dois indivíduos menos descolados em toda a Ilha Grande — terão relações sexuais. É glorioso, de uma forma boba, mas também cativante. Vai ser uma boa aventura cheia de distração.

Falando em aventuras.

— Que tal fazermos stand up paddle? — proponho a Abby.

Stand up com Abby não é exatamente o que eu imaginara antes, mas é o que temos.

Ela não responde.

Quando abro os olhos, eu a vejo de bruços na espreguiçadeira ao lado, usando a extremidade de uma trança molhada para criar desenhos com os pingos no concreto.

— Abby?

— Não, obrigada — recusa ela, sem rodeios. — Preciso de silêncio agora. Talvez até de um cochilo.

Minha irmã é uma criança de 5 anos estranha.

— Mas vai ser tão tranquilo e quieto se formos remar. Imagine, Abs, você e eu em uma prancha no meio da lagoa, a água batendo nos pés, o sol no rosto, o vento nos cabelos.

— A prancha pode virar. Eu poderia me afogar.

— Você vai estar de colete salva-vidas. Além disso, nunca vi ninguém nadar melhor que você. Você parece um filhote de tubarão.

Abby não cai na conversa, mas se senta e cruza os braços.

— Sei nadar na piscina, mas a lagoa é igual ao mar. Escura e profunda, com monstros lá embaixo.

— Que monstros?

— Lulas gigantes — informa ela, em tom sério.

— A lagoa não é o oceano — argumento. — Água é água, Abby. Vai ser ótimo. Não tem monstro nenhum, prometo. Eu vou estar juntinho com você.

— Não, obrigada.

— Se você fosse se afogar, já teria se afogado. E se tivesse... eu iria remar.

Ela arregala os olhos.

— Não acredito que acabou de dizer isso! Vou contar pra mamãe.

— Vai lá.

Ela se levanta em um salto.

— Olha!

Abby aponta para onde, não muito longe, um casal acaba de sair de uma daquelas redes de corda branca.

— Vamos sentar lá. Você pode ler a Amelia Bedelia para mim. — Ela enfia a mão na sacola de praia e tira o livro, orgulhosa. — Eu trouxe. Eu pensei: nunca se sabe quando se pode precisar da Amelia.

— Ah, ótimo.

É evidente que nunca vou fazer stand up paddle. Nunca terei a tal experiência espiritual de que Pop sempre fala quando menciona o Havaí.

Olho para o livro de Abby. As letras do título parecem todas desenhadas à mão, com *AMELIA BEDELIA* grande e centrada na capa laranja, e um subtítulo muito menor mais para a lateral. Abby traça os dedos sobre o grande *A*.

— As iniciais de Amelia são A.B. — ressalta ela. — Igual ao meu nome.

— As do meu nome também — digo.

O nome completo de Abby é Abigail Bloom-Carter. ABC. Sempre achei isso bonitinho.

— E da Afton! — exclama Abby.

Obviamente, só agora ocorreu a Abby que a inicial de todas nós é a letra *A*.

— E da mamãe — completo.

Afton e eu temos teorias conflitantes sobre a decisão de mamãe em fazer isso conosco. A minha é que ela gosta das coisas organizadas — gosta que nossa família combine, então somos suas notas máximas, seus As: Aster, Afton, Ada, Abby.

A teoria de Afton é que, em toda gravidez de nossa mãe, Ruthie sugeriu que ela entrasse em um site com ideias de nomes para bebês e anotasse seus preferidos, mas mamãe nunca passou da primeira página, a que exibia a letra A, antes de ser chamada para ver uma paciente ou realizar uma cirurgia de emergência.

Afton provavelmente é quem tem razão.

O rosto de Abby se ilumina.

— Misericórdia! — exclama ela, o que é hilário porque a faz soar como Pop. — Todas nós começamos com A!

— Isso mesmo.

— Qual é o primeiro nome do Pop?

— Ryan. Muito tempo atrás, Pop me disse que seu nome significa "reizinho". O que eu acho que faria de você uma princesinha.

Porém Abby parece decepcionada.

— Pop é diferente da gente. O dele não começa com *A*.

— Mas isso é bom. Seria chato se fôssemos todos iguais.

O nome do meu pai é Aaron, percebo, quase horrorizada.

Deus. Não podemos perder o Pop.

Quando meu telefone começa a tocar, Abby o pega da minha bolsa. E é ele. Pop. Como se tivesse nos escutado falando dele a três mil quilômetros de distância. A chamada é por vídeo.

Abby clica em atender antes que eu possa decidir se falar com ele agora é uma coisa que consigo fazer.

— Pops! — exclama Abby.

— Oi, meus amores!

Ele está sorrindo. Pop tem um sorriso único que usa quase exclusivamente para Abby, tão grande e largo que mostra até seus molares traseiros. Eu amo aquele sorriso. Até tentei desenhá-lo uma vez, mas os dentes ficaram meio assustadores. Não sou boa com dentes.

— Fomos nadar! — grita Abby alto.

— Estou vendo, abelhinha! E agora está toda molhada!

— Mas já estou secando. Fomos em todos os toboáguas, mas eu preciso de tranquilidade agora, então vou na rede, e a Ada vai ler Amelia Bedelia para mim.

Sem esperar mais um segundo, ela corre para a rede e se joga ali. Posso ouvir as risadas de Pop enquanto as cordas brancas a abraçam. Pego nossa sacola, o protetor solar e o resto das coisas, e corro atrás dela. Preciso de algumas tentativas para descobrir como me sentar na rede sem derrubar nós duas. Por fim, eu meio que desço de costas e afundo.

Abby inclina a tela para Pop nos ver.

Meus olhos ardem ao observar o rosto dele. Péssima ideia. Nunca guardei um segredo como esse do Pop antes. Nunca senti que precisava fazer isso.

Ele está no trabalho, de uniforme, e logo atrás dele há uma prateleira cheia de suprimentos médicos.

— Está escondido no armário de suprimentos? — pergunto.

— Foi um daqueles dias.

Ele me dá um olhar que significa: *Conto depois*. Pop adora tentar me deixar com nojo contando histórias de coisas bizarras ou improváveis que acontecem no pronto-socorro. Porém ele não faz isso na frente de Abby, que grita como se alguém a estivesse assassinando sempre que vê ou ouve algo relacionado a sangue.

— Como está a viagem?

— Ótima! — exclama Abby. — Vimos golfinhos, fomos a um vulcão, andamos em um ônibus grandão e comemos muito abacaxi e porquinhos.

Abby muitas vezes insiste em dizer o nome da comida pela fonte, chamando carne de porco só de porco, bacon de porquinho, carne vermelha de boi e assim por diante. Ela não se importa de comer carne, mas quer saber de onde veio.

— Que incrível! E você, Ada-linda? O que anda aprontando?
Forço meu rosto a transmitir uma expressão casual.
— Golfinhos, vulcões, porquinhos. É uma descrição bastante precisa da nossa viagem até agora. — Cutuco a cintura de Abby, tendo uma ideia. — Diz pra Abby que temos que fazer stand up paddle na lagoa — imploro a Pop.
— Não sei, não... Tem certeza de que ela é grande o suficiente para isso? Ela só tem 5 anos.
— Vai ficar tudo bem! Ela é uma ótima nadadora! E vai estar de colete salva-vidas! Vou fazer todo o trabalho! — Suspiro e continuo: — Ah, deixa pra lá.
Pop me encara atentamente. Mesmo pelo telefone, posso sentir seus olhos castanho-escuros me examinando, como se eu fosse um paciente que ele precisa diagnosticar.
— O que está acontecendo com você, Ada? Qual é o problema?
A mesma pergunta que mamãe me fez mais cedo. Obviamente, preciso melhorar minha atuação de uma pessoa cuja vida está indo bem.
— Ada e Afton estão brigadas — intervém Abby.
Pop levanta as sobrancelhas grossas.
— Brigadas? Ainda?
— De novo — esclareço, com um suspiro. — Ou meio que ainda.
— Por quê? Não é como se vocês duas não se dessem bem.
Mordo o lábio, sem saber o que dizer. Tudo menos a verdade. Qualquer coisa que seja.
— Nem eu sei — diz Abby, melancólica. — Mas é um saco.
— Leo ligou lá pra casa outro dia — revela Pop com cuidado.
Meus dedos dos pés se encolhem com a menção ao Leo. Ele deveria saber que eu estaria no Havaí; contei semanas atrás. Reclamei de como estava sendo obrigada a ir. Choraminguei

sobre como sentiria saudade dele. Será que nem sequer prestou atenção?

— Não me importo com o Leo. Ele é um...

Já que Abby está presente, faço uma pausa para corrigir minha escolha de palavras.

— Bundão — completa ela, feliz da vida.

— Abby, não dizemos essa palavra...

— Ele me traiu — desabafo.

— Como assim traiu? — pergunta Abby. — Igual quando Pop rouba no baralho?

— Sinto muito, Ada — diz Pop.

— Obrigada.

— Mas o que isso tem a ver com suas brigas com a Afton?

— Afton terminou com o namorado na sexta porque ele vai fazer faculdade longe. Foi muito maduro da parte deles — conto. — Então, claramente, ela e eu estamos em uma competição para ver quem está com o coração mais partido e do jeito mais horrível. E não quero me gabar, mas estou ganhando.

— Sim, ainda mais agora que a Afton está de namorado novo! — anuncia Abby, orgulhosa por saber algumas das respostas. — Michael!

Pop franze a testa.

— Michael? Michael Wong?

— Michael não é namorado dela, Abby — tento esclarecer. — Ele só chegou aqui, tipo, ontem.

— Não, ele estava aqui antes — diz Abby, com veemência.

— Como você saberia? Enfim, ele não é namorado dela.

— Eu vi os dois se beijando — acrescenta Abby. — Ontem à noite na praia. Foi nojento.

Então eles já estão se beijando. Uau. Mas por que não estou surpresa? Afton viu algo que queria, foi atrás e — uau, chocante — conseguiu a tal coisa. Ou melhor, o tal alguém.

— Quantos anos tem o Michael? — pergunta Pop, com uma cara de preocupado. — Achei que ele era velho demais para...

— Vinte e dois — respondo. — Acabou de se formar na faculdade.

Pop parece ter mordido um pedaço de fruta azeda.

— Estou começando a entender por que vocês duas podem estar brigando. Suponho que você tenha dito para ela que não pode ser nada bom pular direto para um relacionamento com Michael Wong?

Eu não diria que é um relacionamento, mas dou de ombros.

— Você sabe como a Afton ama ouvir conselhos.

Pop está presumindo que agi como a Ada de sempre aqui. A chata de sempre. Só que eu não disse a Afton para ficar longe de Michael. Na verdade, eu disse para ela ir transar com ele. Não estava falando sério, mas mesmo assim, aqui estamos nós.

— Sinto muito, querida — reitera Pop. — Às vezes você só tem que deixar as pessoas cometerem erros e amá-las mesmo assim.

— É, porque irmãs são pra sempre — entoa Abby.

— Exato. — Ele abre outra vez aquele sorriso largo, com os molares, depois olha para mim. — Não se preocupe com Afton. Ela é durona. Vai aguentar. Foque mais em você agora, ok?

Quem me dera poder fazer isso.

— Tá bem — concedo, grata, na verdade, por essa conversa ter sido em sua maior parte sobre Afton e Michael.

— Ada também tá de namorado novo — declara Abby.

— Retiro o que disse — decreto, cerrando os dentes. — Nada de colete salva-vidas pra você.

As sobrancelhas de Pop estão realmente malhando nesta tarde.

— Ah, é? E quem é esse jovem sortudo e, espero, de idade mais apropriada?

— Ele não é meu namorado — respondo, ao mesmo tempo que Abby grita:
— Nick!
— Quem?
— Nick Kelly.
— Nick Kelly — repete Pop, fazendo um biquinho, pensativo. Ele não conhece Nick pelo nome. Nunca teve um motivo para falar sobre Nick, exceto... — Espera aí, o garoto que se perdeu no Rio?
— Isso foi há seis anos — digo, em defesa de Nick. — E ele definitivamente não é meu namorado. Estamos só... conversando, tá?
— Hum. Ok, bem, confio no seu julgamento, Ada. Nunca vi uma menina com mais bom senso que você.
— Estamos só conversando — insisto.
Sabiamente, eu omito a parte sobre nosso plano de perder a virgindade juntos no final de semana.
— Eu só vejo Nick uma vez por ano, lembra? Ele mora em... sei lá, Chicago? Baltimore?
É triste quantas coisas ainda não sei sobre Nick. Depois de todos esses anos basicamente passando todas as férias com ele, nunca me preocupei em descobrir onde ele mora. Preciso remediar esta semana.
— Tudo bem — diz Pop. — Mas me prometa que vai tentar relaxar e aproveitar seus dias nesse paraíso, tudo bem? Você parece tensa.
— Olha quem fala.
Ele ri.
— Acredite, se eu estivesse aí, estaria amando cada minuto.
Uma voz alta ressoa ao fundo: alguém anunciando um código pelo alto-falante do hospital.
— Tenho que ir. Falamos mais sobre isso depois, ok? — ele fala. — Tchau, meus amores.

— Tchau, Pops! — grita Abby, acenando. — Te amo!
— Eu também te amo, Abelhinha. Divirta-se!
— Eu te amo — murmuro.
Só que ele já desligou.

25

Meu pequeno chilique com mamãe hoje cedo deve ter surtido efeito, porque ela não insiste para eu jantar com ela e o grupo. Na verdade, até se oferece para ficar com Abby pelo resto da noite.

Acabo jantando sozinha. Escolho o pequeno restaurante ao ar livre ao lado da Torre Oceano. É legal — alguns diriam até romântico, sob um dossel com luzes brancas espalhadas por toda parte. Tem um cara com um violão em um canto tocando músicas melosas: antigas, novas, algumas que ele escreveu. A voz é decente. A comida é boa: mexicana, com nachos frescos e um molho que poderiam ter sido toda a minha refeição. Fajitas escaldantes de dar água na boca. Como tudo, mas me sentindo meio melancólica. Parece pior que esteja tudo tão bom.

Estou me sentindo solitária, percebo.

Só que é melhor do que estar em uma mesa com minha mãe.

Penso em mandar uma mensagem para Nick. Ele provavelmente viria jantar comigo em um piscar de olhos, mas isso seria meio feio, como se eu o estivesse usando. Talvez eu esteja, percebo, mas ele parece concordar se eu o estiver usando para sexo. Não existe um romance de verdade entre nós. E provavelmente é bom que continue assim.

Volta e meia penso em Pop. Ele parecia bem hoje. Talvez não saiba que seu casamento está na corda bamba.

Meu Deus, penso, mas depois me detenho. O que estou fazendo? Vou à missa uma vez por semana durante o ano letivo só porque é obrigatório em minha escola, mas Deus não é alguém com quem converso com frequência. E mesmo que conversasse — ou acreditasse —, tenho certeza de que não apreciaria o fato de que as únicas vezes em que tento me comunicar são momentos em que quero algo impossível.

Deus só me interessa quando estou em uma crise.

Porém seria bom acreditar de verdade em Deus, acho. Assim eu poderia ter alguém com quem conversar.

Foi o que mamãe fez comigo, sem nem saber. Por causa dela, estou isolada de todos a quem costumava recorrer como rede de apoio: minha irmã, Pop. Estou completamente só.

Em algum momento da sessão de autopiedade, levanto a cabeça e vejo Afton sentada do outro lado do pátio, jantando com um rapaz de cabelos escuros de costas para mim — Michael, presumo. Eles parecem estar em um encontro oficial. Ela está usando um vestido branco florido e as sandálias de tiras, o que eu não teria recomendado, visto que devem estar amaldiçoadas depois do encontro com Leo na competição de natação. Ela penteou os cabelos em uma longa e solta trança espinha de peixe que está jogada por cima do ombro. A pele está um ou dois tons mais bronzeada só com um dia de diferença, o que a deixa reluzente no vestido branco.

Ela é perfeita. Saco. Se uma sereia viesse à praia por apenas uma noite, talvez para desfrutar de um prato de comida mexicana com um belo príncipe, ela seria exatamente como Afton.

Ela também parece feliz. Seu brilho não é inteiramente obra do bronzeado. Está ligeiramente debruçada, ouvindo com atenção seja lá o que Michael esteja falando, com um sorriso relaxado nos lábios. Em seguida, ela para por um instante para mergulhar um nacho no molho e, ao levá-lo à boca, ele pinga. Bem na frente do vestido branco. *Ploft*.

Eu me preparo para o drama. A expressão horrorizada. A limpeza frenética com o guardanapo mergulhado em água gelada. Talvez ela tenha que pedir licença para ir se trocar.

Porém Afton só dá uma risada. Não um risinho delicado e feminino, mas uma risada real e lá do fundo da garganta, mais alta que o violão do músico. Ela joga a cabeça para trás e solta uma gargalhada de tanta graça que está achando. Ah, é só um pouco de molho. Ah, é só um vestido.

Prendo a respiração. Imediatamente quero esboçar a expressão dela, mas depois percebo que já fiz isso antes. Está em meu caderno de rascunhos de mais de um ano atrás. Enfio a mão na bolsa e o retiro, viro as páginas até encontrar.

Afton rindo, foi o título que dei ao rascunho.

Minha irmã nunca foi de gargalhar. Pop diz que é porque ela tem uma alma velha e sábia. Não que Afton não tenha um senso de humor — ela tem aquela sagacidade incisiva e seca quando a ocasião pede —, mas raramente ri alto. Quando éramos crianças e víamos algo engraçado na televisão, eu dava risadas, mas Afton, sentada ao meu lado, apenas abria um sorriso discreto. Só isso. O máximo que geralmente se pode tirar de Afton é uma expiração rápida e divertida, uma respiração que remete a uma risada. Se é que dá para chamar assim.

Imagine nossa surpresa, então, quando ela trouxe aquele menino para jantar em casa no ano passado. Logan, disse ela, estava lá para nos conquistar. E conseguiu. Fácil, fácil. Ele era bonito, alto, tinha cabelo preto ondulado que parecia bem cuidado. Estava sempre bem-vestido, também, com um pouco mais de capricho que a maioria dos garotos. Um menino com estilo, o que, claro, fazia sentido, porque Afton é muito estilosa. Ele mandou toda aquela conversa fiada, mas encantadora e necessária, para mamãe e Pop, fez Abby se apaixonar perdidamente em cerca de cinco segundos, e então, conforme passávamos a travessa de vagem pela mesa, Logan disse algo para Afton, algo que não captei porque ele murmurou baixinho, só para ela.

E Afton inclinou a cabeça para trás e gargalhou, de verdade.

Foi como uma rajada repentina sobre sinos de vento, aquela gargalhada, uma música inesperada.

Foi a noite do trailer, eu acho. E eu me lembro de pensar, também, enquanto fazia aquele esboço, perdida em um sentimento de estar meio feliz por ela, meio consternada por de repente precisar dividir o tempo de minha irmã com aquele cara, que dessa vez Afton estava realmente apaixonada. E tudo bem. É o que acontece com irmãs. Meninos nos afastam, mas não de verdade, claro, pois é para as irmãs serem para sempre.

Enrugo a testa. Não sei o que pensar sobre Afton rindo com Michael. Ela não pode estar apaixonada por Michael Wong — ainda estava apaixonada por Logan há menos de quatro dias e, apesar do motivo de nossas constantes brigas no momento, sei que ela não é volúvel. Não toma cuidado, mas também não é burra.

Talvez eu esteja dando muita importância para aquele riso. Talvez Michael tenha dito algo de fato engraçado em resposta ao acidente com molho.

Não precisa significar nada, essa risada.

Quando o cara da guitarra começa a tocar um cover de "She's Got a Way", de Billy Joel, Michael e Afton se levantam para dançar. Saco, saco, saco.

Faço um gesto para o garçom trazer a conta. Embora eu tenha chegado primeiro, sinto que estou me intrometendo no encontro da minha irmã. Espionando. Mesmo enquanto a observo agora, não me arrependo de não ter contado sobre o caso de nossa mãe. Fica claro que ela não estaria tão feliz se soubesse disso.

Naquele instante, ela me vê. O semblante se fecha. Posso praticamente ouvir o que está pensando: *Não pode me deixar sozinha por cinco minutos?*

Desvio o olhar, culpada, mesmo que novamente a culpa não seja minha, entrego o dinheiro ao garçom e digo para ele ficar com o troco, e volto na direção da Torre Oceano. Afton continua dançando, virando o rosto para longe de mim. Deitando a cabeça no ombro de Michael.

26

— Hoje é a sua vez de ficar com a Abby — anuncia mamãe na manhã seguinte.

Ela está falando com Afton.

Afton, que está diante do espelho colocando um novo par de brincos de golfinho quando nossa mãe faz seu pronunciamento, ofega em indignação.

— Mas fiquei com ela na segunda-feira! — exclama. (Sendo que hoje é quinta-feira.) — Lembra? Na aula de *hula*?

— E Ada ficou ontem — responde a mamãe, apontando os fatos. — Agora é a sua vez.

Afton parece aflita.

— Mas eu… eu tenho planos!

Eu bufo. Planos de ficar aos beijos com Michael, sem dúvida.

— Bem, agora você tem planos com sua irmã caçula — diz mamãe, borrifando perfume nos pulsos. — Michael vai entender. Ele também tem uma irmãzinha.

— Mãe!

— Você vai superar.

Mamãe enfia a nota de cem dólares que costuma me dar na mão de Afton, depois sai com sua pressa habitual.

Afton coloca as mãos na cintura e me olha pelo espelho.

— O que você disse para ela sobre Michael?

— Nada.

É seguro dizer que não troco mais do que algumas palavras com mamãe desde segunda-feira. Porém, talvez ela tenha falado com Pop ontem à noite, e Pop sabia sobre Michael, graças à inclinação fofoqueira de Abby. Pensar em mamãe e Pop no telefone, ela agindo toda inocente enquanto repassava os detalhes da viagem até o momento, me dá um aperto no estômago. Todos, menos eu, parecem tão habilidosos em fingimento.

— Você não pode... — começa Afton.

— Real não posso. Também tenho planos. — Termino de passar meu protetor solar e coloco meus grandes óculos escuros espelhados. — Desculpa, mas, como a mamãe disse de forma tão sábia, Michael vai entender. Como estão as coisas entre vocês, aliás? Pareciam bem apaixonadinhos ontem à noite.

— Não se mete — rosna Afton.

— Com o maior prazer.

Do quarto ao lado, ouvimos Abby acordando, primeiro um bocejo, e depois:

— Estou com fome.

— Mas, Ada... — insiste Afton.

— Você vai superar.

Pego minha bolsa e saio. Hoje eu faço stand up, ou não me chamo Ada.

Durante cinco minutos, parece que vai dar certo. Porém acabei de chegar à frente da fila da barraca de locação da lagoa, depois de esperar por mais de uma hora, tão perto da área de stand up que praticamente sinto o cheiro, quando ouço uma voz familiar atrás de mim.

— Olá, querida! Oi!

Ah, essa não. Fecho os olhos e desejo que ela vá para longe, muito, muito longe. Ou, no mínimo, que esteja falando com qualquer pessoa que não eu.

— Ada! Estou falando com você, Ada Bloom. Olá?

Abro os olhos e me viro para encará-la.

— Oi, Marjorie.

— Ah, que bom. Pensei mesmo que era você.

Ela parece empolgada em me ver. Está usando um maiô roxo neon e, por cima, uma blusa florida azul e branca, aberta na frente, bermudas azuis, um par de chinelos vermelhos, um chapéu de palha gigante sobre a vasta quantidade de cabelo branco e enormes óculos de sol, também brancos.

Ela abre um largo sorriso.

— Vejo que vai andar de caiaque.

— Bem, na verdade, eu vou...

— Eu quero andar de caiaque. Em um daqueles caiaques azuis bonitos que eles têm, não um verde. Seria bom.

Ela me lembra Abby, só que mais enrugada. Simplesmente anunciando o que quer para todos ouvirem, depois esperando que a ajudem a realizar essas coisas.

— Eu estava me perguntando se gostaria de andar de caiaque comigo — insiste ela. — Seria de grande ajuda. Ainda sou boa, mas não tão forte quanto antes. Você parece forte. Sempre pensei assim: Ada Bloom parece forte.

Encaro-a, consternada.

— Er, bem, sabe...

— Vai ajudar uma velha senhora como eu, não vai?

Preciso dar os devidos créditos a ela. Aquela "velha senhora" sabe ludibriar uma menina de 16 anos.

Então é assim que acabo remando uma lendária ex-cirurgiã cardíaca de 80 e poucos anos por toda a lagoa durante as próximas duas horas e meia.

— Lamento por seu padrasto não ter vindo este ano — comenta ela, enquanto remo até uma ponta da lagoa. — Gosto muito dele. Ele é um doce.

— Também acho.

— E sua irmãzinha é uma boneca. Já a Afton sabe o que quer, não sabe?

— Sim — concordo, para as duas coisas.

— Quase sinto pena do garoto Wong — continua Marjorie. — Ela o virou do avesso como se ele não tivesse nem escolha.

— Todo mundo na conferência sabe sobre Michael e Afton?

Marjorie espreme os lábios.

— Todos com olhos para ver ou ouvidos para ouvir a respeito. É um mundo pequeno, nossa sociedade, e as pessoas gostam de um escandalozinho de vez em quando.

— Acha que é um escândalo?

— Talvez eu tenha me expressado mal com a palavra *escândalo*. Mas precisa se lembrar de que vemos vocês duas desde que eram bebês. Nem todos estão prontos para verem vocês todas crescidas. Se quer saber, Afton é a cópia da sua mãe — relata Marjorie. — Mas você... — Ela bate um dedo no queixo. — Já você eu ainda não consegui decifrar. Você não é de mostrar todas as suas cartas, é?

Estou começando a pensar que Marjorie me mandou remar para o meio da lagoa para que eu não pudesse escapar de suas perguntas, mas também não tenho certeza se aquilo realmente é uma pergunta.

— Cartas? — pergunto.

Ela dá uma risada.

— Pelo que sei, você é quem ajuda a equilibrar a família. É isso?

— Na maioria das vezes.

— Como todos os filhos do meio. Mas não deve ser fácil, com uma mãe como a sua.

Olho para a água, imaginando o que aconteceria se eu simplesmente mergulhasse ali e nadasse para longe. Na certa alguém passaria e resgataria Marjorie. Mais cedo ou mais tarde.

— Minha mãe é incrível.

É o que me sinto na obrigação de dizer.

Marjorie assente.

— Ela é, sim. Uma cirurgiã formidável, com certeza. Mas tem o apelido de Vendaval por um motivo. Ela me lembra um pouco de mim, nessa idade. Também já fui um pouco agitada no passado. Determinada. Centrada no trabalho. Tanta coisa para provar. Só que não se pode sustentar isso por muito tempo antes que sua vida real comece a exigir sua atenção. Alguma coisa, em algum momento, acaba acontecendo.

Ou já aconteceu. Engulo o nó na garganta.

Ela se aproxima para dar tapinhas em meu ombro.

— O segredo é você não apaziguar as coisas para ela. Precisa deixá-la enfrentar as próprias falhas. O que significa que precisa deixá-la falhar.

Tento adivinhar o quanto ela sabe. Não sobre o caso, eu acho. Marjorie só está falando de como mamãe trabalha demais.

— Claro — digo baixinho.

Ela dá uma risada curta, como um latido.

— Olha só para mim, tagarelando sobre o que não é da minha conta. Me perdoe. Estou me tornando uma velha enxerida. Porque, tirando isso, não tenho com que me ocupar.

— Você é uma heroína.

— Ah, pode parar.

— Não, é sério.

— Bom, um pouco — diz ela com um brilho nos olhos. — Eu sei. Mas na maior parte do tempo, hoje em dia, também sou uma mulher tragicamente entediada.

Ela passa a falar sobre o clima e como os jovens estão usando demais o celular, o que me parece a única sabedoria que os adultos querem nos transmitir ultimamente, e acaba me contando uma história sobre tentar encontrar uma cabine telefônica durante uma chuva torrencial enquanto um homem no ônibus em que ela estava tinha um ataque cardíaco.

— Muito obrigada, querida — diz Marjorie enquanto a ajudo a sair do caiaque depois de o tempo acabar.

Já passou do meio-dia e está fazendo uns trinta graus, o que é bem quente para o Havaí, e tem uma fila enorme para o stand up.

Ainda assim, estou decidida. *Ou eu subo em uma prancha de stand up paddle*, penso, enxugando o suor da nuca, *ou que a morte venha me chamar.*

— Quanto tempo dura a espera? — pergunto à senhora da frente enquanto devolvemos o caiaque.

— Cerca de duas horas e meia, por aí.

Cacete!, penso, mas felizmente não digo em voz alta. Não sei se Marjorie acharia graça ou se ofenderia com minha boca suja.

— Você não quer voltar para lá, quer? — pergunta Marjorie, me censurando. — Por que não descansa e almoça comigo? É por minha conta.

Ela está outra vez com aquele olhar que diz que jamais vai me deixar dizer não.

Eu sei que simplesmente não vou conseguir recusar.

— Hum, claro — digo devagar, mexendo no celular. — Mas primeiro tenho que dar notícias para minha mãe.

Tenho alguma intenção de ligar para minha mãe agora? De jeito nenhum. Também não posso ligar para Afton. Droga. E Pop está dormindo.

Portanto há apenas uma pessoa em toda a ilha de quem sou próxima o bastante para pedir um favor.

É UMA EMERGÊNCIA, escrevo para Nick. *PRECISO DA SUA AJUDA.*
O que rolou?, responde ele imediatamente.
Preciso que você me ligue e finja ser minha mãe...
Fico no limbo por um tempo, como se ele estivesse no processo de responder, mas nenhuma resposta vem. Enquanto isso, Marjorie está me levando até o restaurante mais próximo (o mesmo onde, há poucos dias, almocei com Afton e Abby depois de flagrar minha mãe) e lendo o cardápio.
— Aah — diz ela, empolgada. — Hambúrguer com bacon havaiano.
Meu estômago embrulha.
— Parece... delicioso — minto.
Meu telefone toca. Graças a Deus. É o Nick, claro.
— É a minha mãe. Preciso atender, senão ela vai ficar preocupada. Com licença.
Dou alguns passos, mas não para muito longe, porque ainda quero que Marjorie me escute.
Demorou, hein, quero dizer quando atendo.
— Oi, mãe — falo, em vez disso. — Não vai acreditar em quem eu esbarrei na lagoa: Marjorie Pearson.
— Não preciso mesmo agir como sua mãe, né? — sussurra Nick. — Eu não tô no viva-voz? Ninguém vai me ouvir além de você, certo?
— Isso! — digo, com veemência. — Dei de cara com a Marjorie na fila. Andamos de caiaque juntas por toda a lagoa.
— Que azar — diz Nick.
— Eu sei! Não é legal?
— Sinto muito. Eu gosto da Marjorie, mas parece um porre. Por que você queria que eu...
— Agora ela se ofereceu generosamente para me pagar o almoço.

— Ah — diz Nick.

— Ah — ecoo. — Ah, tudo bem. — Finjo ouvir por um minuto e depois aperto o telefone no peito para falar com Marjorie. — Sinto muito, Marjorie, mas minha mãe quer que eu vá encontrar ela para almoçar. — Levo o aparelho de volta ao ouvido. — Tem certeza, mãe?

— Tenho certeza, querida — diz Nick, com uma voz fina. — Mas fala sério, talvez você devesse simplesmente almoçar com a Marjorie, não acha? Quer dizer, qual seria o problema?

Poderia prejudicar minhas chances de fazer stand up, esse seria o problema. Também gosto de Marjorie, mas não significa que eu queira passar o dia inteiro com ela. Ainda mais porque eu deveria estar relaxando sozinha hoje, e certamente não quero encarar mais um desses hambúrgueres ou mais uma hora das opiniões dela sobre minha família.

— Ela tem certeza — digo a Marjorie.

— Ah, tudo bem, querida. Fica para a próxima. Embora, sinceramente, eu não saiba quanto tempo me resta.

Ela está me zoando, tenho quase certeza. Os olhos estão brilhando de novo, travessos. Deve saber que eu não estou falando com a minha mãe.

— Obrigada, mãe. Te vejo em um minuto — digo, enquanto a garçonete conduz Marjorie até uma mesa, para longe de mim.

— Sério? Você está vindo? — pergunta Nick, esperançoso.

— Não. Só no sábado. Mas obrigada. Você acabou de me salvar.

— Quando quiser.

Nick faz uma pausa e continua:

— Não consigo encontrar camisinha — admite, a voz parecendo contrariada.

— Acho que já era, então. Nada de chá pra gente.

Talvez ele não encontrar camisinha seja um sinal.

— Mas eu ainda quero chá, se você ainda quiser chá. Você ainda quer chá?

— Quero. Acho que sim.

— Então vou arranjar as camisinhas. Em algum lugar. De algum jeito — promete ele.

— Devem vender nas lojas do hotel. É um hotel. As pessoas marcam encontros em hotéis. Devem precisar de camisinha.

— Procurei no resort todo. Não tem nada nas prateleiras.

— Já perguntou ao caixa?

Silêncio.

— Você não perguntou ao caixa — acuso.

Ele resmunga como se eu tivesse acabado de pedir para ele fazer algo doloroso.

— Talvez se eu encontrasse o caixa certo? É difícil só chegar e perguntar. Deve ter uma farmácia por aqui em algum lugar. Ou um posto de gasolina.

Paro de andar.

— Nada de camisinha de posto de gasolina.

— Tenho certeza de que os preservativos de postos de gasolina são tão eficazes quanto...

— Nada de camisinha de posto de gasolina — repito com firmeza. — Isso não é brincadeira, Nick.

— Entendi. Somos muito sérios. Eu lembro.

— Me avisa — digo. — Sério mesmo. Logo.

— Tudo bem — diz ele, e eu desligo.

A espera para o stand up está ainda maior do que há alguns minutos.

Suspiro e vou para o fim da fila, mas, antes de alcançá-la, vejo Afton e Abby esperando no meio, ambas de rosto vermelho e suado. Afton está, previsivelmente, no celular.

— Não sei. — É o que ela está dizendo quando me aproximo por trás. — Vamos ficar aqui por um tempo e depois talvez a gente vá fazer essa coisa de montar colares de flores. Provavelmente só mais tarde hoje, à noite. Eu te mando uma mensagem.

— Ei — digo em voz alta, assustando minhas irmãs. — O que estão fazendo aqui?

— Vamos fazer stand up! — grita Abby. — Vai ser muito legal!

— Ah, agora você quer fazer.

Inacreditável. Mas talvez eu possa usar isso a meu favor.

— Posso... — Eu abaixo a voz. — Entrar na fila com vocês?

Abby ofega e pergunta:

— Você quer furar a fila?

Agora todo mundo na fila está me olhando atravessado.

— Não, não — explico. — Somos irmãs. Você estava guardando meu lugar. — Meus olhos se cruzam com os de Afton. — Porque é isso que irmãs fazem.

Ela me encara por alguns segundos, pensativa.

— Não — decide categoricamente. — Você não pode furar, mas, se quiser trocar, tudo bem.

— Trocar?

— Você fica com a Abby. Você faz seu stand up. E eu vou ver o Michael. Nós duas conseguimos o que queremos. Todo mundo sai ganhando.

Sim, talvez, só que também parece que todo mundo sai perdendo.

— Não.

Rejeito a oferta dela sem nem pensar muito, o que Pop chamaria de dar um tiro no próprio pé.

Só que hoje é o *meu* dia. Mamãe designou Afton como babá hoje porque finalmente está reconhecendo — muito pouco, tarde demais, talvez — que mereço ter tempo para mim.

— Divirtam-se, vocês duas — desejo às minhas irmãs.

Aí eu saio. De volta para o único lugar ao qual posso pensar em ir.

De volta ao quarto.

* * *

Não quero voltar para lá, claro, a cena do crime da minha mãe, mas está quente demais para ir a qualquer outro lugar. Não ganhei meus cem dólares habituais, então não posso fazer compras ou sair para comer sozinha em algum lugar, nem para o spa. Então o quarto me parece a escolha mais sensata.

No caminho, paro em uma das lojinhas para examinar a seção de produtos de higiene. Nick estava certo.

Nada de preservativos.

Usando minha visão periférica, olho para o caixa, que, como todo mundo, está imerso no próprio celular. Ele também é, como todo mundo que trabalha no hotel, bronzeado e alto e bastante atraente.

Tento me imaginar indo até o balcão e perguntando a esse homem se eles vendem camisinha.

Imagino o olhar no rosto dele quando pergunto.

E se for uma coisa cara? Como já estabelecido, não tenho muito dinheiro.

— Posso ajudar? — pergunta o caixa.

— Não, só estou dando uma olhadinha.

Ele assente, sorri educado e volta para o telefone, mas tenho a sensação de que ele também está me observando agora, da visão periférica *dele*. Provavelmente pensando que vou tentar furtar alguma coisa ou algo assim.

Abandono a caça à camisinha e volto para o quarto.

Sinto uma sensação ruim, arrepiante ao entrar no quarto vazio, mas não está escuro desta vez. As cortinas estão escancaradas, revelando as palmeiras balançando além delas. O quarto está limpo e acabou de ser arrumado pelas camareiras, a cama foi feita, o tapete aspirado, as toalhas limpas deixadas no banheiro e uma bala de hortelã deixada sobre cada travesseiro.

Afundo bem no meio da cama e ligo a televisão. Troco os canais, mas não encontro nada de bom, até que, como não podia deixar de ser, chego a um episódio de algum programa escocês sexy de que já ouvi falar, mas nunca assisti até agora.

Eu assisto por um tempo. Não é o primeiro episódio, mas acho que tenho uma noção básica de para onde a história está indo.

Não demora muito para que o programa escocês sexy fique, bom, sexy. E depois pura e simplesmente explícito.

Depois disso, desligo a TV. Mesmo aqui, no quarto de hotel com ar-condicionado, sinto um calor repentino. A cena de sexo me deixou nervosa — ok, eu admito, ela também me deixou com algumas perguntas, que não são sobre camisinha ou herpes ou que tipo de calcinha devo usar.

Encontro meu caderno e abro na página de *TRANSAR: O PLANO*. Na página oposta anoto alguns pontos que sinto que deveria resolver antes da noite de sábado.

Pensamentos que tenho.

Sobre sexo.

Para começar, orgasmos. A mulher daquele programa fez muito barulho durante o sexo, e ela teve um orgasmo dentro de uns sessenta segundos. Não devo ter um orgasmo em sessenta segundos, não é? O programa está só encurtando as coisas por uma questão de tempo, certo?

Não é como na vida real. Né?

Quanto tempo costuma levar para chegar ao orgasmo?

Aliás, isso é algo que eu deveria esperar?

Eu entendo a parte física da coisa. Mamãe me contou como funciona quando eu era mais nova. Tive aulas de educação sexual. Afton falou um pouco a respeito, depois que aconteceu com ela. Houve até um momento há alguns meses em que, depois de passar a noite toda com Leo, cheguei em casa e me deitei na cama com um espelho e olhei — lá embaixo — para tentar entender o que era o quê, por que e como poderia funcionar.

Já me masturbei algumas vezes, mas nunca fui adepta da prática. Dá uma trabalheira.

É quase perturbador o quanto não sei sobre mim. É frustrante pensar que agora, sentada aqui escrevendo no improviso sobre minha ansiedade sexual, Nick deve estar no quarto dele jogando seu videogame, a mente perfeitamente despreocupada com tudo isso. Ele pode apenas aparecer e transar. Fim.

Suspiro e fecho o bloco.

É tão mais fácil para os meninos.

27

Como eu disse, foi minha mãe quem me contou sobre sexo pela primeira vez. Porque eu perguntei o que acontecia entre ela e Pop no quarto deles à noite às vezes, o quarto que dividia uma parede com a minha.

— Eu escuto vocês lá dentro — contei. — Vocês ficam rindo e respirando forte, e a cama faz uns barulhos. Vocês ficam brincando?

Até dói pensar que já fui assim, tão inocente, mas eu tinha uns 8 anos. Eu achava que eles ficavam brincando de luta ou fazendo cócegas um no outro.

O rosto da mamãe ficou roxo, mas ela manteve a compostura.

— Não — respondeu, como se não fosse nada. — Estávamos fazendo sexo.

Ela disse exatamente assim: fazendo sexo. Não "fazendo amor" ou algum outro nome mais romântico. Ela me explicou o que era sexo de forma categórica, e que era assim que os bebês eram gerados, e falou por um tempo sobre a ciência envolvida — o espermatozoide e o óvulo, a fusão do DNA de duas pessoas, os cromossomos, a divisão das células. Disse que não era nada do que se envergonhar, que era uma coisa boa, uma coisa natural, embora algo que as pessoas só estavam prontas para fazer quando fossem mais velhas.

— Tipo na faculdade — avisou ela.

Por um tempo, associei a ideia de sexo à faculdade — uma época em que se aprendia a ser adulto. E, assim, não pensei muito em sexo até Afton começar a falar sobre meninos.

Porém, quando penso melhor agora — no que minha mãe me ensinou sobre sexo —, não me lembro da conversa oficial, mas sim de uma noite em que Afton e eu estávamos sentadas na bancada da cozinha fazendo nossa lição de casa. Eu me lembro bem desse dia porque mamãe estava preparando o jantar.

Aquilo era raro — uma coisa especial; mamãe não cozinhava — e sempre foi mais o departamento de Pop. Ela não tinha tempo, obviamente, ocupada demais sendo um vendaval e salvando vidas. Só que era uma ocasião especial: o aniversário de casamento dos dois. E mamãe estava fazendo *ratatouille*, um prato que ela fizera para Pop no começo do namoro, para impressioná-lo.

Como era de se esperar, ela era boa com a faca. Eu toda hora parava de fazer a lição de álgebra para vê-la fatiar a abobrinha, a abóbora, a berinjela, o pimentão e o tomate com primor, as mãos cuidadosas e precisas enquanto ela arrumava cada pedaço perfeitamente uniforme na travessa.

Pop entrou. A camisa estava molhada — ele acabara de dar um banho em Abby, na época um bebê. Pop tirou licença-paternidade nos dois primeiros anos depois do nascimento de Abby e ficava em casa conosco. Foram o máximo, aqueles dois anos de Pop praticamente sem interrupções.

— Deixei Abby no chão da sala para ficar um tempo de bruços — disse ele. — Humm. Que cheiro bom.

Ele parou atrás de mamãe e a abraçou pela cintura. Ela continuou arrumando os legumes, mas inclinou o corpo contra o dele.

Ele levantou os cabelos dela para beijar a nuca.

— *Você* tem um cheiro bom — disse ele. — Quero te morder.

Mamãe ficou corada.

— Comporte-se — disse ela, embora claramente ainda falando de brincadeira.

Quando terminou com os legumes, ela empurrou a travessa para longe, girou e jogou os braços sobre os ombros de Pop, sorrindo.

— Embora eu meio que goste quando você se comporta mal.

Pop levantou as sobrancelhas.

— Ah é?

— Aham.

Afton e eu trocamos olhares. Percebi logo que ela queria fazer algum comentário sarcástico, tipo "Ei, vocês estão traumatizando suas filhas", mas também não queria interromper. Sabíamos que eles estavam falando sobre sexo, mas parecia que era sobre isso mesmo que deveriam estar falando naquela data. Ainda gostavam um do outro. Afton e eu sabíamos que era uma espécie de milagre — pessoas casadas que ainda gostavam uma da outra.

Era saudável, como uma relação exemplar. O que eles tinham era o que queríamos ter um dia. Aquela intimidade.

Não achávamos que era algo garantido.

Só que isso foi há muito tempo, acho.

28

Acordo de um cochilo pensando em arte. Fico envergonhada de não ter pensado nisso antes. Qual é a única coisa que vim fazer no Havaí, além de esquecer o Leo e andar de stand up?

Vim pintar.

Meu bloco está no travesseiro ao meu lado, aberto em um esboço que fiz de Abby alguns meses atrás. *Olhos de cachorrinho*, intitulei, aquele olhar que ela exibe no rosto sempre que quer algo e está determinada a vencer usando apenas sua fofura.

Pego o caderno, vou até minha bolsa e tiro dela meu novíssimo conjunto de aquarelas. Então monto uma estação de arte improvisada na varanda com, além do caderno, folhas soltas de gramatura maior que eu trouxe para esse propósito, toalhas de papel e alguns copos plásticos transparentes que encontrei ao lado do balde de gelo.

Eu me sento em uma das espreguiçadeiras, reorganizo meus suprimentos uma última vez e levanto os braços para me alongar.

É tão estranho não ter feito isso por uma semana inteira, desde que desenhei o esboço *Não estou pronta* de Leo na sexta à noite.

Evito olhar para aquela criação, ou qualquer um dos esboços anteriores. Quero partir do princípio. Começar do zero. Algo novo. Sem o peso de qualquer tentativa anterior.

Começo com a paisagem à minha frente: o céu e o mar, que depois vou deixar em tons de azul e verde-água e nuvens brancas.

Depois, as silhuetas das palmeiras, sempre inclinadas, balançando.

Em seguida, o primeiro plano. A estátua de Buda, os círculos redondos de seu corpo e cabeça.

Então, porque não consigo me conter, acrescento uma figura. Depois duas. Distantes demais para se identificar. Quem são?

Afton e Michael?

Mamãe e o homem misterioso de cabelos escuros?

Fico olhando para o desenho. Estou um pouco descontrolada, não sei se isso está me ajudando ou prejudicando. Quer dizer, eu sei que dói. Mas talvez também esteja ajudando?

A arte tem o poder de transmitir tudo. Eu posso me derramar com a tinta. Posso sangrar pelos traços do lápis, das canetas, do pincel.

Porém, ao mesmo tempo, também é estático.

A arte não pode, de fato, consertar sua vida.

O homem que desenhei se parece com Billy Wong, concluo por fim.

Meu coração começa a bater rápido. Deixo o bloco na mesa e pego o celular como se pudesse haver algum tipo de prova ali, passando por uma centena de imagens diferentes: Abby na rede, os anéis apertados de seus cachos secando. O sorriso que ela exibe é para Pops. Para Pop.

Afton alimentando passarinhos em nossa mesa de café da manhã no primeiro dia. Antes da aula de *hula*.

A Grande Escadaria, naquela primeira noite.

Mamãe e Billy sentados a uma mesa, inclinados na direção um do outro.

Mamãe sorrindo com os olhos.

A compreensão de que era Billy que vi nem me surpreende. Eu não queria cogitar que poderia ser ele antes, mas, de repente, parece tão óbvio. Ele é o único homem nesta ilha que é uma opção viável. Mamãe não tem tempo para ficar com alguém novo. No entanto, ela e Billy se conhecem há anos. Décadas, até. Ela se sente confortável com ele. Os dois passam o tempo todo juntos.

Só pode ser Billy.

Pobre Pop, penso em seguida, sentindo o peso da realidade de não ser apenas mamãe e um cara qualquer no Havaí, mas mamãe e Billy, esse tempo todo, tanto aqui quanto em casa. Todas as noites em que ela estava "trabalhando até tarde". Todas as desculpas. *Pobre, pobre Pop*. Pego o celular de novo e leio as mensagens que Pop e eu trocamos.

Estou com muita saudade.

Queria estar aí.

Você deveria estar aqui, escrevo agora. *Não é certo você não estar.*

Fico surpresa quando o telefone toca em minha mão. Uma chamada de Pop.

Sei que não devo, mas clico em aceitar e ponho o telefone no ouvido. Quero ouvir a voz dele.

— Oi — digo.

— Oi. Você tem um minuto? Queria falar um pouco mais com você.

— Tudo bem.

— Abby está com você?

— Não, ela está com a Afton hoje.

Pop emite um ruído de surpresa.

— Tudo bem. Bom. Então, é que você parecia um pouco estranha ontem, e eu só queria saber se está tudo bem com você. Está tudo bem?

Penso um pouco antes de responder.

— Não. Não, não está tudo bem.
— Por que não?
Mordo o lábio e depois as palavras começam a sair.
— Pop, qual é. Não estamos bem. Nenhum de nós está. Você devia estar aqui. São férias em família, você faz parte da família, e não pode decidir que não faz.
— Eu expliquei. Tenho que trabalhar.
— Isso não cola, Pop. Não precisa fazer nada que você não queira. Você está fazendo uma escolha. E dessa vez fez a escolha errada.
— Tudo bem — diz ele, depois de um minuto. — Entendo porque se sente assim. E sinto muito.
— Não me importo — respondo.
— O quê?
— Não me importo se você sente muito. Eu me importo se você está aqui. E você não está.
— Ada...
Pop parece cansado — nem sei que horas são para ele agora. Ele também parece prestes a me dizer que eu não entendo, que não consigo entender, mas me recuso a ouvir.
Então continuo meu desabafo:
— Sei que você e a mamãe estão passando por um momento difícil, ou sei lá — digo rapidamente. — Você acha que a gente não percebe essas coisas, mas a gente percebe. Não sei muito sobre o amor, mas já vi pessoas pararem de se amar. Afton e eu vimos isso da primeira fila. E eu só acho que... — Engulo o nó enquanto as lágrimas fazem meus olhos arderem. — Só acho que isso não pode acontecer com a gente dessa vez, Pop. Não com você e mamãe. Não é justo. Não está certo. Isso não pode acontecer.
— Opa, opa, Ada. Por que você acha que... Sua mãe e eu... Não é...
— Mamãe não é perfeita — continuo, insistindo. — Ela trabalha demais, e ela... não é a pessoa incrível que todo mundo diz

que é, e eu sei disso, mas também sei que não é a única integrante desta família, e vocês se amaram um dia, fizeram promessas, e isso significa que você tem que lutar por ela. Está fazendo isso, Pop? Lutando de verdade por ela? E por nós? Você pode fazer isso? Você pode lutar?

Depois disso, fico sem fôlego. Eu devia estar fazendo esse discurso para minha mãe, confrontando minha mãe, mas essa é a única ideia que consigo ter para mantê-los juntos: Pop precisa se esforçar mais. Pop precisa consertar as coisas.

Pop não diz nada por um bom tempo, o que é até bom, porque agora estou fungando.

— Sim — diz ele, por fim. — Sim, Ada. Vou fazer isso.

— Bom.

— Mas o que aconteceu com sua mãe? Ela falou alguma coisa que te incomodou? Por que...

— Isso é tudo o que eu realmente tenho a dizer, Pop. Pelo menos por enquanto.

Desligo antes de conseguir falar qualquer outra coisa. Já falei demais. Pego meu material de arte e começo a voltar para o quarto.

E é quando quase trombo de frente com Afton.

Que estava parada na porta sabe-se lá há quanto tempo.

29

Cacete, penso.

— Deus, o que foi? — exclama Afton, muito alto. — O que está rolando? Você vai me contar, Ada. Agora.

Olho por cima dela, tentando ver onde Abby está.

Afton puxa minha mão.

— Ela está vendo desenho animado no outro quarto. Sério que você nem ouviu a gente entrar?

Eu estava meio ocupada tendo uma crise com Pop.

Afton me arrasta de volta para a varanda, fecha a porta que dá para o quarto e se senta.

— Ok. O que foi? — insiste.

Não tenho escolha agora, então fecho os olhos e começo.

— Precisa me prometer que não vai fazer nada precipitado com essa informação — sussurro. — Que você não vai surtar.

— Já estou surtando agora! — exclama ela, e eu a mando calar a boca. Não podemos arriscar que Abby nos ouça. — O que foi? — sussurra de volta com pressa. — Me conta logo.

— Mamãe está tendo um caso — revelo, ainda sussurrando.

Sinto um gosto amargo na boca. Eu o engulo.

O queixo de Afton desaba, em choque.

— O quê? Com quem?

— Ela está dormindo com...

Deus, penso, como chegamos à expressão "dormir com" para dizer fazer sexo? Dormir é o oposto do que eles estavam fazendo na manhã de segunda-feira.

— Não sei. Eu não vi tudo. Mas ela está se relacionando com Billy Wong.

Pronto, falei. O que torna tudo real.

Outro longo momento de silêncio. Então Afton sussurra:

— Como você sabe?

Respiro fundo.

— Na segunda-feira, acho que foi segunda mesmo... — Os dias começaram a se misturar em minha cabeça. — É, segunda. Tive que voltar para o quarto. Eu só queria vestir meu maiô. E foi quando vi a mamãe...

A lembrança me inunda. Engulo de novo, com força.

— Eu vi os dois.

— O quê? — diz Afton, ainda mantendo a voz baixa, mas agora em um tom muito mais agudo. — Quando?

— Eu já falei. Segunda-feira de manhã. Quando você e Abby estavam na aula de *hula*.

— Onde?

— Aqui. Na cama dela.

Faço um gesto para o quarto ao lado. Não consigo nem olhar diretamente para Afton enquanto relato tudo. É insuportável fitá-la nos olhos quando ela compreende.

Não falamos mais nada pelo que parece um ano. Quando olho para Afton outra vez, seu rosto está vermelho-vivo. Ela está encarando o corrimão de metal da varanda.

Eu me lembro dessa sensação entorpecida — eu mesma senti há poucos dias.

— Então? Fala alguma coisa. Pode apenas dizer alguma coisa? Qualquer coisa?

Ela balança a cabeça.

— O que deveria dizer?

— Não sei. Alguma coisa.

Ela me encara com o mesmo tipo de aspereza que mamãe demonstra sempre que alguém faz algo incrivelmente estúpido, como se estivesse brava *comigo*, por algum motivo, como se a culpa fosse minha. Ela morde o lábio inferior por alguns segundos, depois o solta. Não fala nada. Ela está na fase do silêncio pelo choque.

Começo a tagarelar de novo.

— Enfim, acho que faz sentido, mamãe e Billy. Né? Eles, tipo, se tocam o tempo todo, dão tapinhas no ombro, esse tipo de coisa. Eles se abraçam às vezes, e a mamãe não é exatamente de abraçar, é? Eu sempre achei que era só porque os dois eram melhores amigos.

Tento não pensar no roupão branco. Nos ruídos. Na cama.

— Eu sou tão burra! Jamais teria imaginado — continuo.

Lembro-me do ano anterior, na cerimônia de premiação, quando vi Billy proferir as palavras "Eu te amo" para a esposa dele baixinho. E de como eu, tão ingênua, achei aquilo muito fofo.

— Ah, e eu acho que odeio eles dois — murmuro. — Pra valer.

— Ada... — começa Afton.

É horrível reviver aquilo, mas também é um alívio finalmente poder contar tudo.

— Talvez tenham planejado assim. Talvez por isso Pop não tenha vindo. Talvez fosse pra essa viagem ser tipo uma orgia entre mamãe e Billy este ano, e Pop sabia disso tudo. Quer dizer, ele é um cara bastante observador. Não é burro. Eu sei lá.

— E era o Pop no telefone agora? — pergunta Afton, com os dedos apertados em punhos, abrindo, fechando. — Você estava contando para o *Pop* que viu mamãe e Billy Wong? — A voz se eleva novamente.

— Não, eu não contei nada — sibilo. — Não estou totalmente descompensada. Falei para ele lutar por nós, só isso. Falei que era um erro ele não ter vindo com a gente.

Afton se levanta.

— Meu Deus, Ada.

O rosto dela ficou de um vermelho ainda mais escuro. Escarlate. Quase vinho.

— Eu sei. Eu sabia que algo não estava certo com eles, mas isso… Precisamos agir como se não soubéssemos — digo com seriedade. — Passei a semana toda pensando nisso, e é a única maneira de eles não se divorciarem. Temos que fingir que não aconteceu.

Ela passa a mão pelos cabelos. Anda em círculos algumas vezes. Para.

— Não. Ada, escuta só…

É quando ouvimos a porta de dentro bater e a voz da mamãe.

— Meninas?

Afton e eu nos encaramos, de olhos arregalados.

— A gente precisa se controlar — digo às pressas, apavorada com o que Afton pode fazer agora. Com o que ela poderia dizer. Com o fato de que pode despedaçar toda a nossa vida. — Só fica calma.

Abro a porta da varanda.

— Oi, mãe — digo com tanta alegria que isso, por si só, já é suspeito, mas não consigo evitar. — Já acabou por hoje?

— Já — confirma ela. — Mas o grupo todo foi convidado para um luau hoje à noite.

Eu sei disso. Li a programação.

— Legal. Hum, Abby e eu adoraríamos ir, mas a Afton não está se sentindo muito bem.

Mamãe ergue as sobrancelhas.

— Doente?

— Aham. Então é melhor ela não ir ao luau.

Afton entra no quarto. Os olhos dela carregam uma dureza que nunca vi, como pedras de gelo. Minha frequência cardíaca aumenta.

Deus, por favor, não deixe minha irmã matar minha mãe em plena luz do dia.

— Seu rosto está mesmo vermelho — comenta mamãe. — Talvez seja a mesma coisa que a Ada teve.

— Isso — concordo. — Exatamente o que eu tive.

30

No luau, descubro um fato substancial a meu respeito: sou fraca para bebida.

Sei disso porque acidentalmente (ou talvez não tão acidentalmente) pego o *mai tai* da minha mãe em vez de minha bebida frutada e não alcoólica, e viro tudo na esperança de que vá me ajudar a relaxar e sobreviver a esta refeição sem maiores danos.

Um grande erro, ao que parece.

Acho que o álcool bate mais forte porque me sinto ansiosa com o que acabou de acontecer com Afton e preocupada com o que vai acontecer em seguida. Pode ser porque fiquei debaixo do sol metade do dia sem beber água suficiente e não como nada desde o café da manhã. Ou pela porção generosa de rum no drinque, que vai direto para meu estômago vazio.

Seja qual for o motivo, menos de dez minutos depois de entornar o *mai tai* proibido, minha cabeça fica confusa e tudo começa a rodar.

O pior de tudo é que mamãe está sentada ao lado de Billy, que está ao lado da esposa. Tento não ficar encarando, mas preciso olhar na direção deles para ver o palco.

— Vamos comer porco? — pergunta Abby.

— Acho que sim — respondo, deduzindo aquilo graças aos homens de peito besuntado de óleo e usando tangas feitas de folhas que chegam carregando um porco inteiro no espeto.

O cheiro quente e pesado da carne me assola, e meu estômago de repente parece estar cheio de pedras.

Mamãe se inclina para Billy e diz algo em seu ouvido.

Ele ri.

Ela sorri, um clarão branco de dentes.

Então percebo uma coisa com absoluta certeza: eu vou passar mal.

Levanto da cadeira e sigo para o banheiro. Chego à entrada segundos antes de dobrar o corpo e vomitar violentamente na lata de lixo ao lado da porta.

Esta definitivamente não está sendo minha melhor viagem no quesito vômito.

Depois me sinto muito melhor, quase normal — com fome, até —, como se estivesse pronta para comer porco. Quando volto para a mesa, mamãe mudou nossos pratos, me passando para outro assento para que ela possa cortar a carne de Abby, eu acho.

O que significa que agora estou sentada entre minha mãe e Billy Wong. E conversar com Billy é um pouco (apenas ligeiramente) menos repugnante do que ver minha mãe conversar com Billy.

Além disso, ele fala pelos cotovelos, e não para de fazer um monte de perguntas sobre a escola e minha arte e sobre o que estou curtindo na viagem até agora.

— Tem sido esclarecedor — digo com os dentes cerrados.

— Sei exatamente o que você quer dizer.

De alguma forma, duvido.

— Eu amo todas as representações da arte do Leste Asiático neste hotel — continua Billy. — Sinto que estou esbarrando em Buda a todo momento. Falando nisso, eu queria perguntar uma coisa pra você.

Falando nisso, tipo, falando em Buda?

— Ah é?

— Eu gostaria de contratar você.

— Me contratar?

Já trabalhei sendo babá de Peter e Josie ao longo dos anos, mas não faço isso há um tempo.

— Para fazer uma obra para nós — explica ele. — Gostaria de ter uma grande pintura da nossa família em cima da lareira. Eu sei que dá pra fazer uma imitação hoje em dia, usar o Photoshop para manipular uma foto até parecer uma pintura e imprimir em tela e esse tipo de coisa, mas quero algo verdadeiro. De um artista. Acho que um artista consegue ver além do mundo material, às vezes, capturar a essência de uma pessoa melhor do que uma fotografia jamais conseguiria. Não acha?

— Não faço retratos — digo rapidamente.

Isso não é nem vagamente verdade. Retratos são minha principal área de atuação. Estou desenhando e pintando pessoas no meu bloco o tempo todo. Fiz, tipo, três só hoje.

— Não?

Ele parece surpreso.

— Só paisagens — minto. — Aquarela, principalmente.

Eu até fiz uma paisagem hoje, mas adicionei pessoas no final. Quiçá o próprio Billy.

Billy não se intimida com minha relutância.

— Talvez possa fazer uma paisagem para nós, então. Do Havaí, para podermos nos lembrar da viagem.

— Talvez.

Nem no Dia de São Nunca vou pintar algo para Billy Wong. Especialmente algo para comemorar essa viagem em particular.

— Seria incrível.

Finalmente, ele parece satisfeito por termos "colocado o papo em dia", e se vira para falar com a pessoa sentada próxima a ele, que por acaso é Marjorie Pearson.

— Olá, querido — diz ela.

Termino minha refeição em silêncio, mas espumando. *Como ele ousa?*, fico remoendo. Que audácia me pedir para criar algo para ele.

Justamente quando ele está colocando em risco todo meu mundo. Nesse momento, Afton está no quarto passando pelo que passei segunda à noite. Entendendo que a vida que tínhamos antes acabou.

Billy está envenenando minha família.

Sorrindo. Sempre sorrindo. Agindo como se fosse um cara muito legal.

Meus olhos pousam no pequeno conjunto de pacotes de sal e pimenta que peguei quando passei pela fila do bufê. Eu pretendia usar o sal no meu bowl de carne de porco e arroz.

Em vez disso, pego um pacote de pimenta.

Abro um canto.

E despejo todo o conteúdo no chá gelado de Billy.

Por um segundo fico apenas olhando para o copo, os pedaços de pimenta rodopiando lá dentro, afundando, disseminando-se pelo chá como se pertencessem àquele local.

Então me levanto, chocada com o que fiz e afoita para fugir do local do crime. Atravesso até a mesa de sobremesas e pego um pratinho gelado. Finjo estar elegendo sem pressa qual sabor de haupia — aqueles minúsculos cubos gelatinosos que estão por toda parte no Havaí — seria mais saboroso: coco ou morango. Escolho morango. Pelo canto do olho, observo Billy. Ele continua virado para Marjorie, ainda falando, ainda sorrindo.

A qualquer momento, penso.

Eu giro para ficar de costas para ele. Não quero estar olhando para lá quando acontecer.

Aguardo para ouvi-lo começar a tossir.

Será que vai fazer mal a ele? Será uma surpresa, obviamente, e existe a possibilidade de ele ofegar e inalar a pimenta de alguma forma, o que não pode ser bom para o pulmão. Só que não pode ser tão ruim, considerando que a polícia usa spray de pimenta nas pessoas o tempo todo e nunca parece causar danos permanentes. Não vai machucá-lo.

Vai?

Faço uma pesquisa rápida no celular, mas tudo que encontro são sites enaltecendo os benefícios da pimenta para a saúde. Em alimentos, mas também bebidas. Aparentemente, existe uma moda de beber água quente com pimenta.

Então estou, na verdade, ajudando Billy a limpar seu organismo de toxinas.

Se ele beber o chá.

Eu me atrevo a olhar por cima do ombro para a mesa outra vez. Billy continua lá.

Ainda falando.

Porém o copo se foi.

Olho em volta, mas não vejo. Os únicos copos na mesa são o da minha água, o copo vazio de minha mãe com um limão no fundo, e o de Marjorie, que ela está segurando e balançando enquanto fala. Na frente de Billy: nada.

É como se eu tivesse alucinado a coisa toda.

Provavelmente foi melhor assim. Uma parte minha ainda quer fazer Billy sofrer, mesmo que só um pouquinho, mas é uma parte infantil. Billy ingerir pimenta no chá não vai consertar o que está quebrado em minha vida. Eu sei disso. Mas ainda assim...

— Isso parece delicioso.

Eu me assusto com a voz da minha mãe vinda do meu lado. Quando me viro, encaro seus olhos azuis questionadores. Ela estava sentada de frente para mim durante todo o jantar. Talvez tenha visto tudo e pegado o copo de Billy quando me afastei da mesa.

Se ela viu, naturalmente está se perguntando por que estou brava com Billy. E talvez desconfie que eu saiba de tudo.

— Er, é — gaguejo. — Quer a minha? Pode ficar. Acabei de me dar conta de que não estou mais com fome.

— Está se sentindo bem?

Ela encosta a mão em minha bochecha. Eu me afasto.

— Estou — digo. — Eu só estou... preocupada com a Afton. Tudo bem se eu voltar para o quarto para ver como ela está?

— Sim, pode ir — diz mamãe, sorrindo. — Você é uma boa irmã, Ada. Eu sou grata por tudo o que você faz. Eu e o seu Pop.

— Obrigada, mãe — murmuro, me apressando para correr para bem longe dela.

31

— Ada! Espera aí!

Nick me alcança assim que saio da área designada ao luau.

— Oi — cumprimenta ele.

— Oi.

Ficamos parados por um tempo, congelados no constrangimento do que vai acontecer entre nós no sábado à noite.

— Como você está? — pergunta ele, por fim. — Conseguiu fazer seu stand up?

— Não — admito. — Mas obrigada pela ajuda com a Marjorie.

— Disponha.

Estamos em uma plataforma ao lado de uma parada do bonde cheia de hóspedes do hotel esperando o transporte. Eu preciso pegar o bonde de volta à Torre Oceano e Afton. Preciso falar com Afton agora. Precisamos bolar algum tipo de plano.

— Você está bem?

— Estou. — Ainda estou meio tonta. — Tudo bem.

— Ainda a fim do nosso chá?

Levo um segundo para compreender.

— Ah. É claro. Sim. Se a gente encontrar a camisinha. Eu até procurei hoje e você tinha razão. Não é fácil de comprar.

— Precisamos tentar a sorte.

Ele sorri, mas é um sorriso inseguro.

— Nada de camisinha de posto de gasolina — repito.

— Eu sei. Você já falou.

Ele não parece muito entusiasmado.

— Qual é o problema? Está dando pra trás? Tudo bem se tiver mudado de ideia. Quer dizer, eu não mudei, mas se você tiver mudado, tudo bem.

Nick levanta a mão, indicando para que eu pare de tagarelar e ele possa falar. Em seguida, ele aperta os lábios, como se não tivesse certeza do que estava prestes a dizer.

— Não sei como dizer isso — começa.

— Só fala logo.

Ele me acha feia. Percebeu que transar comigo pode ser um risco, já que tenho uns vinte quilos a mais e poderia esmagá-lo como um inseto. Percebeu que...

— Você é do mal?

Dou uma bufada.

— Do que você está falando?

Ele cruza os braços, cauteloso.

— Pensei que te conhecia, Ada, e pensei que você era legal, mas agora estou começando a pensar que você é...

— Do mal? Porque convidei você para... — Olho em volta. Tem tanta gente aqui. — ... para tomar chá comigo? Tipo, você é o Adão e eu sou a Eva, e aqui estou eu te oferecendo a maçã do Diabo?

— Não — rebate ele, rápido. — Não é sobre o... chá. É que eu achava que você era uma boa pessoa, mas...

— Mas o quê?

Ele suspira.

— Eu vi você colocar pimenta na bebida do Billy Wong agora há pouco.

Agora sou eu que não sei o que dizer. Vasculho o cérebro atrás de alguma desculpa, mas nenhuma vai funcionar.

— Você estava lá e não disse nada? — acuso, procurando alguma forma, qualquer forma, na verdade, de me eximir da culpa que sinto. — Simplesmente resolveu me espionar?

— Eu não estava espionando — desabafa Nick. — Acenei quando você entrou, mas você não me viu, ocupada demais tentando envenenar um cara.

— Eu não estava tentando envenenar o Billy! — argumento. — Você sabia que, na verdade, a pimenta tem uma série de benefícios medicinais? Algumas pessoas bebem água com pimenta todos os dias. Acelera o metabolismo.

Ele me encara como se eu fosse um bicho de sete cabeças.

— *Argh*, tá bem! — desabafo, exausta. — Eu estava tentando... bem, não ia envenenar ele, exatamente, mas sim, ia fazer uma coisa ruim.

— O que me leva à conclusão de que você é do mal.

— Eu não sou do mal.

Eu simplesmente não posso dizer a ele o motivo de ter feito isso.

— Eu só não gosto do Billy Wong — digo.

Nick sacode a cabeça.

— Mas por quê?

Dou de ombros.

— Billy é uma das pessoas mais legais que já conheci — diz ele.

— Talvez você devesse conhecer mais pessoas.

Os olhos cinzentos faíscam.

— Pode perguntar por aí. Ele é o cara mais legal, mais simpático e mais agradável da STS. Além disso, ele é um cirurgião, e você e eu sabemos bem como cirurgiões podem ser, e Billy devia ganhar um prêmio ou algo assim.

Eu também pensava dessa forma. Antes desta semana, pelo menos, mas as coisas mudaram.

Ponho as mãos na cintura e olho feio para Nick.

— Talvez ninguém conheça o verdadeiro Billy. Quer dizer, qual é, será que dá mesmo para conhecer essas pessoas? Convivemos ao longo de sete dias, uma vez por ano. Eu nem conheço *você* muito bem, e estamos prestes a...

Outro grupo de hóspedes do hotel chega para esperar o bonde.

— ... tomar chá — termino.

Nick se senta em um dos bancos, como se tivesse decidido esperar pelo bonde também.

— Acho que também não te conheço tão bem.

Eu me sento ao lado dele.

— Desculpa. Eu adoraria poder explicar o motivo, mas...

— Quando vi você fazer aquilo, pensei que talvez você estivesse brincando com sua própria bebida. Às vezes brinco com aqueles pacotinhos de açúcar se estiverem em cima da mesa. Achei que podia ser açúcar, mas a embalagem era de outra cor. E logo depois que você fez isso, você levantou e saiu.

Porque sou uma covarde, penso.

Nick fica olhando para o chão.

— Então fui lá verificar, e era pimenta. Billy até virou para pegar o copo, então tirei rápido da mesa e dei a um garçom que estava recolhendo a louça.

— Foi você! Você que impediu! — exclamo, em parte com raiva de novo pela interferência de Nick. — Isso não era da sua conta, Nick. Você não devia ter... — Eu suspiro. — Tá bem. Acho que tudo bem.

Quando o bonde chega, todos ao redor se aproximam dele.

Nick olha para o bonde, pensativo.

— Hoje de manhã tinha uma mulher com muita dificuldade de subir com o carrinho de bebê no bonde. Billy viu o que ela estava tentando fazer, desceu e levou o carrinho para dentro, depois cedeu a ela e ao bebê o lugar em que estava.

Eu me encolho.

— Isso não prova nada. Todo mundo gosta de bebês.

— Eu vi Billy na hora do almoço também. Ele pegou uma pequena aranha na mesa e usou um guardanapo para tirar ela dali.

— Isso não faz dele um santo — digo com firmeza, lutando para me ater à imagem que mais quero esquecer: Billy e minha mãe no quarto escuro do hotel. Traindo todos nós. — E agora essa aranha provavelmente vai morder uma pessoa, graças ao Billy.

O bonde vai embora.

Nick parece confuso.

— Não entendo. Billy é o cara.

— Então talvez você devesse dormir com *ele*!

Eu me levanto e me afasto como se fosse ir embora, depois mudo de ideia e volto.

— Tenho um bom motivo para não gostar dele, Nick, e não preciso dizer qual é, porque não devo nada a você. Pode apenas, sei lá, confiar em mim?

No entanto, enquanto digo aquilo, penso: *Mas por que ele confiaria em mim?* Ele nunca me viu salvar a vida de um inseto ou ajudar alguém necessitado.

Chega mais um bonde.

— É melhor eu ir — murmuro.

Nós dois nos levantamos.

— Desculpa, eu só… — recomeça Nick.

— Eu entendo. Você também não me conhece.

Entro no bonde. As portas se fecham entre nós. Nick recua um passo e fica assistindo eu me afastar.

No caminho até o quarto, só sinto raiva. Não de Nick, mas da minha mãe. Ainda. De novo. Para sempre.

Não faço barulho ao entrar no quarto, caso Afton tenha ido dormir cedo. Segunda-feira à noite, fui dormir cedo. Só para acabar com aquele dia horrível.

Porém minha irmã não está no quarto. Também não está no banheiro. Em vez disso, encontro meu bloco de desenho no meio da cama dela, aberto na paisagem que fiz hoje, a da praia e das duas figuras.

Mamãe e Billy. E quem sabe o que mais ela viu naquele bloco?

E minha irmã não está lá. Ainda. De novo. Para sempre.

32

Não me lembro muito sobre o divórcio de meus pais (o primeiro casamento de minha mãe). Eu tinha 5 anos quando aconteceu, a idade que Abby tem hoje. Eu nem sabia que minha mãe e meu pai estavam infelizes na relação, embora soubesse que eles gritavam muito.

Achava que era isso que adultos faziam.

Eles contaram para Afton e para mim separadamente. Afton foi primeiro. Os dois me deixaram brincando com uma nova casa de bonecas que eu ganhara de aniversário, ideia de Ruthie, tenho certeza disso. Fiquei ali brincando, alheia a tudo, movendo pequenas pessoas de madeira por uma miniatura de três andares meticulosamente decorada enquanto eles conversavam com minha irmã em outro quarto. Quando sentiram que ela compreendera o que estavam tentando dizer, nós trocamos de lugar e me levaram para o quarto deles, onde eu imediatamente soube que havia algo errado, já que eu normalmente não tinha permissão para entrar lá. O lugar refletia a presença tranquila e austera de uma igreja para mim, um lugar em que eu entrava descalça para não manchar o tapete de cor creme. O ar cheirava a sândalo, embora, claro, eu não soubesse que era sândalo na época, apenas um perfume forte e penetrante que até hoje me faz pensar na palavra:

Divórcio.

Nós três nos sentamos no banco estofado aos pés da cama king size. O rosto de mamãe era o retrato da calma, como uma daquelas máscaras de loja de festas, completamente sem expressão.

Já o de meu pai estava vermelho, assim como seus olhos. Marejados. Inchados. A voz tremeu quando ele tentou me dizer que estava se mudando. Depois de um tempo, parou de tentar falar, e minha mãe interveio.

Não entendi. Não de verdade, mas assenti como se tivesse.

Então eles me levaram de volta para a sala, onde Afton estava esperando. A expressão dela era exatamente igual à da mamãe. Ainda lembro. Se eu a desenhasse, chamaria de *Determinada*.

É louco pensar que ela tinha apenas 7 anos.

Mamãe e papai estavam no corredor, gritando outra vez.

Afton segurou minha mão.

— É uma coisa boa — disse.

— Mas não parece — discordei.

Ela balançou a cabeça.

— Eles não se amam mais.

Aquela ideia foi aterrorizante — que alguém pode um dia amar você e, de repente, não amar mais.

Afton não soltou minha mão; não sei se por ela ou por mim. Ainda estávamos de mãos dadas quando meu pai apareceu na porta carregando uma mala. Ele estava chorando. Eu nunca o vi chorar antes e depois também nunca mais vi, e me senti tão mal por ele que comecei a chorar também.

Então ele foi embora.

— Não precisa se preocupar — disse Afton para me tranquilizar, apertando minha mão com tanta força que doeu. — Eu ainda estou aqui.

33

Acordo com gritos. Quando abro os olhos, vejo Afton e mamãe ao pé de minha cama, posicionadas como se estivessem em um ringue de luta.

Pronto. Lá vamos nós.

— Isso é inaceitável, mocinha! — diz mamãe, o mais perto de gritar que já chegou. — Você não pode simplesmente passar a noite toda fora de casa!

— Eu não estou em casa! — devolve Afton, aos berros.

— Você entendeu o que eu quis dizer!

— Tenho 18 anos! — esgoela Afton. — Legalmente, sou uma adulta. Posso fazer o que eu quiser!

— Esta é a minha casa… — Mamãe faz uma pausa, cerrando os dentes. — Minha suíte de hotel, e enquanto você fizer parte desta família, se hospedando nos nossos quartos, vai fazer o que mandarem. Não é absurdo pedir para você voltar para dormir neste quarto, e que nos avise onde está. Com quem. Fazendo o quê.

— Não — retruca Afton.

— Não?

— Não. E o que você vai fazer a respeito? Me mandar de volta pra casa? Me trancafiar aqui?

— Estou cogitando isso — retruca mamãe. — Estou surpresa com você, Afton. Normalmente, confio que você seja responsável. Pense no exemplo que está dando para suas irmãs.

— Ah, que engraçado — diz Afton. — Vindo de você.

Eu afasto as cobertas e me levanto.

— Ei, vocês duas, vamos...

— Não se mete, Ada — dizem as duas ao mesmo tempo, com a mesma inflexão.

Elas são parecidas até demais.

— Então imagino que tenha passado a noite com Michael Wong — continua nossa mãe. Ela dá uma risada seca. — Eu sabia que você tinha uma queda por ele, e pensei que ele devia estar só sendo simpático. Mas passar a noite toda com ele, isso já é...

— Não é da sua conta — completa Afton.

— Tudo o que você faz é da minha conta — argumenta mamãe. — Eu criei você. Meu corpo montou as células que fizeram de você uma pessoa. Isso quer dizer que você sempre vai ser da minha conta.

— O corpo humano não substitui todas as células ao longo de sete anos? — desafia Afton.

— E os Wong são da minha conta — continua mamãe como se não tivesse ouvido. — Billy Wong é meu colega mais próximo. Meu parceiro de trabalho. Meu amigo.

Minha respiração congela, observando que é o momento mais oportuno para Afton confrontar mamãe sobre Billy, e eu não saberia como impedi-la. Não sei como impedir nada disso.

— Parem! — intervenho, mas elas me ignoram. — Vocês vão acordar a Abby.

Minha irmãzinha dorme como uma pedra. Uma vez, não acordou nem com um alarme de incêndio — ela nem se mexeu. Ainda assim, está no quarto ao lado.

Afton faz um barulho de desdém.

— Ah, então seu medo é que eu envergonhe você na frente dos seus colegas de trabalho.

— Não, mas ficar aos beijos com Michael Wong pega mal para todos nós.

Afton balança a cabeça e, com ela, os longos cabelos loiros.

— Por quê? Quem se importa?

— A diferença de idade é muito grande — diz mamãe, parecendo rígida.

Afton inclina a cabeça.

— Quantos anos mesmo você tem a mais que o Pop?

Eu sei a resposta: seis anos. Mais que a diferença de quatro anos entre Afton e Michael Wong.

— Isso é diferente. Duas semanas atrás, você ainda estava no ensino médio. Não é apropriado.

— Não me venha falar sobre o que é apropriado ou não.

O rosto de mamãe fica vermelho.

— Não fale assim comigo. Só estou tentando proteger você.

— Bem, então está fazendo um trabalho incrível — devolve Afton.

— Ei — tento de novo. — Vamos nos acalmar, pode ser?

— Michael tem namorada — diz mamãe.

A expressão de Afton desaba.

— O quê?

— Eu até a conheci. Michael a levou ao hospital para almoçar com Billy, faz uns seis meses. O nome dela é Melanie.

A respiração de Afton fica engraçada, irregular.

— Seis meses atrás não é agora.

— Menos de um mês atrás ele estava comprando um anel de noivado para ela.

— Muita coisa pode acontecer em um mês.

— Eu saberia se eles tivessem terminado.

Afton morde o lábio inferior e o prende ali, entre os dentes, por um longo tempo.

— Você estraga tudo — diz ela, por fim.

— Ah, não seja melodramática. Sinto muito, Afton — diz mamãe, agora usando um tom mais amável. — Sei que você acabou de terminar com Logan e...

— Você não sabe de nada. Como se você pudesse falar sobre relacionamentos. Veja só você e Pop.

— Não estou falando de Pop — diz mamãe.

Os olhos azuis e gélidos de Afton se voltam para mim.

— Bom, então talvez devesse. Talvez possamos jogar um pouco de merda no ventilador, que tal?

Felizmente, nesse exato momento, Abby aparece, com os olhos remelentos e o paninho de estimação junto ao peito.

— O que foi? — pergunta. — Por que Afton está falando palavrão?

Afton se vira para a porta.

— Vou sair.

— Tem outra excursão em grupo hoje — anuncia mamãe. — Eles saem em uma hora, e você vai junto.

— Sim, senhora — diz Afton com um sorriso petulante, e então ela sai do quarto, ainda usando a roupa do dia anterior.

Vou atrás dela.

— Afton!

Ela para de andar e se vira.

— Obrigada — digo.

Ela zomba.

— Pelo quê?

— Sei que você está com raiva e que essa história do Michael foi horrível, mas obrigada por não dizer pra ela que você sabe sobre o Billy. Acho que eu não teria tanto autocontrole.

Na verdade, sei que não teria. Afton nem parecia estar com raiva de Billy. Sua raiva parecia direcionada apenas à nossa mãe.

Só que agora Afton me encara como se eu fosse a pior pessoa do mundo.

— A culpa é toda sua — diz ela, e se afasta.

A excursão da vez dura apenas metade do dia, e a primeira parada é um lugar chamado Pu'uhonua o Honaunau. Kahoni nos faz praticar a pronúncia das palavras várias vezes.

— Antigamente — relata ele, enquanto nosso ônibus entra no estacionamento —, se alguém infringisse uma lei, qualquer lei, a pena era a morte. Ei, você!

Ele aponta para Marjorie, que está enfiando um biscoito na boca.

— Nada de comer no ônibus! — avisa Kahoni, com a mesma severidade como se a mulher estivesse roubando um carro. — Você infringiu uma lei.

— Se eu não comer a cada duas horas, meu açúcar no sangue fica desnivelado — defende-se Marjorie.

— Os motivos não importam — alega Kahoni. — Você infringiu a lei, então deve morrer.

— Ele não vai matar a Marjorie, vai? — sussurra Abby do assento ao meu lado. — Espera, essa é a parte em que ele joga ela no vulcão?

— Não. Ele está só fazendo uma comparação — sussurro de volta.

— Está com sérios problemas agora, Marjorie — prossegue Kahoni. — Se pegarmos você, está morta. Mas, se puder escapar e chegar ao *pu'uhonua* mais próximo, você estará a salvo.

— Sou mais rápida do que pareço — diz Marjorie, arrancando risadas de todos.

Kahoni continua dissertando sobre como aquele lugar é um templo onde os ossos dos chefes são enterrados e como ainda mantém sua *mana* — seu poder. Descemos do ônibus e olhamos em volta. De um lado, existe um enorme paredão em forma de L feito de troncos de palmeiras, isolando a área do resto, até a praia de pedras pretas.

— Podem explorar — sugere Kahoni. — Mas lembrem-se: este lugar contém o espírito da paz e do perdão. Tratem tudo com respeito.

Fico de olho em Abby enquanto vagamos pelos terrenos sagrados, entrando em várias estruturas de telhado de palha onde pessoas estão ensinando a fazer redes com um certo tipo de folha e cuias de palha. Nós nem discutimos quem cuidaria da Abby hoje, mamãe só me entregou os cem dólares.

Nick está, como de costume, parado longe dos outros. Ele mantém uma distância respeitosa, provavelmente achando que eu estou brava com ele, embora não esteja. Tenho muitas outras coisas mais urgentes na cabeça do que tomar chá.

Afton, fiel à sua palavra, também veio. Teimosa que só ela, sentou ao lado de Michael com o restante dos Wong no ônibus, evitando até olhar para mim.

Não sei por que ela está tão brava *comigo*, mas eu meio que entendo. Também fiquei brava com ela por causa da mesma coisa. Não sei o que fazer, então, pelo bem de Abby, tento agir como se as coisas estivessem normais, e tiro várias fotos para inspirar algumas aquarelas mais tarde. Amo as estátuas de *ki'i* de madeira com seus sorrisos escancarados e caretas largas. O lugar me lembra um pouco Notre Dame, que visitamos quando a conferência foi em Paris, quatro anos atrás. Pop levou Abby em um sling amarrado ao peito, e ela ficou totalmente silenciosa na catedral, a boquinha de botão de rosa formando um O enquanto admirava os vitrais. Este lugar tem a mesma atmosfera, como se a areia pela qual caminhamos fosse sagrada, o ar carregado de uma energia antiga e sábia.

É pacífico estar aqui.

— VOCÊ É UM BABACA, SABIA? SEJA HOMEM!

A voz de Afton ecoa pelos muros, rochas e árvores. Todos, até pessoas que não fazem parte de nosso grupo, param o que estão fazendo e olham para ela e Michael parados no coqueiral. O rosto de Afton está corado, os punhos cerrados ao lado do corpo. Michael está olhando fixamente para o chão.

— Opa, olha, me desculpa — diz baixinho.

— Me poupe — rosna ela, marchando rumo à praia.

— Acho que essa lua de mel acabou — comenta Marjorie de algum lugar ao longe.

Olho para Afton. Aposto que esse surto tem a ver com a infame Melanie. Por acaso, sei exatamente como é. Como gritar "VAI SE FODER, LEO!" em um estacionamento lotado.

— A Afton está bem? — pergunta Abby. — Ela está ganhando?

— Ganhando?

— Você disse que vocês estavam competindo para ver quem estava com o coração mais partido — lembra Abby.

Eu bufo, depois confirmo com a cabeça.

— É. Acho que agora ela está ganhando.

— Todo mundo fica gritando o tempo todo — constata Abby, com um suspiro. — Eu queria que parassem.

Meu coração se aperta.

— Bom, eu não vou mais gritar, tá?

— Promete?

Ela estende o mindinho. Eu o engancho com o meu.

— Prometo. E não esquece o que Pop disse: Afton é durona. Ela vai ficar bem.

Não tenho tanta certeza quanto ao resto de nós. Tento tirar as palavras de Afton da cabeça: *a culpa é toda sua*. Colocando a culpa em mim, assim como a culpei por levar Abby para a aula de *hula*, o que me levou a flagrar mamãe e Billy. Não foi culpa da Afton. E também não é minha.

— Tudo bem, pessoal — diz Kahoni, horrorizado. — Hora de ir.

* * *

A próxima (e última) parada é uma plantação de café. Essa palavra, *plantação*, me dá nos nervos e faz eu me questionar sobre a situação das pessoas que trabalhavam ali, tanto no passado quanto agora, porque nos EUA significa um lugar com mão de obra escravizada. *É o auge da culpa branca*, penso. Apesar de me questionar, não pergunto a respeito. Depois, a guia turística, uma funcionária da plantação, não Kahoni, explica que, nesse caso e no Havaí, a palavra significa "um lugar onde árvores foram plantadas" porque, claro, ela escuta essa pergunta às vezes.

Porém, isso me faz pensar sobre a natureza das palavras. Claro, a palavra *plantação* tem um significado dicionarizado que não tem nada a ver com a palavra *escravidão*. Porém as duas palavras estão conectadas. É impossível desvinculá-las por completo.

Como a palavra *sexo* e a palavra *caso*.

Caramba. Se as coisas estivessem como de costume, eu ficaria com Afton no café. Se tem uma coisa que nos une como irmãs é nosso amor compartilhado pelo café. No entanto, ela me evita depois que descemos do ônibus. Michael também fica para trás do grupo, perto da mãe, que parece aflita.

Apesar de todo o meu amor inabalável por café, descubro que não sabia que ele começa como uma baga de um vermelho vibrante que cresce em um cacho no galho de um arbusto alto e frondoso. Dentro de cada baga, como em um passe de mágica, existem dois pequenos grãos pálidos, que depois são torrados em enormes tambores, e secos, e em seguida moídos e transformados no delicioso café — também conhecido como o néctar da vida.

Eles distribuem amostras das diferentes torras. Experimento todas. Abby está inquieta e entediada e previsivelmente faminta, mas eu estou no paraíso do café.

Aí o paraíso se desfaz depois que o tour oficial da plantação acaba, porque não tem almoço.

— Como assim não tem almoço? — pergunta Marjorie à guia, bufando. Ela puxa o itinerário da viagem e o acena diante da mulher. — Diz, aqui mesmo: "Almoço incluído".

— Receio que tenha sido algum tipo de engano — diz a mulher, em tom seco. — O restaurante não está aberto hoje. Adoraríamos dar a todos vocês canecas de brinde em vez disso.

— Mas diz que o almoço está incluído — insiste Marjorie.

Dá para ver que a mulher quer suspirar, mas, antes de desaparecer, ela concede:

— Vou ver o que podemos fazer.

O grupo se reúne no pátio dos fundos e no gramado com sua vista espetacular: arbustos de café aparentemente intermináveis, estendendo-se até o mar azul nebuloso ao longe.

Meus dedos se fecham em torno de um pincel imaginário. Como eu queria ter trazido minhas aquarelas e algumas folhas de papel. Presumi que estaríamos andando de um lado a outro a manhã toda.

— Estou com fome — choraminga Abby de novo. — Vou morrer de fome se não comer logo.

— Vou sentir saudade — digo, mas logo sorrio para mostrar que não estou falando sério. — Nós não vamos morrer de fome, Abby. Sabia que o corpo humano pode ficar três semanas inteiras sem comer antes de morrer de inanição? De qualquer forma, no desespero, podemos comer o Peter.

Ela dá uma risadinha.

Meu próprio estômago está roncando, além de um pouco de azia por conta de todo o café gratuito que bebi sem comer nada para acompanhar.

— Vamos sentar ali.

Levo Abby até uma mesa de metal e algumas cadeiras, onde ela fica quieta por dois minutos inteiros antes de pular de volta do banco e correr para fazer estrelas na grama com Josie.

Vejo Afton entrar na loja de lembrancinhas, onde tudo é, naturalmente, relacionado a café. Café em sacas. Moedores de café. Grãos de expresso cobertos de chocolate. Xícaras de café de variados formatos e tamanhos.

Eu dou um suspiro, começando a sentir muita falta de minha irmã, mesmo supondo, pelo que vi, que ela bisbilhotou meu bloco de rascunhos ontem à noite, o que é o equivalente a ter lido meu diário.

Ainda assim, Afton precisa de mim hoje. Sempre fui sua rede de apoio quando ela tinha algum problema com algum menino. Fico ao lado dela. Escuto o que tem a dizer.

Só que não ultimamente.

Suspiro de novo.

— Esse lugar está ocupado?

Nick está de pé ao lado da mesa, os cabelos acobreados soprados pelo vento, as bochechas e o nariz um pouco queimados de sol. Os olhos combinam com o oceano azul-cinzento atrás dele.

— Deixa eu pensar. — Faço uma pausa, e depois abro um sorriso. — Tudo bem.

Ele se senta.

— Como estão as coisas? — pergunto.

— Muito bem, obrigado. Queria pedir desculpas. Por ontem à noite.

— Ah, quer dizer quando me acusou de ser *do mal*?

— Sim, isso. Pensei no assunto, e você tem razão. Acredito em você, se diz que tem um bom motivo para não gostar do Billy. E você também tem razão sobre eu não conhecer você, pelo menos não muito bem. Mas eu gostaria.

Fico olhando para ele.

— Você deve querer muito tomar esse chá, hein?

Ele fica corado.

— Não. Presumo que não vamos mais fazer isso. Mesmo que eu...

Agora fico curiosa.

— Mesmo que você o quê?

Ele limpa a garganta.

— Eu arrumei as camisinhas.

— Você conseguiu. Como?

Ele coça o pescoço.

— Com meu pai.

— Você... — Eu baixo a voz. — Você roubou camisinhas do seu pai?

— Não. Ele me deu quando eu falei pra ele.

Fico boquiaberta.

— *Você contou pro seu pai?*

— Ele percebeu que algo estava rolando, perguntou, e aí eu contei. Não se preocupa. Ele tá de boa com isso.

— Mesmo?

Não consigo imaginar nenhum dos meus pais de boa com isso.

— Ele até me deu umas dicas.

Eu me encolho de vergonha.

— Não fala. Não quero saber. Mas bom trabalho, eu acho.

— Sim, mesmo que a gente não vá mais... tomar chá.

— Quem disse que não vamos mais?

— Ué, eu pensei...

— Eu ainda quero tomar chá — informo a ele.

Naquele instante, percebo que é verdade. A vida passa rápido. Coisas ruins estão acontecendo ao nosso redor. Curta a vida porque a vida é curta, não é mesmo?

— Você ainda quer tomar? — pergunto.

— Acho que eu adoraria — diz Nick.

— Tudo bem, então. Amanhã à noite continua de pé.

— Sério?

A forma que ele entona *sério* me lembra Leo. Já faz um tempo, percebo, que eu não pensava em Leo. O que é um avanço, imagino.

— Olha, quando eu digo uma coisa, estou falando sério. Não diria que quero transar só pra enganar você.

— Tá. Bom, eu acho. — Ele tosse levemente. — Legal. Tenho pesquisado bastante.

Meus olhos voam para seu rosto, que está ficando vermelho como as bagas de café, apesar que de forma lenta.

— Pesquisado?

— É muito interessante. — Ele olha para o oceano por um segundo. — Eu não sabia que mulheres eram tão... complicadas.

— Não se sinta mal. Eu também não sabia. Nunca fiz isso antes.

— Eu meio que imaginei — admite ele com um sorriso tímido.

Porém, ele não diz aquilo como se achasse que eu sou intransável nem nada. É só uma forma de reconhecer que isso é tão importante para mim quanto é para ele.

— Vi um episódio muito sexy do programa escocês ontem — revelo. — Então essa é provavelmente toda a pesquisa de que preciso, né?

— Ah, o famoso programa escocês? Eu já vi. Entendo por que as mulheres gostam. Aquele cara é tão sarado.

— Concordo. Ele é quase insuportavelmente gato.

— Como é que dá pra competir com ele?

— Quem sabe se fizer umas flexões agorinha — sugiro.

O canto da boca de Nick se contrai.

— Mas isso quer dizer que você gosta de ruivos?

Mordo o lábio para esconder um sorriso.

— Adoro — digo.

Nossos olhos se encontram, rimos e a tensão entre nós se desfaz. Estamos os dois corando.

Estamos flertando. E eu estou surpreendentemente contente com isso.

Abby vem correndo.

— A mãe da Josie disse que a mulher do café disse que o chef está fazendo uma comida pra gente, mas pode demorar um pouco. Eu tô com fo-meee! — Ela de repente parece notar que não estou sozinha. — Oi, Nick.

— Oi, Abby. Ei, eu tenho algo que pode ajudar. — Ele coloca a mochila na mesa e revira o bolso da frente até tirar uma barrinha de cereal. — Toma. É com chocolate.

— Carambola! Obrigada! Você acabou de salvar minha vida!

Ela rasga a embalagem e dá uma mordida tão grande que me pergunto se ainda sei fazer a manobra de Heimlich.

— Euzinho — diz Nick. — Um super-herói.

— Obrigada — digo.

— Quer também? Tenho mais uma.

Meu estômago solta um ronco digno de um pterodáctilo.

— Melhor não. Quer dizer, você não quer?

— Eu ficaria feliz em te dar.

Aceito a barrinha e a devoro enquanto Nick me observa. Estreito os olhos para ele.

— Você está diferente.

Eu avalio o corpo dele. O mesmo cabelo comprido e bagunçado. A mesma camisa amassada com estampa de videogame. O mesmo short folgado e os mesmos tênis brancos encardidos. Aí decifro o que está faltando.

— Cadê seu celular?

— Meu pai me obrigou a deixar no quarto.

— Carambola! — exclamo, porque Abby está aqui e não posso falar palavrão. — Você está bem? A abstinência já bateu?

Ele dá um sorriso sem graça.

— Ha ha ha. Estou sobrevivendo... acho. Mas não posso tirar nenhuma foto, o que é um saco.

Ele olha para o cenário maravilhoso que nos rodeia.
— Posso mandar pra você algumas das minhas — ofereço.
— Seria demais. Valeu.
— Você é o namorado da Ada? — pergunta Abby, apoiando o queixo na mão.
Ele olha de mim para ela.
— Não. Mas eu sou amigo dela.
— Mas você gosta dela. Tipo, você quer beijar ela.
Ele me encara de novo.
— Você me pegou. Acho que sim.
— E ela gosta de você.
— Ela gosta?
— Gosta.
Abby dá mais uma mordida entusiasmada na barra de cereal.
— Pode confiar — diz ela, mastigando. — Ela gosta muito de você. O último namorado dela era um bundão.
— Abby! — exclamo. Estou corando. Esfrego a nuca. — Mas ela tem razão.
— Isso é... Bom saber.
— Então você tem que ser namorado dela, e ela tem que ser sua namorada — decreta Abby. — Você já beijou ela?
— Não — diz Nick pausadamente. — Ainda não.
— Pois devia — diz Abby.
— Eu beijo, se ela quiser.
Merda. Eu quero. A magia está de volta: minhas mãos estão suadas e meu coração está acelerado e um frio se espalha por minha barriga. Ou talvez eu tenha só exagerado no café.
Ele tem lábios bonitos, observo. Não muito pequenos ou muito grandes. Uma boa proporção entre o superior e o inferior. Também parecem macios. Fico imaginando a sensação deles contra os meus.
Faço uma anotação mental para começar nosso encontro amanhã à noite com beijos.

— A-daaaa. Você não tá me ouvindo, tá?

Eu pisco, percebendo que estava viajando. Pior, sonhando acordada sobre beijar Nick enquanto estou sentada bem na frente dele.

— Foi mal, abelhinha. O que disse?

— Eu disse que continuo com fome. Quase a ponto de comer o Peter, eu acho.

— Ah. Bom, mas vai ter que…

— O almoço saiu! — grita a guia. — É um simples espaguete com almôndegas, mas acho que ficarão satisfeitos.

O grupo se reúne em fila em tempo recorde. Em um minuto estamos todos de volta à mesa com nossos pratos repletos de espaguete com almôndegas. Abby começa a enfiar a comida na boca, não se dando mais ao trabalho de tentar conversar.

— O que achou? — pergunta Nick enquanto eu tento não devorar meu prato rápido demais. — Satisfeita?

É, de longe, o melhor espaguete com almôndegas que já comi.

— Delicioso — digo, e ele ri, com uma mancha de molho no queixo.

— E aí, o que vocês duas vão fazer quando voltarmos para o hotel?

— Aulas de ukulelê — respondo.

Abby bate palmas.

— Ebaaaa! Uku-le-lê!

— E você provavelmente precisa correr de volta para seu celular solitário e totalmente abandonado antes que ele imploda por falta de uso — provoco.

— Pode parar.

Nick abre a boca naquele sorriso torto dele. Eu sei, todos os caras em romances têm sorrisos tortos. Só que, quando digo que o dele é torto, é porque os dentes são tortos. E estou começando a entender por que isso é algo que as pessoas gostam.

— Estou ouvindo o chamado hoje à tarde — diz ele.

Levo um segundo, mas compreendo a piada.

— Quer dizer algum jogo do seu PS4.

— *Call of Duty*. Devia tentar jogar comigo um dia.

Não consigo me imaginar fazendo isso, fingindo atirar nas pessoas. Apesar de que, talvez, considerando como tenho me sentido irritada, possa até ser terapêutico.

— Tenho uma ideia melhor. Vem com a gente na aula de ukulelê.

Ele abre a boca, surpreso.

— Por quê?

— Para passarmos mais tempo juntos. Porque você é meu amigo.

Abby compreende imediatamente o que precisa ser feito.

— Por favor, Nick, vem com a gente! Por favooooor!

— Acho que você precisa... treinar essa dedilhada — digo, com a cara mais séria que consigo.

— Tudo bem.

— Eba! — Abby pula para cima e para baixo.

— Eba — ecoo.

34

Abby me abandona no caminho de volta para o hotel. Ela quer se sentar com Josie de novo, então escolho um lugar no fundo do ônibus. Estou revendo minhas fotos, decidindo quais enviar para Nick, quando alguém pergunta:

— Posso sentar aqui?

Eu sorrio e digo:

— Claro.

Só que não é Nick. É Michael Wong.

Eu franzo a testa para ele.

— Não quer sentar com minha irmã? Resolver as coisas?

Ele faz uma careta.

— Eu e ela precisamos de um pouco de espaço.

Viajamos por um tempo em silêncio até que não consigo mais segurar a pergunta óbvia.

— O que você fez?

Pergunto mesmo que eu já imagine o que tenha sido. Como Leo, Michael Wong traiu a namorada. E fez de Afton uma cúmplice.

— O que eu fiz? — repete Michael, como se não tivesse ideia.

— Para deixar a Afton brava com você?

Ele balança a cabeça.

— Nada. Eu só disse a ela que... — Ele se detém. — Ela é louca, só isso.

Endireito as costas.

— Não chama minha irmã de louca. Ela pode ser um monte de coisas, mas louca não é uma delas.

— Ok, tudo bem, desculpa — diz ele, embora claramente não seja sincero. — Ela pode ser um pouco intensa, só isso.

Normalmente, eu concordaria.

Mas hoje, não.

— Por que os caras ficam dizendo que as meninas são loucas só porque temos sentimentos que às vezes nos atrevemos a demonstrar? Isso não quer dizer que somos todas loucas. *Louca* é uma palavra errada, capacitista, aliás. Enfim, os homens agem como se fossem idiotas sem noção metade do tempo, mas não saímos por aí dizendo que vocês são uns imbecis, né?

Ok, talvez façamos isso, sim.

E agora Michael está olhando para mim como se eu fosse louca também.

— Estou só dizendo que, se Afton te chamou de babaca e mandou você ser homem, apesar de eu não aprovar essa expressão porque é misógina, mas tudo bem, enfim, se ela disse isso, provavelmente é verdade.

Fico satisfeita comigo mesma pela coragem de dizer aquilo. Kahoni está atravessando o corredor para entregar a todos uma caneca de café embrulhada em papel, um presente de desculpas pela confusão com o almoço. Aceito a minha murmurando um agradecimento e me abaixo para guardá-la na bolsa no chão. Quando me endireito outra vez, Michael trocou de lugar com o cara na frente dele. Está colocando fones de ouvido — do tipo sem fio, caro — e logo começa a balançar a cabeça no ritmo de alguma música que não consigo ouvir.

Eu chuto o encosto da poltrona dele.

* * *

Como não fomos muito longe, a viagem de volta ao hotel é rápida. Ao me levantar para descer, Nick também se ergue do assento logo atrás do meu.

Eu nem sabia que ele estava lá.

Ele me encara e claramente ouviu tudo o que eu disse para Michael.

— Ah, ótimo — digo, em meio a um gemido. — Também vai me chamar de louca agora.

— Nunca. — Ele leva a mão ao peito. — Não, eu achei que você foi fodona.

Descemos os degraus do ônibus e Abby vem correndo.

— Oi, Nick — diz ela quase timidamente, olhando para ele enquanto pisca.

A tal barrinha de cereal era obviamente uma senhora barrinha.

Percebo que Michael já saiu do ônibus e se juntou à família. Quando ele me vê, juro que vira as costas para não ter que olhar para mim.

— Acho que Michael está com medo de você agora — diz Abby, sempre observadora.

Nick concorda com a cabeça.

— Também, você jantou o cara. Estou assustado e admirado, pra valer.

— Bom, ele mereceu.

Bagunço ligeiramente os cabelos rebeldes de Abby.

— Ninguém mexe com as minhas irmãs. Só eu.

35

Quando estava na primeira série, eu sofria *bullying* de uma menina. Atualmente isso é raro, na verdade. Quando nossos pais eram crianças, esperava-se que eles resolvessem esse tipo de problema sozinhos. Pop adorava falar sobre um garoto que pegava o dinheiro do almoço dele toda semana, até que Pop finalmente não aguentou mais e foi falar com o diretor, não para delatar o valentão, e sim para relatar que daria um soco em alguém na semana seguinte, porque ele não via outra opção.

— Eu só vou dar um soco. Com tudo. No nariz. Acho que vai resolver — argumentou Pop.

Então, é claro, o diretor tentou convencê-lo a contar em quem ele estava planejando bater, mas Pop não contou.

— Eu não sou dedo-duro — comentou ele, quando contou a história.

E ele cumpriu a promessa. Deu um soco no nariz do valentão. Com tudo.

Pop foi suspenso por três dias, mas o garoto não roubou mais seu dinheiro.

Hoje em dia, porém, os adultos estão determinados a evitar que alguém sofra *bullying*. Eles falam constantemente sobre o assunto conosco. Não apenas fisicamente, mas também através de mensagens e nas redes sociais, além de todas as formas de assédio. Temos assembleias e palestras sobre isso, e a palavra *bullying* tem um significado poderoso agora. Não existe tolerância para agressores. De forma alguma.

Enfim, de volta à primeira série. A menina que fazia *bullying* comigo se chamava Chloe. Suas táticas não eram muito sutis, mas ela operava sempre da mesma forma: um comentário bem oportuno e mordaz. O mesmo praticamente toda vez.

— Você é feia — sussurrava.

Eu sempre quis dizer algo inteligente para retrucar, mas nunca consegui pensar em nada melhor que dizer que era o sujo falando do mal lavado, o que não fazia muito sentido. Também pensei em dizer que era ela a feia, mas nunca tive coragem.

Então eu não falava nada. Para ninguém. Pensando nisso agora, é quase inacreditável que por mais de um ano essa garota tenha me chamado de feia quase todos os dias, e eu não tenha feito nada para impedi-la. Eu apenas tentava manter a cabeça baixa. Tentava ignorá-la. Porém aquilo doía. Todos os dias, toda vez, a palavra me atingia como uma pedra atirada em mim.

Feia.

Feia.

FEIA.

Então, certo dia, enquanto eu esperava na fila do ônibus depois da escola, Chloe passou bem atrás de mim e me empurrou — apenas um empurrãozinho, algo que ninguém notaria — e disse:

— Quer saber?

Eu me preparei. Eu sabia, era essa a questão. Era por isso que doía.

— Você é feia — falou ela, mas dessa vez mais alto que o habitual.

Eu assenti. Tipo, sim, ok, eu sei que é isso o que você pensa. Aceito que pense dessa forma.

Então outra voz respondeu:
— O que foi que você disse?
Era Afton.
Chloe e eu nos viramos. Minha irmã estava atrás de nós esse tempo todo. Uma poderosa aluna da terceira série.
Ela entregou a mochila para uma amiga.
— Segura isso pra mim. Preciso arrancar os cabelos dessa pirralha.
Chloe não esperou que minha irmã cumprisse a ameaça. Ela começou a chamar nossa professora aos gritos.
— Senhora Yowell! Senhora Yowell! Estou sofrendo *bullying*!
— Ainda não, mas vai sofrer — disse Afton.
Depois *bam*: ela deu um soco no nariz de Chloe, um soco que deixaria Pop orgulhoso, embora não conhecêssemos Pop na época. Um único soco, com tudo.
— AIIIIIII! — berrou Chloe.
O nariz dela sangrou. A professora Yowell veio correndo em nossa direção. Todas as crianças ao redor gritavam.
Afton pegou minha mão e corremos, passando pelos adultos que tentavam nos interceptar como se fosse um jogo de pega-pega, nos esquivando e contornando, da entrada da escola até a rua, depois descendo a rua, correndo o mais rápido possível, até nos agacharmos em uma rua lateral e nos escondermos atrás de umas latas de lixo.
— Por que fez aquilo? — perguntei, sem fôlego.
Afton esfregou o punho.
— Porque eu sou sua irmã. Ninguém tem direito de xingar você a não ser eu.
Abri um sorriso.
— Você *bateu* nela.
— Meio que doeu.
— A gente tá ferrada — observei.
Ela assentiu.

— Eu tô. Vou falar que foi só eu.
— Não. — Coloquei a mão sobre a dela. — Quero ficar com você.
— Tudo bem.

Esperamos um pouco e depois entramos em uma loja, pedimos para usar o telefone e ligamos para Ruthie avisando onde estávamos e o que havia acontecido. E nós nos ferramos, mas Chloe também. Na verdade, toda a escola teve que passar por outra palestra sobre *bullying*, então pareceu que a justiça havia sido feita. E aprendi outra lição valiosa.

Afton estava do meu lado. E eu, do dela.

36

No sábado de manhã, tudo parece diferente. Dessa vez, vai ser pra valer. Dedos cruzados. Sinto uma sensação parecida com a do dia do aniversário: você acorda, um ano mais velha, e se pergunta se está diferente agora, ou se estará diferente depois daquele dia.

Eu penso: *Depois dessa noite não serei mais virgem.*

Será que a eu não virgem será mais adulta? Será que as pessoas vão sentir isso e me tratar como adulta? Será que terei pensamentos mais maduros? Será que finalmente vou entender como o mundo funciona?

Eu meio que duvido, mas ao menos vou poder riscar da lista de afazeres da minha vida, e não vou precisar me preocupar mais com essa questão.

É só sexo. Milhões de pessoas no mundo devem estar fazendo sexo nesse instante. Não pode ser tão difícil. Eu diria que Nick e eu temos uma inteligência acima da média quando se trata da maioria das coisas. Vamos saber o que fazer.

Verifico a questão da minha menstruação. Parece ter terminado, bem a tempo.

— Abby vai passar o dia com Josie — diz mamãe e presto atenção. — Vão fazer um dia para as crianças na praia, e eu falei que ela podia ir com os Wong. Jenny deve estar chegando para buscá-la em...

Alguém bate à porta: Jenny. Abby dá um gritinho e sai de braços dados com Josie. Afton também sai no instante em que a porta está se fechando, murmurando algo sobre fazer compras. Ela esteve de mau humor a noite toda, virando de um lado para o outro na cama e me impedindo de dormir profundamente. Naquela manhã, olheiras marcam seus olhos azuis raivosos. Talvez eu devesse estar preocupada, mas fico aliviada em vê-la sair.

— Parece que hoje somos só eu e você — diz mamãe, depois que elas saem.

— Você não precisa estar no centro de conferências daqui a pouco?

— Estou de folga o dia todo — revela ela, rolando o pescoço de um lado para o outro. — Bem que estou precisando de um tempo. Vocês ficaram com toda a diversão essa semana sem mim.

Mordo o lábio para segurar o que estou pensando. *Não exatamente toda a diversão, né?*

— Você devia ligar para o Pop — digo em vez disso.

Esta é a minha nova estratégia: lembrar à mamãe que ela ainda precisa pensar em Pop, que ele a ama, que todos nós estamos contando com ela para amá-lo de volta.

Ela sorri, distraída.

— Vou a uma aula de ioga no centro de bem-estar em poucos minutos. Quer vir comigo?

Tento pensar em uma desculpa, mas não me vem nada. Ficar a sós com minha mãe neste momento é uma ideia tão aterrorizante quanto andar com um fósforo aceso em uma sala encharcada de gasolina. Porém, se eu for à ioga com ela, pelo menos a gente não precisa conversar.

— Tudo bem — concordo.

Trinta minutos depois, estamos cada uma sentada em um tapete em uma sala fria e coberta de luz solar, uma música celestial tocando enquanto contorcemos, flexionamos, alongamos e rolamos para os lados.

— Respire pelos pés — diz o instrutor.

— Meus pés não respiram — sussurro para mamãe.

— Nada de gracinhas — sussurra ela de volta.

— Também não sou uma gracinha — digo.

Ela ri.

— Só relaxa, tá?

— Preencham-se com o silêncio — diz o instrutor, a voz um pouco brusca. — E estiquem.

Eis o que aprendo na ioga em vez de encontrar minha paz interior e elevar meu espírito e reconhecer e expirar minha dor: primeiro, minha mãe é incrivelmente flexível.

E eu não sou.

Imagino que isso também poderia ser uma metáfora para alguma coisa.

Segundo, minha mãe está em paz consigo mesma. Ela não age como uma mulher que está traindo o marido, que está escondendo alguma coisa, que está mentindo. Eu nunca a vi tão relaxada antes. Como se a consciência dela estivesse plenamente limpa, tanto que sinto outra vez a dúvida borbulhando, se o que vi na segunda-feira de manhã era real ou não.

Só que foi *real*, digo a mim mesma.

Sei o que vi.

Então, o fato de mamãe estar tão completamente zen a respeito disso significa que ou ela é uma atriz magnífica (coisa que eu sei que não é) ou o caso está acontecendo há muito, muito tempo, tanto tempo que parece normal para ela. O Vendaval não sente que está fazendo nada de errado.

— Você está bem? — pergunta ela quando saímos, de pernas soltas e relaxadas, do estúdio de ioga.

Eu realmente gostaria que as pessoas parassem de me perguntar isso. Especialmente se não estão de fato interessadas em descobrir a resposta.

— Quero que saiba que escutei o que você me disse antes, sobre o trabalho infantil. Eu não tenho valorizado o que você faz. E vou parar de fazer isso.

— Tudo bem. Eu gosto de ficar com a Abby.

Chegamos à recepção do centro de bem-estar.

— Vai pagar com cartão? — pergunta a funcionária (o crachá informa que seu nome é Malia).

— Pode colocar na conta do quarto? — pergunta mamãe.

Depois que Malia assente e anota o número do nosso quarto, minha mãe assina o recibo da cobrança.

A assinatura, como a da maioria dos médicos, é um rabisco ilegível e apressado. Pop chama de "garranchos ilegíveis". Já vi Ruthie assinar por ela várias vezes, basta fazer o grande A de Aster e outra forma que poderia ser um B para Bloom.

— Não se esqueçam de pegar um folheto e conferir os serviços disponíveis do nosso spa.

Malia entrega o folheto à minha mãe.

— Serviços?

Puxo o folheto da mão de mamãe e leio o que está disponível.

— Oferecemos massagens, tratamentos faciais, depilação com cera e com linha, extensões de cílios, salão completo de cabelo e unhas, esfoliação corporal, limpeza de pele. Além disso, ao adquirir um serviço, você ganha acesso à nossa área de relaxamento exclusiva com banheiras de hidromassagem.

— Não, obrig... — começa mamãe.

— Sim, estou interessada — interrompo.

Minha mãe se vira para mim, franzindo a testa, espantada.

— Vou querer uma... massagem? — digo animada.

Se mamãe me conhecesse, me conhecesse de verdade, do jeito que uma mãe deveria conhecer a filha, desconfiaria do que estava acontecendo ali. Marquei uma única massagem em toda a minha vida, e jurei que nunca mais faria outra. Fiquei tão desconfortável com a sensação de um estranho me tocando que dei risada de tudo e acabei assustando a massagista.

Porém mamãe nunca ouviu essa história.

Tenho um bom motivo para mentir para ela, e nenhum motivo para não mentir, certo? Se eu contar o que de fato vou fazer — no caso, depilação e embelezamento geral —, ela definitivamente suspeitaria. E se descobrir o que vou fazer hoje à noite, vai vetar na hora. Minha mãe não vai ficar de boa, como o pai de Nick. Ela não é daquelas mães que censuram o sexo antes do casamento, mas definitivamente é do tipo que insiste que se espere até estar na faculdade. Não que já tenhamos conversado sobre o assunto, tirando aquela única conversa quando eu era criança. Pelo visto, ela aceitou bem quando Afton contou sobre sua experiência, mas duvido que seja igualmente tranquila comigo. Na verdade, as experiências sexuais não tão positivas da Afton podem até tornar mamãe mais protetora, agora que chegou minha vez.

— Temos uma vaga para massagem com pedras quentes daqui a uns dez minutos — oferece Malia.

Mamãe continua franzindo a testa.

— Vamos lá — imploro. — Estamos de férias. Não mereço mimos?

Os lábios da mamãe estão do jeito que ficam quando ela está avaliando as opções.

— Tudo bem, se é o que você quer. Eu só pensei em passarmos um dia juntas.

— O dia *inteiro*? — pergunto, horrorizada.

Não sei como aguentaria ficar com minha mãe durante um dia inteiro, sabendo o que sei.

— Podemos voltar para o quarto e colocar os maiôs — sugere ela. — E talvez pudéssemos andar de stand up. Ouvi dizer que você tentou a semana toda. Pensei em irmos juntas.

Não há nada nos olhos dela, nenhuma acusação, nenhuma intenção. Apenas uma espécie de esperança. Ela quer passar o dia comigo.

— Quando seu padrasto e eu nos casamos, passamos a lua de mel aqui no Havaí, e fizemos stand up um dia — conta ela, porque não sabe que eu já conheço essa história. — Foi lindo. Quase mágico. Eu sei que agora seria diferente. A experiência aqui no hotel é mais padronizada. Mas eu gostaria de dividir uma experiência assim com você.

É bom estar perto dela, ouvi-la dizer que admira o que faço, que está ouvindo, que vai me dar mais valor. Minha mãe ver quem eu sou é algo que eu queria há muito tempo. Que ela me valorizasse. Que quisesse passar um tempo comigo.

Só que agora não dá.

Tarde demais, penso com amargura. Nenhum grau de interesse em mim agora vai compensar o que ela fez.

— Tenho planos hoje. — Desvio o olhar antes que veja a decepção tomar conta de seu rosto. — Sozinha. Desculpa. A ioga foi legal, mas agora preciso cuidar das minhas coisas. Mas te vejo na cerimônia de premiação hoje à noite, tá?

— Ah — diz ela baixinho. — Ada...

— Você devia ligar para o Pop hoje — acrescento. — Ele está com saudade.

— Eu vou.

Malia, no balcão, sai para arrumar alguns itens à venda na recepção: roupões brancos felpudos, loções fedorentas e frascos de máscaras faciais. Ela notou que estamos prestes a começar uma conversa séria.

— Bom saber. Essa coisa de você perder as noites em família e de vocês não estarem se falando direito e de Pop não estar aqui é uma droga — digo, tomando coragem.

Ouvir minha mãe dizer que vai ligar para ele me dá esperança. De que talvez não tenha acabado.

Talvez eu possa consertar isso.

— É complicado — responde ela, desconfortável.

— Não. — Eu me recuso a deixá-la sair impune. — Não é tão complicado assim. Pop é o centro do nosso mundo. Mais do que só para a Abby. Para mim e para Afton também.

— Eu sei.

— Você disse que sempre viemos em primeiro lugar.

Ela prende a respiração.

— Eu sei.

— Então lida com isso. Logo. Te vejo mais tarde.

Mamãe parece pronta para discutir, mas talvez já tenha se fartado de receber censura das próprias filhas por hoje. Ela assente uma vez, brevemente, depois corre em direção às escadas, não porque esteja atrasada para ir a algum lugar, mas porque só tem uma velocidade: acelerada. Sempre o Vendaval.

Respiro fundo. Essa foi por pouco. Quase não aguentei. Quase mencionei Billy.

Quando sei que ela já está longe, eu me viro rapidamente para Malia, pronta para mudar meu foco. Algo não tão sério, mas ao mesmo tempo muito sério.

— Na verdade, posso trocar a massagem pela depilação?

— Claro. Quais áreas gostaria de fazer?

— Todas. É uma espécie de emergência.

Ela me dá um sorriso de quem entendeu tudo.

— Sem problemas. Acho que consigo encaixar você.

Posso resumir a hora seguinte em uma única interjeição: ai!

O resultado, porém, são pernas, axilas e virilha lisinhas. Eu até me dispus a enfrentar a depilação daquele lugar no qual ninguém nunca vai, e é quando a especialista em tortura — também conhecida como depiladora — me pergunta:

— Então tem grandes planos para esta noite?

E eu conto tudo para ela. Conto para uma completa estranha que, em menos de doze horas, estou planejando transar pela primeira vez.

— *Isso* que eu chamo de grandes planos.

— Né?

Enquanto rimos meio constrangidas, ela arranca mais uma faixa de pelos da minha coxa.

— Você acha que eu devia tirar... tudo? Sabe, eu não quero parecer uma mulher das cavernas lá embaixo, mas também não quero parecer uma menininha.

— Eu não recomendaria, na verdade — diz minha torturadora. — Não é bom depilar essa área na véspera de uma relação sexual. Pode deixar a pele vermelha e irritada, além de poder deixar pequenas rupturas microscópicas, o que pode levar a uma infecção se você... Sabe.

— Bom, teria sido útil saber disso uma meia hora atrás.

— Está nas linhas miudinhas do contrato.

Ela arranca outra tira.

— Ok, nada de virilha cavada, então — digo, piscando para conter as lágrimas. Não quero arriscar uma infecção. — Só o contorno.

Quando saio de lá, minha pele está quente e sensível, como uma queimadura de sol. A mesma mulher — Malia — continua no balcão da frente. Ela sorri quando me vê.

— Ouvi falar que está planejando uma noite daquelas.

Uma onda quente de vergonha invade meu rosto. Ou talvez seja a depilação que acabei de fazer no buço.

— Acho que isso configura como uma violação do meu sigilo de paciente e depiladora — comento, indignada.

— No Havaí, temos um ditado. *A'a i ka hula, waiho i ka maka'u i ka hale.* Significa "Deixe a vergonha em casa quando ousar dançar".

— Tá. Obrigada, eu acho?

— Apenas se garanta de que ele é um cara legal. Respeitoso, sabe?

— Sei — respondo, pensando em Nick na plantação de café, tão compreensivo, dando uma barrinha de cereal para minha irmã, fazendo a gente rir. — Acho que ele é.

— Que bom. — Malia bate o lápis na agenda. — O que mais?

Olho para ela.

— Acho que não me restaram muitos pelos no corpo.

— Não, mas podemos trabalhar no resto, dar uma melhorada no visual.

Malia me entrega o folheto de novo, e vejo que ela já circulou um monte de itens em caneta rosa: corte de cabelo, hidratação profunda e escova, pedicure, manicure, limpeza de pele e consultoria de maquiagem.

Faço algumas contas rápidas e percebo que tudo que ela circulou dá mais de trezentos dólares.

— Temos outro ditado — acrescenta Malia. — *Kahuna nui hale kealohalani makua*. "Ame tudo o que você vê, inclusive você mesmo".

Cerro a mandíbula. *Que se dane*, penso. Malia tem razão. Esta noite vai ser sobre sexo, mas também vai ser sobre fazer algo por mim.

— Tudo bem — digo, sem fôlego. — Vou fazer tudo.

— Maravilha — diz Malia, radiante, mas também ciente de quanto vai custar. — Tem certeza de que quer fazer *tudo*? Talvez seja melhor escolher uma ou duas opções. Ou vai acabar sendo muito...

Porém estou dois passos à frente dela desta vez.

— Pode colocar na conta do quarto — afirmo.

Ela parece hesitante. É normal que pessoas da minha idade coloquem coisas na conta do quarto dos pais, mas ela deve precisar de algum tipo de permissão.

— Confia em mim, minha mãe não se importa — minto na cara dura. — A depilação é mais barata que a massagem, de qualquer forma, não é?

Malia relaxa um pouco.

— Isso. Vou colocar na conta do quarto.

37

— Quero que vocês saibam que sempre vão vir em primeiro lugar — disse mamãe no dia em que conhecemos Pop.

Ela estava falando isso porque já estava em um relacionamento sério com Pop, já suspeitava que "ele era O cara certo" e que se casaria com ele mais cedo ou mais tarde. Porém ela nunca tinha levado um homem lá em casa para nos conhecer antes. Não incluía essa parte de sua vida à nossa: namoro, romance, sexo. Na verdade, ela não era muito de namorar depois que se divorciou do nosso pai. Simplesmente não tinha tempo. Brincava sobre pedir para Ruthie criar um perfil em algum site de namoro para ela, mas nunca foi em frente, e conheceu Pop por acaso. Os dois estavam esperando o pedido em um restaurante chinês quando notaram que pediram a mesma coisa. Quando Pop contava a história, eu sempre consegui imaginar perfeitamente: um amor nascido de rolinhos primavera que ambos amavam na mesma medida.

E então, em certo momento, ela decidiu que o que sentia por Pop era para valer e o apresentou para nós. Ela o convidou para jantar em casa conosco.

Pop foi engraçado naquela noite, eu me lembro bem. Ele fez até Afton dar risada, e parecia saber tudo sobre tudo — quantos ossos havia no corpo humano, quantos anos as pirâmides tinham, quais ingredientes compunham o molho de salada italiano, as regras de gamão. Havia levado um conjunto de quatro armas laser de brinquedo, e nós corremos por toda a casa atirando uns nos outros.

No final da noite, ele fez uma reverência teatral para mim e um toca aqui para Afton.

— O que acharam? — perguntou mamãe.

— Ele é legal — disse Afton.

— É ele — profetizei.

Nós duas demos nossa aprovação.

— Ótimo — disse mamãe. — Também gosto dele. Mas vocês duas são a coisa mais importante para mim. Mais importante do que qualquer outra pessoa poderia ser. Quero que sempre se sintam felizes e seguras. Então, se ele vier mais vezes e não gostarem dele, por qualquer motivo, podem me contar. Vou ouvir. Porque vocês, meninas, vêm em primeiro lugar. Eu prometo.

Aquilo me preocupou um pouco, porque eu gostei dele, mas também pude ver como o poder que nossa mãe acabara de nos dar poderia ser utilizado de forma ruim. Afton poderia dizer que não gostava dele só para testar a lealdade de mamãe. Parecia uma coisa que ela faria.

— Não estraga isso — sussurrei para ela naquela noite, depois que nos deitamos. — Eu gostei desse cara.

— Eu também.

— Então estamos de acordo — observei, solene. — Essa é a nossa chance de voltar a ter uma família normal. É ele.

38

— Mamãe, corre aqui! Alguma coisa aconteceu com a Ada! — grita Abby quando ela e mamãe entram em nosso quarto mais tarde.

Estou em frente ao espelho, usando um vestido novo. Naquela tarde, ao subir as escadas do spa, devidamente esfoliada, depilada, hidratada e entupida com a água de pepino que serviam lá, uma vitrine me chamou a atenção: era um vestido longo preto com três flores tropicais em vermelho, rosa e laranja estampadas na frente.

A modelagem é tomara que caia, sustentada por costuras elásticas no corpete. Nunca usei um tomara que caia antes, sempre ciente de meus ombros de mulher das cavernas. Porém o vestido é lindo. Simples. Elegante. Formal, mas não muito. A etiqueta diz que é tamanho único, o que é verdade. É como se tivesse sido feito para mim. Toco o tecido leve de algodão. É como usar uma nuvem.

Eu já tinha um vestido para a cerimônia de premiação, escolhido por Ruthie: azul-marinho, manga curta cuja barra batia no joelho e um decote em V. Teria sido perfeito para aquela ladainha toda de jantar e socialização.

Só que este vestido — este vestido florido — é especial.

Então comprei. Por absurdos cento e cinquenta dólares. E que, assim como os tratamentos de spa, mandei colocar na conta do quarto.

Agora estou em frente ao espelho, avaliando a nova aquisição, amando como o tecido aperta e não aperta em todos os lugares certos. Estou calçando um novo e sofisticado par de rasteirinhas pretas, que realçam as unhas pintadas de vermelho, usando uma nova pulseira de concha no pulso direito, ostentando manicure francesinha nas unhas das mãos e brincos de minúsculas flores de hibisco brancas.

Porém Abby está se referindo ao meu cabelo. Está glorioso, brilhante, macio, cortado um pouco abaixo dos ombros e finalizado com uma escova, depois enrolado de volta em ondas suaves e praianas. Não há dúvida de que nunca esteve tão bonito. Em toda a minha vida.

Também estou usando maquiagem. Sombra, blush e lápis de boca.

— Ada, você parece uma princesa! — exclama Abby.

Eu meio que me sinto como uma. Fico um pouco boba, como se estivesse tentando reproduzir uma daquelas cenas de transformação de comédias românticas e agora espero que todos me achem irresistivelmente linda, enquanto sei que não sou. Um vestido bonito, um penteado caprichado e um pouco de maquiagem não duram para sempre.

Mas sim, estou bonita. E me sinto bonita também. Como se estivesse assumindo o comando da minha vida.

Mamãe entra para ver do que se trata o alvoroço.

— Ora, ora, ora — diz baixinho. — Você parece uma adulta.

— Era essa a intenção.

Ela pigarreia e volta para o próprio quarto, atravessando rapidamente até o armário para tirar de lá seu vestido também preto e longo. Fico entretendo Abby enquanto mamãe prende os cabelos loiros e lisos em um coque simples, aplica rapidamente uma camada mínima de maquiagem, borrifa os pulsos com perfume e, finalmente, coloca o vestido.

Ela fica linda, com uma aura clássica e poderosa. Só que ela é sempre assim. Sempre que a imagino na sala de cirurgia, é a mesma coisa.

Ela é impecável.

Exceto, eu acho, por essa falha gritante que quase ninguém sabe.

— Pode fechar meu zíper? — pede ela.

Corro atrás dela para fechar o vestido.

— Estou bem? — pergunta ela.

— Ótima. Ruthie caprichou nesse.

Abby aparece ao lado de mamãe e olha para ela com adoração.

— Queria que Pops estivesse aqui. Os olhos dele iam sair da órbita quando te vissem assim bonita, mamãe.

Abby gira, rodopiando o vestido azul-celeste, os cachos longos e soltos em volta do rosto em formato de coração.

— É, mãe — digo. — Você não queria que o Pop estivesse aqui?

Eu me pergunto se ela acabou ligando para ele durante o dia, como sugeri. E se ligou, o que foi que disse?

— Claro que sim — afirma ela.

Odeio como ela sorri ao dizer aquilo. Um sorriso secreto. Dá vontade de dizer que eu sei.

Aquele sorriso não é para Pop.

Porém estou aprendendo a guardar segredos a sete chaves. Consigo me controlar. Consigo fingir.

Mamãe coloca seus brincos de pérola e uma delicada corrente de ouro com uma única pérola que repousa naquela pequena cavidade na base do pescoço, depois calça os sapatos de salto alto pretos e simples.

— Vou quebrar o tornozelo usando essa coisa hoje. Se eu não tivesse que apresentar nada, iria de rasteirinha também. — Ela se olha no espelho, retira o excesso de batom com um lenço de papel e suspira. — Tudo bem. Vamos.

— Cadê a Afton? — questiona Abby.

— Ela me mandou mensagem dizendo que vai nos encontrar lá — diz mamãe.

Abby franze a testa.

— Vocês já fizeram as pazes?

— Ainda não — diz mamãe. — Mas vamos fazer.

— Ela é durona. Vai superar — diz Abby.

Mantenho a porta aberta para as duas. Abby sai correndo, mas minha mãe para na porta para me olhar.

— Acho que entendi quais eram seus planos — observa, pegando meu pulso e segurando-o enquanto me encara.

— Coloquei tudo na conta do quarto — digo, levantando o queixo sem conseguir evitar.

Um pequeno vinco aparece entre as sobrancelhas, mas apenas por um instante.

— Tudo bem. Como você mesma disse, a gente merece ser mimada às vezes. Mas da próxima vez precisa me pedir antes. Ok?

— Ok.

Ela solta meu pulso e dá um passo para trás.

— Tem algo diferente em você essa semana. Mais do que só o cabelo e o vestido.

Sorrio e dou de ombros. Não tenho como explicar a ela que o que mudou em mim essa semana foi tudo.

É como se todos os dois mil e trezentos membros da conferência estivessem circulando pelo gramado da Torre Palácio como um enxame de formigas em trajes formais. Um grande palco foi montado na extremidade mais distante, onde uma banda ao vivo toca "Beyond the Sea". O gramado é um quadrado enorme, o palco tomando uma das laterais, e três compridas mesas de bufê fechando os outros lados, cercando as mesas e cadeiras no meio.

Fico revirando a comida no prato. Se eu nunca mais ver uma mesa de bufê na vida, por mim tudo bem.

— Coma seu jantar — censura Abby. — Está em fase de crescimento.

Dou mais três mordidas.

Mamãe termina seu jantar com aquela eficiência de comer rápido que alega ter adquirido na faculdade de Medicina e nos abandona para ir aos bastidores com os outros apresentadores para se preparar. Afasto meu prato e percorro a cena em busca de sinais de Nick.

— Está muito bonita esta noite, meu bem — elogia Marjorie do outro lado da mesa.

— Obrigada. Você também está linda — digo. Ela está usando um vestido cor de lavanda com mangas compridas e borboletas de chiffon no decote. — Nem todo mundo ficaria bem nesse vestido, mas você acertou.

— E eu não sei? — Marjorie aproveita para se gabar. — Quem pode, pode, eu sempre digo.

— Pode o quê? — pergunta Abby, inclinando a cabeça de lado.

— Tudo. — Marjorie termina sua taça de vinho tinto e olha ao redor, parecendo tristonha. — Devia estar em algum lugar mais animado, meu bem, vestida assim. Não presa com um monte de velhotes como nós aqui.

Abby ri.

— Velhotes.

É uma palavra nova para ela. Pop vai adorar.

Os olhos castanhos sagazes de Marjorie se arregalam ligeiramente. Ela está olhando para algo atrás de mim.

— Lá vem a encrenca, vestida de vermelho.

Conforme eu me viro para olhar, Marjorie dá um assovio baixo e Afton se materializa no meio da multidão. Ela está usando um vestido que nunca vi, vermelho-escarlate como seu batom, a frente decotada quase até o umbigo.

Puta merda.

Pela primeira vez desde que chegamos, fico verdadeiramente grata por Pop não estar conosco. Ele teria um enfarte se visse Afton naquele vestido — ainda por cima em um evento de trabalho da mamãe.

— Olhe só para você, menina — cantarola Marjorie quando Afton se aproxima. — Ah! Aquele garoto vai se arrepender do dia em que deixou você escapar quando vir você produzida desse jeito.

— Acho que esse é o objetivo — murmuro.

— O que é produzida? — pergunta Abby.

Afton me olha torto e se senta na cadeira ao meu lado, que guardamos para ela. Ao cruzar as pernas, revela outra particularidade marcante do vestido: uma fenda que vai até o meio da coxa.

Posso sentir a atenção das pessoas ao redor voltadas para Afton.

Meu telefone vibra.

Nick.

Seu vestido é muito bonito.

Procuro pelas mesas em volta até encontrar Nick sentado com o pai, mais ao fundo. Ele acena para mim e simula ter levado uma flechada no coração. Como se fosse por causa da minha aparência.

Nick está usando um terno cinza-escuro e uma gravata, o mais arrumado que já vi. Também cortou o cabelo — não muito curto, exatamente, mas estão mais alinhados e não escondem mais os olhos.

Para mim. Ele se produziu para mim.

De repente, todos aqueles procedimentos e toda aquela dor de antes parecem ter valido a pena.

Você também está bonito, escrevo. Eu queria dizer algo mais sexy, algo inteligente, atrevido e divertido, mas não consigo pensar em nada. Procuro o emoji de chá, que se resume a um líquido fumegante verde em uma caneca branca, mas acabo escolhendo um GIF da Mortícia Addams bebendo chá em vez disso.

Vejo o sorriso desabrochar no rosto dele. Passamos os próximos minutos enviando GIFs de chá um para o outro, então a banda de repente para de tocar e a cerimônia de premiação começa oficialmente.

Dr. Asaju faz um discurso sobre como a conferência foi informativa e produtiva. Depois pede que a equipe que organizou a viagem suba ao palco, e todos aplaudimos. É disso que se trata a noite de premiação: aplaudir o sucesso da conferência, aplaudir as pessoas que a organizaram, aplaudir cada pessoa premiada e também quem apresenta os prêmios, aplaudir o entretenimento, a comida e as pessoas que servem a comida, o excelente hotel que nos hospedou, e, por fim, aplaudir com felicidade o encerramento da premiação e a chance de descansarmos nossas exaustas palmas das mãos.

Minha mãe e seu vestido preto aparecem no palco. Todos batemos palmas para ela.

— Agora vou apresentar o Prêmio Earl Bakken de Realização Científica — diz ela.

Sua voz sai um pouco mais aguda do que o normal — a única indicação de que pode estar nervosa lá em cima, com milhares de olhos sobre si.

— Este prêmio foi criado em 1999 para homenagear indivíduos que fizeram contribuições científicas notáveis por melhorias na cirurgia cardiotorácica e na qualidade de vida dos pacientes.

Aplausos.

Sua mãe é uma lenda, escreve Nick.

Não sei explicar que prefiro uma mãe a uma lenda, e que parece que Aster Bloom, apesar de toda a sua eficiência mítica e impressionante, não consegue ser as duas coisas.

— O prêmio leva o nome de Earl Bakken, que, entre suas numerosas grandes realizações, desenvolveu o primeiro marca-passo externo portátil — continua mamãe, com naturalidade.

Aplausos.

— O prêmio deste ano vai para o dr. Max Ahmed — continua ela, com um sorriso, porque considera Max um amigo.

Max, que estava esperando ao lado do palco, se junta a ela. Mamãe nos conta sobre o trabalho dele em um novo dispositivo que ajuda pacientes na fila de espera por um transplante de coração, o que parece complicado, mas também importante e legal. Cita a faculdade que Max fez e suas especializações na medicina, onde fez residência, todos os diferentes hospitais em que trabalhou, as pesquisas que realizou e artigos para os quais contribuiu. Por fim, encerra falando sobre como, nas horas livres (que não consigo imaginar que sejam muitas, considerando o que sei sobre cirurgiões cardíacos e tudo o que minha mãe listou até agora), Max toca violino em uma orquestra em Seattle, ama jogar hóquei e velejar, e é um marido amoroso e pai e avô dedicado.

Todos aplaudimos outra vez.

Mamãe entrega a Max uma placa e um envelope que quase certamente contém um generoso cheque.

Aplausos.

O fotógrafo oficial do evento se levanta e tira uma foto dos dois, depois mamãe segura o braço de Max, os dois saem do palco e vamos para o próximo prêmio.

Abby parece entediada, então dou um lápis e um guardanapo de papel para ela rabiscar. Afton descruza as pernas e as recruza para o outro lado. Michael Wong está olhando abertamente para ela da mesa ao lado. Ela não olha para ele.

Depois do prêmio seguinte, temos uma pausa para uma apresentação de *hula*, menos formal do que a da outra noite, desta vez feita por garotas da minha idade em vez dos artistas experientes que passam cinco noites por semana no hotel. Eu me sinto cativada pela dança de uma forma que não me senti na noite do luau. Esta aqui é mais poderosa — mais sincera, mesmo que seja apenas um tambor tocado por um homem e seu professor entoando as palavras em havaiano enquanto as meninas se movem graciosamente no centro do palco. Cada dança é uma história, cada movimento representa uma imagem.

Deixe a vergonha em casa, penso, *quando ousar dançar.*

— Eu sei dançar isso — decreta Abby. — Sei fazer igualzinho.

— Que legal, abelhinha. — Sorrio para Afton e continuo: — Você também, já que também fez a aula de *hula*.

— Não, ela não sabe — diz Abby. — Só eu. E a Josie. E a mãe da Josie também é muito boa. Ela tem um quadril bem grande.

— Não é legal falar do tamanho do quadril das pessoas — aviso.

— Por quê? O quadril da sra. Wong é muito bom.

— Vou pegar um refrigerante. — Afton se levanta. — Já volto.

Ela passa por Michael como uma modelo em uma passarela, cabeça erguida, coluna reta, quadris rebolando.

— Afton também tem — observa Abby. — Pena que ela não sabe dançar *hula*.

Ouvir aquilo me surpreende, afinal Afton é uma dançarina. Ela faz balé desde a idade de Abby, sempre praticando seus *pliés* enquanto lava a louça na pia da cozinha e fazendo seus *jetés* pelo quintal. Estive em inúmeras apresentações em que Afton interpretou Clara de *O Quebra-Nozes* e Odile de *O Lago dos Cisnes*, além de tantas outras. Minha irmã é como um cisne. Um cisne escarlate em um vestido descarado que vai arruinar você com suas asas poderosas se ousar irritá-la. E fará tudo isso da forma mais graciosa possível.

— Afton não se saiu bem na aula de *hula*? — pergunto a Abby, mas de repente estamos todos aplaudindo de novo, porque a apresentação de *hula* acabou.

O alarme que programei no celular toca.

Oito horas.

Vejo Nick se levantar algumas mesas atrás de mim. Ele se inclina e diz algo para o pai, que dá um tapinha em suas costas. Então ele olha para mim, com uma pergunta nos olhos.

Dou a ele um sorriso nervoso.

Ele assente e começa a caminhar em direção à Torre Oceano a passos rápidos. E com isso ele sai de vista.

Meu coração bate forte. É agora. Hora de fazer minha jogada.

Espero uns dez minutos antes de seguir Nick, conforme planejado. Como não posso simplesmente largar Abby por uma hora sem explicação, e não consigo descobrir onde Afton está, vou atrás dela primeiro.

Eu a encontro no banheiro.

Ela está em frente ao espelho, passando um pouco de pó sob os olhos. O rímel manchado e as pálpebras inchadas denunciam que estava chorando — minha irmã mais velha, tão forte e durona, chorando, e por um menino idiota, ainda por cima.

— Tudo bem com você?

Ela assoa o nariz em um papel toalha.

— Estou bem.

— Eu seguro e você bate nele.

Os olhos azuis, no momento também vermelhos, fitam os meus pelo espelho, assustados.

— Não, tudo bem. A culpa não é dele. Ou talvez seja um pouco, mas... eu errei.

— Tudo bem. Você vai consertar.

— Não sei se dá pra fazer isso.

— Olha pelo lado bom. Seja lá o que você fez de errado, não vai ser tão ruim quanto a situação da mamãe.

Ela prende a respiração.

— Ada, preciso falar com você. Sobre o que você viu naquele dia...

— E sobre o que você viu? — digo.

— O que eu vi?

— Meu caderno de rascunhos?

— Ah. — Ela abaixa a cabeça. — Eu não devia ter espionado. Desculpa. Eu não estava raciocinando direito.

— E o que descobriu ao olhar o que é basicamente meu diário? — insisto.

— Que você é muito talentosa. Não sei como consegue capturar tão bem as pessoas desse jeito.

— Afton, fala sério.

— É sério. Essa foi a maior coisa que descobri.

— E?

— E que você é uma boa irmã, Ada — diz Afton baixinho. — Sei que está tentando manter todo mundo junto, pela Abby. É por isso que preciso contar que...

Meu telefone toca com uma mensagem.

Sinal verde.

Tenho que ir.

— Por falar em ser uma boa irmã, pode ficar com a Abby por um tempo? Talvez pelo resto da premiação?

— Claro.

Os olhos de Afton se estreitam enquanto me encara. Ela provavelmente viu a página do meu caderno com *TRANSAR:*

O PLANO em letras garrafais no topo. E todas as minhas dúvidas humilhantes.

— Vou encontrar Nick Kelly. Pode me dar cobertura?

Afinal, já dei cobertura para ela tantas vezes.

Afton pensa no assunto por um minuto.

— Vai encontrar Nick no quarto dele?

— Isso.

Dessa vez, ao contrário de uma semana atrás (meu Deus, foi há apenas uma semana, com Leo?), não ofereço maiores detalhes, embora ela provavelmente já saiba. Não peço conselhos. E não insisto que estou pronta para isso.

Ela franze a testa, mas diz:

— Ok.

— Ok, você toma conta da Abby?

— Tomo.

— Obrigada.

Dou uma última olhada no espelho. Ajeito meu cabelo. Reaplico o batom.

— Você está muito bonita, aliás — diz Afton. — Espero que se divirta.

— Esse é o plano.

Me divertir. Me sentir bem. Me sentir melhor.

Quando saímos do banheiro, minha irmã volta para nossa mesa para cuidar de Abby e eu sigo em direção à Torre Oceano outra vez.

Rumo ao quarto 407.

39

Quando chego, ouço música vindo de dentro do quarto. Gaita de foles.

Escrevo uma mensagem para Nick.

407, né?

Correto.

Estou na porta. Mas...

A porta se abre. Lá está Nick.

— Oi.

— Oi.

— Pode entrar.

Entro e tiro as rasteirinhas. O quarto está escuro, as cortinas fechadas, uma lâmpada de brilho fraco no canto e algumas velas acesas ao redor da cama, o que parece um risco de incêndio. Minha barriga embrulha levemente de ansiedade. Respiro trêmula.

Deixe a vergonha em casa, me oriento em silêncio, *quando ousar dançar.*

— Você está bem? — pergunta Nick.

— Estou. Será que podemos acender mais algumas luzes? E abrir as cortinas? É bem romântico o que você fez, mas quero poder ver o que está acontecendo.

Ele vai depressa até a janela e abre as cortinas. Uma luz quente inunda o quarto. Atrás da varanda, o sol está mergulhando no oceano, vermelho-fogo e dourado enquanto desaparece dentro d'água. O céu exibe uma tonalidade rosa, o que torna tudo um pouco surreal — como se já não fosse surreal o suficiente.

Porém consigo respirar de novo.

— Obrigada.

— Mais alguma coisa que eu possa fazer?

Balanço a cabeça e avanço pelo quarto. Piso em algo frio e liso: uma pétala. Pétalas de rosas estão espalhadas por toda parte, da porta até a cama, polvilhada com elas.

— Onde foi que encontrou as flores?

Nick abre um sorriso tímido.

— Pedi o pacote de lua de mel para o quarto. Vem com as rosas vermelhas padrão, champanhe, chocolate e morangos, e algo chamado "espuma de banho sensual", então estamos prontos. Vai ser o que você quiser.

Deixo escapar uma risada nervosa.

— Que galante, senhor Kelly.

— Obrigado, senhorita Bloom. Eu só queria que fosse legal.

— Legal.

— Na verdade, eu quero que seja épico, mas sei que não podemos esperar profissionalismo na nossa primeira vez, então decidi que épico era ambicioso demais. Sendo assim, vamos começar com legal.

— Legal é muito bom.

Eu olho para ele.

Ele olha para mim.

Os dois ficam vermelhos. Nenhum dos dois se mexe.

— Podemos desligar essa gaita? — pergunto, torcendo o nariz.

— Era pra ser engraçado. Eu ia usar um kilt, falar com sotaque escocês, e isso ia te fazer rir, e rir ia quebrar o gelo. Mas o kilt não chegou a tempo, aí pensei que precisava de outro elemento escocês, e escolhi a gaita de foles, mas quando você chegou eu esqueci totalmente o que eu ia fazer.

Nick se atrapalha com o celular e interrompe a gaita de foles abruptamente. Ele olha para mim esperançoso.

— Quer ouvir minha segunda opção?

— Tenho escolha?

Ele mexe no celular de novo. A voz grave de Barry White ressoa do alto-falante na mesa de cabeceira.

Dou uma gargalhada.

— Tô só brincando — diz ele.

Nick desliga Barry também.

— Em silêncio está bom — concluo.

Dou um passo na direção dele, ele dá um passo na minha, depois outro, até ficarmos frente a frente ao pé da cama.

— Você encomendou mesmo um kilt? — pergunto, contendo um sorriso.

— Encomendei — responde ele, imitando o sotaque escocês.

Eu rio e me aproximo e aliso a borda da lapela do terno.

— Terno bonito. Cinza combina com seus olhos. E o corte de cabelo foi um toque legal.

Ele prende um fio errante atrás da orelha.

— E vamos falar desse vestido. Eu amo aves-do-paraíso.

— Aves-do-paraíso?

— Esse tipo de flor da estampa. — Ele aponta para a flor de cima, mas logo percebe que está basicamente apontando para os meus seios e abaixa a mão. — Enfim, gosto delas.

— Fico feliz com a sua aprovação.

— É perfeito.

Perfeito parece uma palavra perigosa. Minhas mãos ficam trêmulas. Fecho os olhos por um segundo e tento me concentrar, tento lembrar que isso não é grande coisa, que estamos só nos divertindo com nossos corpos, essencialmente, e que não há nada a temer. Nick não é assustador. Então eu não deveria ter medo.

Não é como foi com Leo. Nick e eu decidimos isso mutuamente.

Vamos lá, digo a mim mesma. *Ouse dançar.*

— Talvez eu devesse tirar o vestido.

— Santo Deus. — Nick estremece visivelmente. — Acho que vou entrar em combustão espontânea se você ficar pelada agora. Talvez a gente devesse tentar se beijar primeiro?

Concordo e umedeço os lábios. Ele se aproxima e toca meu braço, e é minha vez de estremecer.

— Tudo bem?

Afirmo com a cabeça.

Nos inclinamos um para o outro.

— Eu nunca fiz isso também — diz ele de repente.

— Eu sei.

— Preciso fechar os olhos? Não quero não conseguir te ver enquanto beijo. Imagino que seja um daqueles momentos em que é preciso manter o foco. Se eu ficar de olhos abertos, ia ser meio bizarro, como se eu estivesse te encarando? No cinema todo mundo fecha o olho.

— Acho que você precisa fazer o que parecer certo.

Fecho os olhos.

Ele põe a mão em minha cintura. Apoio a minha no ombro dele. É bom, quente e seguro e mais forte do que pensei que seria. Todo esse tempo jogando videogame deve ter resultado em algum efeito positivo nos músculos.

Sinto a respiração dele em meu queixo.

Tudo bem, penso. *Estamos bem.*

— Então, pra tudo ficar bem claro, posso te beijar agora?

— Ah, pelo amor de Deus, Nick, sim. Por favor, me beija logo.

Ele se inclina, levantando o queixo, e eu me abaixo um pouco para encontrá-lo. Seus lábios trilham os meus, macios e breves. É como um olá sussurrado.

Até aqui, tudo bem.

— Agora posso beijar *você*? — pergunto.

— Tá.

Planto meus lábios nos dele com mais firmeza dessa vez, e tento ficar ali um pouco mais, de modo que pareça menos um selinho e mais como um beijo romântico. Sei fazer isso. A única coisa boa da minha relação com Leo, eu acho, é que pratiquei bem a arte de beijar.

A gente se beija mais algumas vezes, até que dou um passo para trás.

— Isso foi...

Definitivamente nada épico.

Não que eu esperasse fogos de artifício ao beijar Nick Kelly. E não foi nada mal. Foi... "legal".

Só que o problema é que não foi nada mais que isso. Beijar Nick não me fez me perder nele ou estremecer de desejo, ou ficar de pernas bambas.

Mas eu me recuso a desistir.

Estou pronta. Para valer, desta vez.

— Talvez a gente devesse... — começa Nick.

— Vamos tirar a roupa — falo do nada, e começo a descer o terno dos ombros dele para atirá-lo em uma cadeira próxima.

Seu pomo de adão sobe e desce.

— Ada...

— Se vamos fazer isso, devíamos fazer e pronto — digo depressa.

Ele coça a nuca.

— Acho que não...

— Não pensa. Essa é a chave. Não podemos pensar demais.

Prossigo para os botões da camisa, desabotoando-os, abrindo e revelando a regata branca que ele usa por baixo.

— Você devia estar derretendo no jantar com todas essas camadas de roupa. Vamos tirar isso.

Nick para de resistir e me ajuda a tirar a camisa, colocando-a cuidadosamente nas costas da cadeira, junto do terno, e depois tira a camiseta por cima da cabeça. Ele põe as mãos em minhas costas, alisando o tecido do vestido.

— Tem zíper ou algo assim?

— Não, é elástico. Ele...

Eu congelo.

Nick puxa o vestido para baixo. E eu não estou usando sutiã. Eu não tinha nada sem alças e não queria que ficassem aparecendo.

Dou um passo para trás.

— Hum, talvez... — Olho para a cama. — Seria mais confortável se ficássemos debaixo das cobertas?

Ele assente apressado. Deslizamos sob os lençóis brancos e macios, derramando uma cascata de pétalas vermelhas no chão. Nick se contorce e finalmente se livra da calça, seguido pelas meias.

— Vou deixar a cueca por enquanto — anuncia ele.

— Ok.

Deslizo meu vestido até a cintura, o desço pelos quadris e o deixo no chão ao lado da cama. Então me viro para ficarmos de frente um para o outro.

— Olhos aqui em cima — ordeno, assim que ele começa a olhar para baixo.

Ele volta a me encarar nos olhos. Sob essa luz, os olhos dele são uma estranha contradição: cinza quente — uma cor que eu poderia alcançar diluindo o preto e misturando uma gota de azul e depois um pouco de rosa pêssego.

Nós ficamos parados assim, olhando.

— Oi de novo — fala ele.

— Oi.
— Que loucura.
— Eu sei.
— É muita coisa.
— Né?
— E agora?

Penso na pergunta.

— Talvez devêssemos nos tocar.

Sem esperar, eu me aproximo debaixo das cobertas e apoio uma das mãos no peito dele. É liso e quente. O coração dele bate forte.

Ele prende uma respiração trêmula.

— Agora você pode me tocar também — sussurro.

Nick levanta a mão e depois hesita, os dedos se fechando e depois reabrindo enquanto ele decide para onde ir. Ele fecha os olhos e segue o contorno do meu ombro até o pescoço.

Deixo minha mão vagar (covarde demais para descer direto, é claro), passando pelas pequenas saliências das costelas até o contorno do quadril.

Ele responde traçando de volta meu braço até minha cintura, meu quadril, a parte externa da perna até a pele muito macia atrás do joelho.

— Suas pernas estão muito lisas — murmura ele.

(Também estão manchadas e vermelhas e bem sensíveis por conta da cera, mas ele não precisa saber disso.)

Nick tem pernas compridas e magras e ligeiramente peludas.

Nós nos revezamos, nos tocando, com cuidado, devagar, evitando qualquer área que pareça muito íntima, até que, em um momento de coragem, pego a mão dele e a coloco em meu peito.

Vejo seu pomo de adão subir e descer de novo.

— Nossa. Eles são…
— Redondos? — completo.
— E macios. E tenho certeza de que têm superpoderes.

Ele deve estar se sentindo mais corajoso também, porque dá um aperto de leve.

Sinto uma sacudida no estômago. Perco ligeiramente o fôlego. Estou me sentindo muito centrada em meu corpo agora. Sem qualquer sensação de desconexão. Sem sair de mim.

Talvez eu tenha finalmente perdido o medo.

Eu me aproximo para beijá-lo. Ele passa o braço por meu ombro, me puxando para mais perto. Nossas pernas se chocam, se embolam. Abrimos a boca e tocamos as línguas timidamente. Um calor explode ao longo de todas as minhas terminações nervosas.

Ele solta um som que parece uma risada misturada com um gemido.

— Posso te tocar? — pergunta ele, rouco.

Por um minuto, fico confusa. Ele já está me tocando. Depois entendo o que ele quis dizer.

— Pode — sussurro, porque eu quero que ele toque.

Só que ele não faz isso. Nick toca minhas pernas, sobe pelo meio das coxas e desce de novo. Acaricia suavemente meu quadril, volta para a coxa. Toca em todos os lugares, menos onde mais quero. O que só faz com que a sensação de desejo se intensifique ainda mais.

Suspiro de frustração. Então percebo que ele está fazendo aquilo deliberadamente.

Eu recuo, com o coração martelando.

— Você andou lendo sobre isso, né?

— Servimos bem para servir se... — Ele não consegue terminar a frase. — Tudo bem por você?

— Tudo. — Eu estremeço. — Também quero te tocar.

Estou desconcertada por não ter nenhuma jogada, nenhuma técnica especial que vá melhorar a experiência para ele.

— Posso *te* tocar? — pergunto.

Ele pega minha mão antes que eu continue.

— Eu gostaria, mas acho que eu não daria conta — confessa. — Não quero que acabe antes que dê tempo de começar.

— Então vamos começar.

Ele fixa os olhos nos meus.

— Você está pronta?

Minha pele está quente e formigando, minhas entranhas parecem feitas de um líquido fervente, e sinto meu batimento cardíaco em uma parte do corpo onde nunca senti antes. Isso é muito mais do que senti com Leo. Se isso não é estar pronta, não sei o que é. Tiro a calcinha e a largo no chão.

— Estou pronta — digo simplesmente. — Você está com a camisinha?

Nick assente apressadamente e rola para um lado da cama para pegar um pacote na mesa de cabeceira, virando de costas para mim por um instante. Eu o escuto respirar fundo, como quando se está nadando e prestes a mergulhar. Então ele volta para debaixo das cobertas e começamos a nos beijar. Ele está ficando muito melhor nisso. A mão dele, que está em meu cabelo, cheira a plástico e morango.

Deslizo mais para o centro da cama, onde descubro que ele estendeu uma toalha. Porque ele sabe que posso sangrar, desta vez. Esse pequeno ato de consideração faz lágrimas brotarem em meus olhos. Sinto a aspereza do tecido nas costas. Ele se aproxima e me beija de novo.

Eu o puxo até que seu corpo esteja bem em cima do meu.

Nick se afasta, ofegante.

— Se quiser ficar por cima, pode ficar. Se você achar que vai ser mais confortável.

Não consigo evitar: vejo o clarão do roupão branco em minha cabeça. Minha mãe por cima de Billy.

— Acho que não. Se eu ficar por cima, vai ser tipo, sei lá, como me empalar. Você já tentou fazer algo que achou que poderia doer?

— Ah. É, imagino que sim. Uma vez deixei meu notebook cair no dedão do pé e ele ficou todo inchado, e meu pai disse que precisávamos aliviar a pressão e...

— A questão — continuo antes que ele possa ir mais longe com a história — é que acho que você precisa ficar por cima.

— Certeza?

As sobrancelhas dele estão franzidas novamente.

De repente, eu só quero que isso acabe logo. Tudo bem se doer. Aprendi a lidar com ser machucada.

— Só anda logo — digo. — Vai ficar tudo bem. Talvez até seja bom.

O olhar dele cai para o meu peito, porque ele é um menino, afinal.

— Tudo bem — concorda baixinho.

Ajeito as pernas e Nick se apoia nos antebraços para não me esmagar (como se pesasse o suficiente para me esmagar, mas tudo bem, ele está sendo atencioso, mesmo em um momento como este). Olho para ele e tento pensar em como vou me lembrar deste momento, do esboço que vou ter na cabeça, Nick com os cabelos bagunçados de novo, os olhos acinzentados ainda preocupados, os braços me enquadrando.

Só que aí cometo o erro de me colocar ali também, nua embaixo dele, olhando para ele, minha expressão de expectativa.

O que estou esperando? Sexo. Possivelmente dor. Só que por baixo de tudo isso, dos sinais confusos que meu corpo está me dando, da insegurança e excitação, da curiosidade e da doçura, estou com raiva. Posso senti-la, como um nó apertado e dolorido no âmago. Estou furiosa. E de repente sinto medo, não do sexo ou da dor, mas que isso não resulte na coisa que estou procurando, no fim das contas. Isso não vai apagar Leo. Isso não vai me ajudar a entender melhor minha mãe ou me ajudar a aceitar o que ela fez. Não vai me consertar. Nem sequer está me distraindo, porque aqui estou, prestes a transar pela primeira vez, e estou pensando nela.

O roupão branco. O quarto escuro, idêntico em todos os sentidos a este. Estou presa naquele quarto com ela, e fazer sexo não vai me tirar de lá.

— Tudo bem — murmura Nick de cima de mim. — Tá bom, vamos lá. Ok.

Isso é errado. Está tudo errado.

— Para — sussurro. — Para. Não vai dar. Eu não quero chá.

40

Nick se afasta de mim tão rápido que sinto frio com a falta do calor de seu corpo. O rosto fica acima do meu, como se estivesse procurando um machucado.

— Ada?

Ele passa os dedos pelo meu rosto. Merda. Estou chorando. Tento prender o choro, manter os pedaços quebrados juntos, mas tudo desmorona. As lágrimas começam a escorrer. Tampo a boca de repente quando começo a soluçar — um choro feio, bem ali no meio da cama.

Nick se mexe para se deitar ao meu lado, ainda ali perto.

— Você se machucou? Eu não... O que foi?

Não consigo responder. Apenas continuo chorando.

O tempo passa, não consigo perceber quanto. Lá fora, a luz desaparece. Quando volto a mim, lentamente, Nick continua ao meu lado. Ele afasta meu cabelo do rosto úmido.

— Ei. Bem-vinda de volta.

Aperto os olhos e pisco a última das lágrimas.

— Meu Deus. Desculpa. Não sei o que aconteceu. — Eu me sento na cama e puxo o lençol para cobrir meu corpo. — Estou bem.

Ele bufa.

— De verdade, eu estou — reitero com uma risada envergonhada. — Desculpa. Eu não quis... Só me dá um minuto. A gente ainda pode...

— Olha, não vai rolar — diz ele, me entregando um lenço de papel.

Aceito e assoo o nariz. Quando levanto a cabeça novamente, vejo que Nick vestiu a samba-canção de volta e está sentado na beira da cama.

— Desculpa — repito.

Ele fecha os olhos.

— Precisa parar de dizer isso. Você não tem motivo para pedir desculpas.

— Mas era a nossa primeira vez, e ia ser... épico, ou pelo menos legal. Acho que ia ser legal, e aí eu tinha que...

Ele balança a cabeça. O rosto está vermelho-tijolo, uma mancha espalhada do peito até os lóbulos das orelhas. Vejo sua jugular pulsando ferozmente.

— Eu não ia conseguir.

— Como assim?

Estou confusa.

— Não sei o que rolou. Eu estava bem quando estávamos nos beijando e tal, e acho que minhas costas são uma zona erógena porque quando você passou os dedos ali, uau. Eu estava... *pronto*. Mas quando chegou a hora de realmente começar, sei lá. O amiguinho aqui simplesmente não estava *pronto*. — Ele desvia o olhar. Dá uma tossida. — Acho que fiquei com medo.

A confissão faz eu me sentir um pouco (mas apenas um pouco) melhor. Tento disfarçar minha total humilhação fazendo graça.

— Entendi. Então, o amiguinho aí ficou com medo de subir no palco.

— Ei, ele não é tão pequeno assim. Eu só estava comparando com o resto do meu corpo. Acredito que seja de um tamanho perfeitamente médio quando estamos falando de pênis.

Nick sorri.

Eu gosto desse sorriso.

Só que estraguei tudo.

— Não era o momento certo — conclui ele. — Talvez a gente ainda seja muito novo, sabe? Deve ter um motivo para os adultos estarem sempre falando que a gente precisa esperar até estarmos mais velhos.

Concordo com a cabeça.

— Talvez a gente possa tentar de novo ano que vem — sugere ele.

— Tudo bem. Talvez no ano que vem.

Assoo o nariz de novo e olho para o relógio na mesinha de cabeceira.

— É melhor a gente voltar para a cerimônia de premiação. Já faz mais de uma hora que a gente saiu.

Minha mãe já deve ter notado minha ausência, mas tento não pensar em como vou me explicar. Outra mentira, possivelmente, um ato do qual estou ficando farta.

Nick pula da cama e veste a calça, depois corre e pega meu vestido e calcinha do chão e entrega tudo para mim.

— Posso ficar de costas, se quiser ir até o banheiro.

— Obrigada — digo sem jeito. — Acho que sim.

No banheiro, subo o vestido de volta e aliso o comprimento. Não está tão amassado. Lavo o rosto com água fria. Meu rímel supostamente era à prova d'água, mas não foi páreo para a torrente de lágrimas. Uso o prático pacote de removedor de maquiagem deixado ao lado do sabonete na bancada do hotel e esfrego toda a maquiagem do rosto. Ao me olhar no espelho, parece que sou eu mesma outra vez, uma versão desgastada, uma versão minha que claramente teve uma noite difícil, mas ainda eu.

Ainda virgem, mas tranquila quanto a isso.

Nick se levanta quando saio do banheiro. Ele vestiu o terno outra vez, mas não a gravata.

— Você continua muito bonita — observa depois de um minuto.

— Você também.

As coisas estão estranhas entre nós quando saímos.

E estranhas enquanto esperamos pelo elevador.

E no elevador até o térreo.

E na correria de volta para a Torre Palácio.

Então, de repente, Nick para de andar, tão de repente que esbarro nele.

— Que foi?

— Está ouvindo isso? — Ele inclina a cabeça de lado. — O que é isso?

Prendo a respiração, ouvindo.

— Música?

— Pois é.

Ele olha em volta.

— Provavelmente é da premiação.

— Não, é aquela música... — Ficamos quietos para ele ouvir novamente. Ele começa a cantar junto: — *Somewhere over the rainbow, way up high...*

— Eita, vamos acabar na terra do mágico de Oz?

— Está vindo de lá — diz ele, pegando minha mão. — Vem comigo.

Não discuto e permito que ele me puxe na direção da música, me afastando da Torre Palácio e dos prêmios e da minha família, rumo à praia. Está um breu agora, mas há um espaço iluminado por lanternas e fileiras de luzes brancas do outro lado da capela. A música fica cada vez mais alta, e de repente nos deparamos com a origem: um homem grande de rabo de cavalo tocando ukulele e cantando suavemente "Over the Rainbow" misturado com "What a Wonderful World" para uma multidão de pessoas com roupas formais. Elas estão conversando, rindo e bebendo champanhe.

— É um casamento. — Nick franze a testa. — Não, é a festa depois do casamento. Como se chama isso?

— Recepção.

E ele tem razão: do outro lado da multidão está uma mulher de branco — a noiva — de braços dados com um homem que imagino ser o noivo. Atrás deles, uma mesa com um clássico bolo de casamento branco e uma plaquinha que diz: *Felizes para sempre*.

Sinto um aperto no peito. A raiva borbulha outra vez. Para onde quer que eu olhe, pessoas estão se casando, enquanto o casamento que eu mais quero que esteja bem está desmoronando.

— Precisamos voltar — sussurro.

— Pois é. Mas e se a gente não voltar? — sugere Nick.

Olho do bolo para ele.

— O quê?

Vejo em seus olhos o reflexo de mil luzes minúsculas.

— É só não voltar — propõe Nick. — Vamos ficar aqui. Já estamos vestidos a caráter mesmo. Vamos nos misturar perfeitamente.

— Você quer entrar de penetra na recepção de casamento de estranhos?

— Ei, dá pra repetir isso um pouco mais alto?

Ele olha em volta. Ninguém nos viu — como ele disse, nos misturamos perfeitamente.

— Não quero entrar de penetra em nada. Eu só quero bolo. E os aperitivos parecem uma delícia.

A gente não deveria, penso. Verifico meu celular, onde há uma única mensagem de texto da minha mãe: *Cadê você?* Depois,

uma de Afton: *É melhor você voltar logo. Mamãe está surtada.*
De repente, descubro que ainda não estou pronta para voltar.
— Vamos, milady?
Nick me oferece o braço.
Eu aceito. E por que não?
— Sim, senhor, cavalheiro.

41

Invadimos a recepção de casamento em grande estilo. Meio que por acidente, Nick diz que é amigo do noivo, enquanto eu alego ser amiga da noiva, e depois fingimos que acabamos de nos conhecer, o que, de certa forma, parece verdade.

Acompanhamos os brindes, comemos bolo e assistimos a um vídeo que mostra os noivos quando eram bebês, crianças — nadando, acampando e praticando vários esportes e atividades —, adolescentes desajeitados, jovens adultos estudando e se divertindo e, por fim, como duas pessoas que se encontraram — esse casal tão apaixonado. O vídeo faz parecer que toda a vida dos dois foi uma série de momentos que levaram a esta noite. A este momento. Ao agora.

Talvez seja verdade. Não consigo sentir nenhum cinismo quanto às chances de felicidade. Eles parecem pessoas simpáticas. Pessoas normais. Parecem felizes. Apesar de tudo, não posso deixar de desejar que sejam felizes.

Aí a música recomeça e todo mundo volta a dançar.

— Nunca fui a uma festa antes — admite Nick quando nos sentamos para comer uma segunda fatia de bolo, vendo as pessoas formarem pares na pista de dança.

O bolo é de baunilha com cobertura de baunilha, mas é um daqueles doces que comprova como o simples pode ser fantástico.

— Convidei uma menina da escola, a Lola, para a formatura, mas ela não achou uma boa ideia.

— Ela recusou o convite? — pergunto, lambendo os dedos.

— Ela disse: "Não acho que seja uma boa ideia".

— Ai.

— Pois é. Mas poderia ter sido pior. Ela poderia ter dito: "Eca, seu otário! Sai de perto de mim!". Acho que ela estava pelo menos tentando ser educada. Mas enfim, meus amigos e eu vencemos a Dragonstar Arena naquela noite no nível veterano, e não daria pra ter feito isso se eu estivesse em um baile com ela, então, acho que foi o destino.

— Tipo o jogo *Destiny*, você quer dizer?

— Não, pra valer — responde ele, entregando o prato vazio a um garçom que estava passando. — Como se fosse para ser.

— Minha escola é católica e particular. Só de meninas.

— Você é católica?

Ele parece surpreso. Talvez porque ache que os católicos preferem esperar o casamento para transar, o que não parece ser exatamente o que eu decidi fazer nas férias.

Dou de ombros.

— Para fins escolares, sou, o que significa basicamente ir à missa uma vez por semana.

— Então você também nunca foi a um baile.

— Ah não, eu já fui sim — admito. — Fui na formatura esse ano.

— Ah. Com o bundão.

— Isso.

Eu me lembro de como meu vestido de baile queimou quando o joguei na fogueira no quintal de casa. Foi muito satisfatório vê-lo pegar fogo daquele jeito. Volto meu foco para Nick.

— Então você é virgem de bailes.

— Acho que sim.

Eu me levanto.

— Não se eu puder resolver isso. Agora não vai ser mais. — Estendo a mão. — Dança comigo.

Ele aceita minha mão e fica de pé imediatamente, como se estivesse só esperando o convite.

— Tudo bem, vamos nessa, boneca.

Abafo um sorriso.

— Você é tão esquisito.

— Eu sei. — Ele morde o lábio inferior e faz o que poderia ser interpretado como um passinho meio da era da discoteca. — Mas com essa primeira vez, acho que consigo lidar.

Sigo Nick até à pista de dança. O músico está cantando sobre dançar sob a luz de uma lua cheia nascendo, mas há apenas uma lasca branca de lua no céu acima de nós. Nick me gira e depois me puxa para perto, os pés se movendo firmemente de um ponto no chão para outro e de volta outra vez. Ele não é um grande dançarino, mas se esforça. E isso conta muito.

Encaixo os braços em volta do pescoço dele, alta demais para deitar a cabeça em seu peito, como Afton fez na outra noite com Michael, embora eu meio que a incline contra a de Nick. Não com os rostos colados, exatamente, mas perto o suficiente. Então fecho os olhos e sinto a tensão, pouco a pouco, ir embora.

— Foi uma noite boa, não foi? — começa Nick. — Mesmo que tenha tido alguns acidentes.

— Me desculp... — Paro de pedir desculpas. Suspiro. — Acho que deu pra salvar.

— E sempre tem ano que vem, né?

— Isso — concordo baixinho, embora, no fundo, não acredite nisso, porque não consigo imaginar que o que estava errado esse ano vai de alguma forma estar certo no que vem.

Só que eu não quero pensar nisso agora. Quero dançar. Respirar. Ser eu mesma.

— Invadir esse casamento foi uma ótima ideia — admito.
— Sim, bem, eu sou muito inteligente.
— Humilde também.
— Claro. Sem falar em atraente e irresistível.
— Como é que eu fui esquecer? Não estou conseguindo nem pensar direito, já que você é tão ridiculamente atraente.

Nós damos uma risada e logo ficamos em silêncio.

— Quero que você saiba que não teve a ver com você não ser sexy — digo depois de uma longa pausa.

Ele não responde, mas eu noto que ele engole em seco.

— Você foi sexy. Quer dizer, ainda acho isso. Mas não teve a ver com isso.

— Tudo bem.
— Só não parecia certo.
— Eu sei. Eu não sabia mesmo o que estava fazendo.
— Não, a questão é que acabei de descobrir que...

As palavras ficam presas na garganta. O segredo está enterrado lá, e de repente eu não quero fazer nada além de arrancá-lo do corpo. Então eu me obrigo a dizer:

— Minha mãe está tendo um caso.

Ele para de dançar por um segundo, mas eu me controlo e continuo dançando, nos mantendo próximos para ele não conseguir ver meu rosto. Ele entra no ritmo novamente, no vaivém lento de nossos pés.

— Como você descobriu?

Conto tudo. Sobre o flagra no quarto de hotel naquele dia, claro, mas também sobre mamãe e Pop e como eu achava que as coisas estavam entre eles até recentemente. Eu até o atualizo sobre Afton e o drama dela. Enquanto conto, dançamos mais duas músicas.

Nick não fala muito. Ele é o epítome de um bom ouvinte, absorvendo quieto tudo o que tenho a dizer. Então ele simplesmente comenta:

— Não é à toa que você colocou pimenta no chá do Billy.
Dou uma gargalhada seca.
— E foi errado.
— Sei lá. Foi? Sinto muito por ter te impedido.
— Foi burrice. Que bom que você me impediu. Não teria ajudado em nada.
— Pode ser, mas talvez tivesse feito você se sentir melhor.
— Provavelmente não.
Nick pigarreia. Tem algo que ele não está dizendo.
— O quê? O que foi?
— Nada. Só estou decepcionado com o Billy. E isso me faz lembrar de quando… — A voz dele vai sumindo.
— Quando o quê?
— Não, estamos falando de você. Não é sobre os meus dramas.
— Por favor, chega de falar de mim. Acabei de derramar todos os detalhes sórdidos da minha vida, então é justo que você faça o mesmo. Me conta. Do que você lembrou?
Ele respira.
— Tudo bem. Fiquei pensando em quando minha mãe veio me ver.
— Sua mãe? Acho que nunca encontrei com ela.
Ele balança a cabeça.
— Não teria como. Ela fazia residência quando teve toda a coisa com o meu pai. E sabe, não é como eles mostram na TV, com cirurgiões ficando com residentes o tempo todo. Isso não costuma acontecer.
— Sei lá. A vida da minha mãe lembra muito uma novela agora. Mas sim, eu entendo. Então sua mãe fazia residência.
— Ela desistiu quando me teve. E aí ela largou a medicina. — Ele faz uma pausa. — Acho que porque ela tinha um vício. Teve que fazer uma cesárea quando nasci por causa da posição em que eu estava, e depois disso foi ladeira abaixo, tipo, muito, e ela começou a falar que fantasiava me jogar na piscina do apartamento

dela, aí meu pai veio e me pegou. Depois, quando ela foi pega roubando comprimidos do hospital e expulsa do trabalho, meio que foi embora. Mas uma noite ela voltou, quando eu tinha 10 anos. — Ele baixa os olhos. — Apareceu lá em casa bem tarde. Eu nem sabia quem ela era. Não tinha como saber que ela era a minha mãe, a não ser pelo fato de que ela ficava me chamando de querido e tocando meu rosto. Os olhos eram como buracos negros. Acho que significa que ela estava drogada ou algo assim.

— Nossa, que péssimo.

— O pior é que ela queria voltar. Perguntou ao meu pai se os dois podiam tentar de novo. Falou exatamente assim: "Por favor, vamos tentar de novo".

— Meu Deus. O que ele falou?

— Ele disse que não. E ela foi embora.

— Caramba. Sinto muito.

— Ele teve razão em dizer que não. Entendi isso com o tempo. Ela estava uma bagunça. Ainda é uma bagunça.

Pego na mão dele e entrelaçamos nossos dedos.

Ele abaixa a cabeça por um minuto, depois diz:

— Foi dois dias antes de irmos para o Rio.

— Ah. Aaaaaaaah.

— Eu estava com o grupo naquela feira de rua, aquela com *hippie* no nome.

— Eu me lembro.

Afton e eu ficamos fascinadas com os artesanatos à venda.

— E tinha essa senhora vendendo pulseiras baianas, ou sei lá como chamam, feitas de fitas de várias cores. Ela explicou que era para enrolar a pulseira em volta do pulso e dar três nós, com um desejo para cada nó, depois usar a pulseira até que ela arrebentasse sozinha, e aí meus desejos se tornariam realidade.

Começo a entender aonde ele quer chegar.

— Então comprei três pulseiras, duas brancas e uma azul escura. As cores tinham significados diferentes. Pensei em usar uma, dar uma para o papai e, se eu visse minha mãe de novo, se ela voltasse, eu daria uma para ela, e ela poderia fazer um desejo para melhorar. Aí talvez realmente pudesse voltar e ser minha mãe.

— Ah, Nick.

Ele pigarreia.

— Resumindo, é isso. Era isso que eu estava fazendo. Eu estava comprando desejos. E quando olhei, todo mundo tinha ido embora. Fiquei andando um tempão chamando o nome do meu pai, aí esse cara tentou me ajudar, eu acho, mas eu me assustei e fugi dele, e foi aí que me perdi mesmo.

— O pessoal surtou quando percebeu seu sumiço. Seu pai estava desesperado.

Nick assente.

— No fim das contas, eu me sentei em um canto, do lado de um cachorro vira-lata, e amarrei a pulseira no pulso e usei os três desejos pedindo para voltar para casa.

Aperto de leve a mão dele.

— E foi quando Billy Wong me encontrou. Ele disse: "Ei, amigão", se sentou ao meu lado, e quando o reconheci como alguém do grupo, me joguei em cima dele. Por um tempo, ele só ficou me abraçando enquanto eu chorava. Ele me acolheu, falou que eu estava seguro e disse: "Estou com você". Nunca me esqueci disso. Depois ele me carregou de volta para o meu pai, mesmo que eu fosse grande demais para ficar no colo.

Eu solto a mão dele.

— Não é à toa que você achava Billy Wong o máximo.

Ele suspira.

— Né? Acho que a moral da história aqui é que uma pessoa não pode ser resumida por uma única ação.

Não sei o que responder, exceto:

— Que bom que ele estava lá para você.

— Que pena que ele estava lá para você.

Assim que paramos de dançar, o cantor com o rabo de cavalo dá algumas batidinhas no microfone para chamar a atenção de todos.

— E agora a noiva gostaria de dançar com o pai, enquanto o noivo dança com a mãe.

Imediatamente sinto as lágrimas começando a brotar. Lanço um olhar desesperado para Nick, que também parece aflito.

— Merda. Precisamos vazar daqui.

Ele pega minha mão e simplesmente corremos — para longe da recepção, para longe de todo mundo, para muito, muito longe, até que a grama sob nossos pés dá lugar à areia e chegamos ao mar. Nick tira a jaqueta para eu me sentar. Depois tira um lenço amassado do bolso e me entrega.

— Está limpo.

Seco os olhos lacrimejantes.

— Essa viagem vai me matar.

Só então eu olho para cima. Longe das luzes da festa, o céu abriu. Suspiro ao ver estrelas tão brilhantes pela primeira vez.

— É porque não tem poluição luminosa — explica Nick enquanto olhamos arrebatados para cima. — Estamos em uma ilha praticamente desabitada no meio do Oceano Pacífico. Tudo fica muito mais claro.

— Parece uma metáfora — sussurro.

Ele dá uma risada.

— Não sei pra quê seria uma metáfora, mas é lindo.

— Eu nunca poderia pintar isso.

Fecho os olhos e respiro o ar salgado fresco.

Nick tira os sapatos e as meias e enterra os dedos dos pés na areia fria ao lado dos meus.

— Vai precisar guardar na lembrança.

— Eu vou.

A brisa bagunça o cabelo dele.

— Eu também.

Esta será a praia de que me lembrarei daqui para a frente, quando pensar em praias. Esta praia e esta noite.

— Obrigada — digo.

— De nada, mas pelo quê?

— Por me contar a sua história. E por ser um ombro amigo hoje.

Ele olha para a água com um sorriso triste.

— Eu esperava ser mais que um ombro amigo, mas tudo bem. Acho que eu também precisava de um ombro amigo.

Eu compreendo na hora. Ele acha que estou fazendo o discurso do "vamos ser amigos". Eu sacudo a cabeça.

— Você é mais do que isso. Não sei o que somos, exatamente, mas somos mais que amigos.

Ele se vira e olha para mim, o sorriso feliz outra vez — mesmo no escuro, dá para ver. Então, exatamente ao mesmo tempo, nos inclinamos um para o outro, diminuindo a distância entre nós até nossos lábios se encontrarem em algum ponto no meio.

É o beijo perfeito. Nem muito demorado, nem muito rápido, nem muito seco ou molhado, nem muito macio ou firme. É o beijo de duas pessoas que querem dizer uma à outra o que sentem sem usar palavras.

Em algum momento, nos separamos. Toco o rosto dele, a pele lisa de menino, e sorrio. Ele ajeita uma mecha de cabelo atrás da minha orelha.

— Isso foi épico — sussurro.

42

Na manhã seguinte, mamãe me acorda cutucando meu pé. O resto do meu corpo ainda está enterrado debaixo das cobertas.

— Acorde — exige ela, em seu estilo habitual de sargento. — E vista uma roupa.

Eu gemo.

— Supostamente estamos de férias. Isso não significa dormir até mais tarde?

As férias, no entanto, estão quase acabando. Mais um dia no Havaí, e depois voltamos para casa.

Ainda não descobri como manter a compostura perto do Pop.

— Levanta logo. Vamos todos tomar café da manhã juntos.

Eu me sento na cama devagar.

— Quem seriam esses "todos"?

— O grupo de sempre. Os Wong, claro, Marjorie, os Jacobi e os Ahmed.

Ela está alegre de uma forma suspeita, eu esperava que estivesse furiosa. Dei uma de Afton, afinal. Ontem à noite, saí de cena e sumi, não respondi às mensagens dela, e ainda não tenho intenção de dar nenhuma explicação sobre onde eu estava. Para completar, Nick e eu ficamos conversando na praia até quase duas da manhã, o que me levou de volta ao quarto só lá pelas duas e meia.

Afundo de volta no travesseiro.

— Preciso de férias dessas férias — reclamo.

E minha mãe sorri. Aqui estava eu pensando que ela ia começar a gritar coisas como "O QUE DEU EM VOCÊ? PENSEI QUE EU PODIA CONFIAR EM VOCÊ. VOCÊ COSTUMA SER TÃO BOA E RESPONSÁVEL". Só que, por um minuto, ela apenas me encara, com um sorriso muito estranho, e cutuca meu pé outra vez.

— Levanta. Veste seu maiô por baixo da roupa, porque vamos nadar logo depois do café. Agora anda.

Então me levanto. Afton e Abby já tomaram banho e se arrumaram. Eu estava dormindo tão pesado que não ouvi ninguém se aprontando.

— Vamos, Ada — choraminga Abby enquanto visto minha camisa. — Tô com fome.

— Que novidade.

— Olha os modos — diz mamãe do espelho do banheiro, onde está prestando atenção especial ao cabelo. Ela está usando um vestido de verão florido que nunca vi, e percebo que também passou maquiagem. — Ah, também convidei Nathan Kelly para o café da manhã, e o filho dele. Qual é o nome dele mesmo?

Meus olhos se voltam para Afton. O que foi que ela contou à mamãe?

Afton levanta uma sobrancelha.

— Nick, eu acho — responde ela por mim.

— Esse não é o menino que se perdeu no Rio? — pergunta mamãe.

Penso em Nick sentado em uma rua do Rio, amarrando um nó para cada desejo em uma fitinha em volta do pulso magro. A imagem me leva, como tudo parece fazer agora, de volta a Billy Wong.

O telefone da mamãe toca. Ela o atira na bolsa e depois bate palmas, um chamado à ordem.

— Tudo bem, meninas — diz com o entusiasmo de uma líder de torcida. — Vamos lá.

O restaurante onde vamos encontrar o grupo tem uma vasta área ao ar livre com vista para o mar. O grupo está sentado ao longo de uma mesa comprida, e no meio estão Nick e seu pai. Paro perto dele quando chego onde está sentado.

— Oi — falo.

— Bom dia — diz ele, bocejando.

— Está tão cansado quanto eu?

Ele não tem nem chance de me responder, pois, naquele momento, Abby começa a gritar.

Não é um grito assustado, o que é rápido de descobrir. É empolgado, alto, exagerado, de perfurar o tímpano. É um grito porque ela vê uma figura sorridente familiar sentada no final da mesa, que se levanta, abrindo os braços e pegando Abby no colo e beijando suas bochechas gordinhas.

Pop.

— Surpresa! — exclama ele.

Abby berra:

— É a melhor surpresa de todos os tempos!

Eles continuam se beijando no rosto, beijos grandes e estalados.

— Ada, respire — cochicha Nick, tocando meu braço.

É como se eu tivesse ficado totalmente sem ar. Atordoada, observo quando Pop põe Abby de volta no chão e abraça Afton, que parece quase tão transtornada quanto eu, terminando com um beijo em mamãe — um beijo breve, mas ainda íntimo. Então ele franze a testa e junta as sobrancelhas e olha ao redor, finalmente fixando a atenção em mim.

— Oi, Pop — consigo dizer, a voz fininha.
— O que você está esperando, boba? Chega aqui.

Eu vou tropeçando até seus braços. Ele me aperta algumas vezes, depois se afasta e olha para mim.

— Tem algo diferente em você.
— Foi o que eu disse — reitera mamãe. — Não consigo identificar o que é, exatamente.

Olho para Afton. *Me ajuda*, digo com os olhos, *me ajuda senão vou destruir todos nós.*

Ela balança a cabeça depressa.

— Ela cortou o cabelo, gente. Só isso.
— Ah, estou vendo — diz Pop, inclinando a cabeça para analisar meus cabelos. — Ficou bonito, Ada.
— Também fiz manicure, pedicure e limpeza de pele — murmuro, deixando de fora a depilação por motivos óbvios.
— Nossa. Bom, você está linda — continua ele.

Eu não estou linda. Estou com olheiras enormes e ainda um certo inchaço restante da choradeira na noite anterior, sem contar com o segredo que me corrói por dentro.

— Obrigada. O que você está fazendo aqui?
— Estou lutando — sussurra Pop.

Preciso de um segundo para conter algumas lágrimas rápidas. Ele me ouviu. Ele escutou.

Os detalhes da surpresa são revelados depois que nos sentamos. Mamãe ligou para Pop ontem, e ele disse que queria se juntar a nós. Os dois alteraram alguns voos, e Pop pegou um voo noturno com destino ao Havaí para fazer essa surpresa. Ainda estaremos aqui até amanhã, como programado anteriormente, mas depois vamos para Kauai.

— Então vamos ter mais uma semana inteira no paraíso — diz Pop. — Juntos. Em família.
— Vivaaaaa! — grita Abby. — E vai ser muito melhor com você, Pops!

— Viva — digo, fraca.

É uma boa notícia. Sei disso. Só que ainda parece ruim.

— E isso me lembra... — começa mamãe. — Feliz Dia dos Pais.

A mesa irrompe em um coro de "Feliz Dia dos Pais" para Max, Jerry, Billy e Pop. Nos EUA, comemoramos no terceiro domingo de junho, que é hoje. O que significa que nesse dia, supostamente, celebramos nossos pais.

Há apenas cinco minutos, eu estava bem. Não me definiria como feliz, talvez, mas o efeito agradável da dança relaxante da noite anterior e do desabafo com Nick ainda permanecia no meu sistema. Eu estava relativamente calma. Estava pronta para ir para casa e descobrir o que fazer em seguida.

Só que agora tudo virou do avesso.

Pop está aqui. Ele está sentado de um lado da mamãe, e Billy Wong está do outro. Do meu ângulo, os três formam um triângulo perfeito.

A garçonete se aproxima e anota nossos pedidos, mas só peço frutas. Observar mamãe me fez perder o apetite. Ela está sendo incomumente carinhosa com Pop, até segurando a mão dele, se inclinando para sussurrar no ouvido dele, sorrindo — sorrindo com tanta força, com todos os dentes, os olhos apertados.

Ela está fazendo um show tão bom, que me dá vontade de vomitar. Ou de jogar algo nela. Ou de dar um chilique. Decido que, seja lá o que eu faça a seguir, definitivamente precisa envolver arremessos de objetos.

Meu telefone vibra. Nick. Olho para ele na mesa. O rosto é o auge da expressão de solidariedade. Ele se sente mal por mim. Ele sabe.

Eu me sinto mal por mim também.

Mal consigo ouvir a conversa na mesa. É como se eu estivesse debaixo d'água. Porém, de repente, ouço Billy dizer:

— E conte pra ele sobre ontem à noite.

— Ontem à noite? — repete mamãe. — O que aconteceu ontem à noite?

Billy se vira para Pop.

— Sua esposa, como tenho certeza de que sabe, é simplesmente incrível. Ela foi a estrela da cerimônia de premiação.

— Bom, ela é sempre uma estrela para mim — diz Pop.

Mamãe coloca a mão sobre a de Pop e sorri para ele.

Só que Billy não terminou.

— Mas ela estava de salto. A noite toda.

Pop se volta para mamãe fingindo estar surpreso.

— Minha esposa? De salto?

— E me arrependi, acredite — diz ela. — Ainda estou me arrependendo.

— Você estava linda, mamãe — diz Abby. — Você falou bem também.

— Obrigada, abelhinha — diz mamãe, voltando-se para Billy. — Mas não fui a única pessoa incrível da noite. Se estou bem lembrada, foi você quem ganhou um prêmio de "serviços excepcionais" ontem à noite.

Deus. Ainda bem que perdi isso.

Pop levanta as sobrancelhas.

— Parabéns, Bill. Pelo que foi que ganhou?

Billy faz um gesto com a mão, como se não fosse importante.

— É complicado — diz ele.

Fala como se talvez Pop não fosse inteligente o suficiente para entendê-lo. Ele olha para mamãe com um olhar conspiratório.

— Digamos que ganhei pelo meu "serviço excepcional" na minha área.

Meu sangue começa a ferver. Cada frase, cada insinuação trocada entre minha mãe e Billy Wong bem na frente de Pop está me transformando em um vulcão, me enchendo de magma branco quente, aumentando a pressão.

Meu telefone vibra de novo. Desta vez é Afton.
Calma. Não vai surtar na frente de todo mundo.
Meus polegares chicoteiam a superfície da tela. *Cuida da porra da sua vida*, escrevo.

Vejo Afton virar o telefone de tela para baixo.

Mamãe continua falando sobre o tal prêmio idiota.

— Não sei se chamaria de excepcional. Só falando.

Billy continua sorrindo, aquele sorriso de cara legal.

— Quero que você saiba, Aster, que sou extremamente excepcional. Pergunte a qualquer um.

— Não — fala Peter. — Não sei o que é excepcional, mas certeza que você não é, papai.

— Ele é, sim — intervém Josie.

— Ele é — concorda Jenny docemente, porque tudo o que Jenny faz é doce, a pobre querida Jenny que não tem a menor ideia de nada.

Todos os olhos então se voltam para Michael, que até agora estava digitando sem parar no celular. Ele levanta a cabeça.

— Er, sem comentários, pai — diz. — Mas acho que você é um cara legal.

— Puxa, obrigado, filho.

Mamãe dá tapinhas no braço de Billy.

— Ah, puxa, todo mundo é sempre tão duro com o Billy.

Ele sorri para ela.

— Principalmente você.

Ela leva a mão ao peito, arregalando os olhos azuis.

— Eu? Eu nunca...

Eu seguro a beirada da mesa.

— Parem — murmuro.

Ninguém me ouve. Eles continuam falando, rindo, fazendo pouco caso de tudo. Mamãe continua de mãos dadas com Pop, e continua brincando sobre ser dura com Billy.

É demais. O Vesúvio está prestes a entrar em erupção.

Eu me levanto.

— Parem! — grito o mais alto que posso.

A conversa à mesa se silencia por completo. Todos, não apenas os Wong e minha família, mas também Marjorie e os Kelly, os Ahmed e os Jacobi — todos olham na minha direção.

Mas estou focada em minha mãe.

— Para de falar com ele — digo, meu corpo inteiro tremendo de raiva. — Para de fazer esses joguinhos estúpidos agora mesmo.

Mamãe franze a testa.

— O que deu em você, Ada?

— O que deu em *você*?! — grito de volta. — Qual é, mãe!

Ela balança a cabeça, ainda fingindo estar perplexa.

— Não sei do que você está falando.

— Eu sei sobre o caso! — explodo.

Silêncio. É como se eu tivesse petrificado todos naquela mesa.

Afton é a primeira a sair do feitiço.

— Ada...

— Agora é a minha vez de falar — interrompo. — Fiquei quieta a semana toda, mas eu simplesmente... não posso fingir que não aconteceu. Desculpa. Eu não sou assim.

— Ah, querida — diz mamãe depois de um longo minuto de silêncio. A expressão é estranha, como se ela estivesse surpresa, mas em parte também estivesse só esperando que aquilo acontecesse. — Eu não sabia que você sabia.

— O quê?!

Olho, frenética, para Pop. Ele também não parece surpreso, apenas profundamente envergonhado.

— Do que você está falando?

— Só queríamos esperar até você ter idade suficiente para entender. Não queríamos que você se machucasse — diz ele, amavelmente.

— Ah, meu Deus.

Olho dele para a mamãe, para Billy e de volta para Pop.

— Então vocês... Isso é tão errado. Eu sei que tem casais que fazem swing e tem relacionamentos abertos, mas *não é certo*.

— Espere um minuto, mocinha — diz mamãe, de volta à sua voz séria. — Não é isso que nós... — Ela se recompõe. — Não precisamos falar sobre isso aqui.

— Está tudo bem — diz uma voz, mais distante.

É Jerry, que nunca pareceu tão pronto para assumir o comando desse tipo de emergência social quanto agora. Ao lado dele, Penny dá uma risadinha nervosa, e Kate está fixada em seu telefone, provavelmente fazendo tweets ao vivo sobre o que está rolando.

— Vou falar com o garçom — diz Jerry. — Podemos pedir outra mesa, talvez lá dentro. Está muito sol aqui fora mesmo.

Sem esperar pela confirmação, todos se levantam, as cadeiras raspando enquanto são empurradas às pressas para trás. Todos começam a se despedir, exceto Marjorie, que nem se mexe.

— Margie? — pergunta o pai de Nick.

Ela o dispensa como uma mosca incômoda.

— De jeito nenhum, meu filho. Quero ver no que isso vai dar.

Quando os Wong começam a fugir, começo a ferver de novo.

— Espera aí, você não vai embora, vai, Billy? — pergunto bem alto.

Ele para.

— Eu?

— Não acha que você, de todas as pessoas, deveria ficar?

Ele arregala os olhos. O medo que vejo neles me dá coragem.

— Você é um excelente ator — continuo. — O cinema perdeu um talento quando você resolveu virar cirurgião.

— Meu Deus, Ada, para com isso — diz Afton, se levantando.

— Pelo menos você tem culhão, sou obrigada a admitir — continuo como se não tivesse ouvido. — Como você se atreve a sentar aqui, do lado dela, enquanto ela está com o meu *pai*? Seu filho da mãe.

Agora todos estão dizendo as palavras *Ada* e *pare* e *não faça isso*. Então, acima de todas, a voz alta e rouca da minha irmãzinha caçula.

— O que é um caso? — pergunta Abby. — Por que todo mundo está tão nervoso?

Merda. Esqueci da Abby. Sou oficialmente a pior irmã do universo.

— Desculpa — falo. Olho para Afton, que está pálida como um fantasma apesar do bronzeado. — Desculpa. Eu simplesmente não aguentava mais...

— Era *eu* — diz Afton então, em alto e bom som, como se estivesse falando com uma pessoa que não fala bem a nossa língua.

Ela se levanta, endireita as costas e me encara nos olhos.

— Era. Eu.

Não entendo.

— Aquele dia de manhã, era eu — confessa ela. — Foi a mim que você viu.

Ela fecha os olhos por um instante e incontáveis emoções atravessam seu rosto, uma após a outra. Raiva. Culpa. Alívio. Depois respira fundo e se vira para nossos pais.

— Ada acha que mamãe está tendo um caso, porque na segunda-feira ela voltou para o quarto do hotel e me viu...

Eu balanço a cabeça.

— Não poderia ter sido você. Eu vi...

— *Era eu* — insiste ela com veemência. — Pode acreditar em mim. Eu estava lá.

Agora me sinto enjoada por um motivo completamente diferente.

— Você e o Billy Wong?

— Credo! — exclama Afton. — Meu Deus, não! Não, sua burra. Eu e o Michael.

Todos no grupo giram para olhar para Michael, que estava quase na porta do restaurante, tentando sair de fininho. Porém, ao ouvir seu nome, percebe que foi pego e congela por um segundo, como se permanecer imóvel pudesse impedir que alguém o visse ali.

— Então, meu filho? — incita Marjorie. — Era você?

Ele suspira e se vira para nós.

— Eu só queria dizer que...

— Mas foi segunda de manhã — argumento. — Michael nem estava aqui na segunda.

— Ele chegou tarde da noite no domingo — corrige Billy, áspero.

— Mas como você saberia disso? — pergunto a Afton. — Como você teve tempo de...

— Quando não vi Michael no jantar de domingo e soube que talvez ele não viesse esse ano, mandei uma mensagem pra ele — explica Afton, rígida. — E ele respondeu e disse que *vinha*, no fim das contas. Ele estava no avião, a caminho. Ficamos trocando mensagens...

— Então foi pra ele que você ficou mandando mensagem a noite toda — murmuro.

— Ele me deu o número dele ano passado. Tivemos uma... coisinha. No jantar de premiação do ano passado.

— Coisinha? — Desta vez é a mãe de Michael, Jenny, fazendo as perguntas. — Que tipo de coisinha?

Afton abaixa a cabeça, corando.

— A gente se beijou — diz ela.

— Foi só um beijo — diz Michael, ao mesmo tempo.

— Não. — Aperto a cabeça com as mãos, tendo a impressão de que meu cérebro vai explodir. — Ainda assim não podia ser você, Afton. Você levou a Abby para a aula de *hula* naquele dia.

— Mas quando a gente chegou lá, encontramos os Wong — explica Afton. — Deixei Abby com Jenny, Peter e Josie. E

Michael e eu... — O rosto cora ainda mais. — Voltamos para o quarto.

— E você vestiu o roupão novo da mamãe.

— Ei! — Peter me olha feio com as mãos na cintura. — Nem todas as pessoas asiáticas são iguais, sabia?

— Estava escuro! — protesto, depois engulo em seco e continuo: — Na verdade, eu não vi o rosto da pessoa. Eu só presumi que fosse o Billy. Ele é o único cara com quem a mamãe realmente fala.

— Mas o que foi que você viu os dois fazendo? — pergunta Josie.

Merda.

— Ei, eu tenho uma ideia — diz uma voz familiar do lado da porta.

Nick. Ele ficou parado, ouvindo toda a conversa. Prefiro pensar que foi para me dar apoio moral e não apenas pela fofoca.

— Por que as crianças não vêm comigo? — sugere ele. — Isso é conversa de adulto e é meio nojento. Quem quer jogar PS4 no meu quarto?

Mamãe e Jenny assentem para ele, agradecidas. Ele retribui o gesto. Pelo menos uma vez na vida, o vício em videogames foi uma coisa útil. Abby, Josie e Peter o seguem sem dizer uma só palavra.

Eu me viro para Afton. Durante a pequena pausa com Nick e as crianças, os fatos se reordenam em meu cérebro, e os fatos são estes: Afton fodeu com tudo. Ela chegou a dizer isso no banheiro ontem à noite, durante o jantar de premiação, mas eu não sabia que deveria levar o que ela disse ao pé da letra.

— Por que você não me contou?! — esbravejo. — Durante, tipo, dois dias você me deixou pensar que a mamãe estava tendo um caso com o Billy? Como você foi capaz de me deixar pensar isso?

— Eu tentei te contar! — grita ela, cerrando os punhos. — Mas você estava tão brava, e não parava de falar e falar, e eu não conseguia te interromper, aí mamãe entrou, e aconteceu aquilo tudo com o Michael... Eu ia te contar. Assim que tivesse um momento para pensar no que eu ia dizer.

Eu me afundo na cadeira.

— Você deveria ter simplesmente me contado.

— Mas espera aí — interpela Marjorie. Ela termina o que restava de seu suco de laranja. — Você não nos disse, Billy, que Michael está namorando sério?

Todos os olhos se voltam para Michael, que não diz nada. Ele apenas enfia as mãos nos bolsos da bermuda e dá um suspiro.

— Não tenho uma boa desculpa. Eu errei. Em minha defesa, a sua irmã...

— Minha irmã não é louca — vocifero.

— Sua irmã é... meio que irresistível — termina ele.

Dá para entender o que ele quer dizer. Se Afton decidiu que Michael seria seu rebote — o primeiro cara bonitinho que *ela* viu — e foi atrás dele com sua tenacidade típica, Michael não teve a menor chance. Minha irmã é uma força da natureza.

Ainda assim. Babaca.

A garçonete chega com diversos pratos, já parecendo estressada por metade do grupo ter mudado para uma mesa diferente, lá dentro, e por ter trazido a comida das crianças, que também foram embora.

Billy diz a ela:

— Olha, nós também gostaríamos de mudar de mesa, se não tiver problema. Queremos conversar um pouco com nosso filho.

— Claro — diz a moça, com uma voz que transmite o quanto está farta de todos esses turistas. — É só escolherem uma mesa desocupada que levo seus pedidos até lá.

Billy e Jenny agradecem, assentem para mamãe e Pop, e saem, com Billy puxando Michael pelo braço.

— Sabe quantos anos tem essa menina? — murmura ele baixo, mas eu escuto.
— Dezoito — responde Michael. — Eu sei, mas, pai...
Então a porta se fecha e eles desaparecem.
Marjorie suspira profundamente.
— Isso tudo foi muito divertido — anuncia. — Mas eu também preciso ir.
Ela pega o prato e sai.
Então finalmente restam mamãe, Pop, Afton e eu.
O que é bom, porque acabou de me ocorrer outra coisa.
— Espera aí. Quando eu disse que sabia do caso, você agiu como se soubesse do que eu estava falando. Mas você não sabia sobre Afton e Michael, sabia?
— Não — responde mamãe, soturna. — Eu não sabia que eles tinham transado na minha cama. Eu gostaria de nunca ter descoberto isso, na verdade. Mas tudo faz muito sentido agora. Seu comportamento a semana toda, com tanta raiva.
— Então de que caso você achou que eu estava falando?
Silêncio.
Então, por fim, Pop suspira.
— Pensamos que você se referia ao *nosso* caso.
— Seu caso — repito de forma estúpida.
Mamãe limpa a garganta.
— Quando nos conhecemos, eu ainda era casada com Aaron, e Pop tinha uma namorada.
Pisco algumas vezes. Isso significa que mamãe e Pop tiveram um caso enquanto ambos estavam comprometidos com outras pessoas.
— Ah — digo, entorpecida.
— Não estávamos tentando enganar você, meu amor, muito menos manter isso em segredo para sempre, mas vocês eram muito novas na época.
— Entendi.

Olho para Afton, que não parece radicalmente surpresa com aquela revelação. De alguma forma, ela já devia saber. É por isso que ficou dizendo aquelas coisas sobre não ser um bom exemplo quando discutiu com a mamãe.

— Sempre tivemos a intenção de explicar como aconteceu, um dia — garante Pop. — Já devíamos ter explicado. Vocês têm idade suficiente para lidar com isso agora.

Ou não.

Eu me levanto. Eu estava tão enganada — sobre tudo. Em toda a história da humanidade, parece que nunca alguém se enganou tão espetacularmente quanto eu.

— Preciso ir — anuncio, disparando em seguida.

43

Quando finalmente paro de correr, estou, mais uma vez, na barraca das pranchas de stand-up para aluguel. Ainda é cedo e a fila está pequena. Nem penso muito; escolho uma prancha, coloco-a debaixo do braço, e remo até o centro exato da lagoa.

Onde ninguém vai conseguir me encontrar.

Onde posso ficar sozinha com meus pensamentos, com meus erros, com a maneira como arruinei qualquer aparência de dignidade para mim ou minha família, com toda a minha completa falta de noção, tudo o que eu não sabia porque ninguém se deu ao trabalho de me contar.

Fico sentada ali na prancha com as pernas mergulhadas na água verde e fria, o sol batendo nas costas, e desejo que o mundo me engula. Porém o mundo cruelmente se recusa.

Depois de um tempo, vejo alguém nadando em minha direção: uma cabeça, um corpo comprido e magro em um biquíni vermelho. Quando ela me alcança, começa a bater as pernas para não afundar. O que parece uma metáfora.

— Preciso falar com você.

— Você repetiu isso a semana toda.

— Talvez agora você me ouça.

— Tá. Sobe, então.

Tento fazer um peso para Afton não nos derrubar enquanto pega impulso para subir na prancha, a água escorrendo pelo corpo. Ela se vira de frente para mim, mas logo parece perder a coragem.

A água bate em nossas pernas. O vento agita nossos cabelos. Escuto as inspirações e expirações ansiosas da minha irmã — quase posso ver as palavras se formando em sua cabeça, as desculpas que ela quer dar para o que fez.

Só que eu não quero ouvir.

E ela sabe disso. Porque me conhece.

Então aqui estamos, tendo uma coisa que não é uma conversa enquanto, ao nosso redor, crianças nadam e brincam, casais passeiam de caiaque, e o mundo continua girando como de costume.

Minha vontade é dizer: *Você que pediu pra falar comigo. Então fala logo.* Porém, não posso ser eu, desta vez, a quebrar o silêncio.

Ela flexiona um músculo na mandíbula. Morde a bochecha, um hábito que eu odeio. O ar entra e sai, entra e sai. Até que finalmente diz:

— Sinto muito, Ada.

— Não aceito esse pedido de desculpas. Não acredito que você me deixou pensar que era a mamãe. — Prendo o choro. — Sabe como foi para mim? Senti que a minha vida, a nossa vida, tinha acabado.

— Eu errei — fala ela.

Dou uma bufada sarcástica.

— Óbvio. Mas adivinha? Você não pode apenas dizer que sente muito e pronto.

— Eu sei!

Então, para meu completo horror, minha irmã mais velha durona começa a chorar. Não são lágrimas de estrela de cinema, e sim um choro de cara vermelha, de soluços e de lágrimas jorrando dos olhos, tremendo a ponto de balançar a prancha.

— É só que eu me senti tão despedaçada — diz entre soluços. — Eu não me achava frágil assim. Eu não achava que ia me sentir tão... vazia depois.

Aperto os dentes. Não há nada que eu gostaria de fazer mais do que dar um chute no saco daquele garoto, não importa o quanto esteja brava com minha irmã.

— Michael é um bundão — digo. — O que é uma decepção, sinceramente, porque eu sempre achei que ele era legal.

Ela pisca, aturdida, as sobrancelhas baixas sobre os olhos azuis magoados.

— Michael? Eu estava falando do Logan. — Ela faz outra careta. — Sempre foi por causa do Logan. A questão é que eu amava o Logan. Eu ainda amo. Eu gostaria de poder não amar mais, mas toda vez que paro e penso nisso, o sentimento continua lá. Apesar de ele ter razão sobre não ser viável namorarmos enquanto estamos em lados opostos do país. Vamos começar uma nova fase de nossas vidas. Eu sei disso.

Ela limpa o nariz com o braço — o gesto menos Afton que já presenciei.

Agora sou eu mordendo a bochecha. Afton estremece.

— Fiquei tão envergonhada por ficar tão mal — continua, sem olhar para mim, encarando o horizonte, lágrimas pesadas ainda descendo pelo rosto. — E você estava tão pronta para transar com o Leo, aí começamos a conversar sobre minha primeira vez, e... — Ela faz uma pausa. — Aquela primeira vez, na garagem, com aquele cara. Não deveria ter acontecido.

— Então por que aconteceu?

— Eu estava com raiva do papai.

— Papai? Papai tipo Aaron?

— Pois é. — Ela funga de novo. — Até aquele dia, ele sempre ia aos meus recitais de balé.

— Achei que você odiava que ele fosse.

— Eu odiava, mas... — Ela quase ri, ou soluça. — Mas naquele dia ele não foi. E eu pensei, ok, é isso. Ele nunca mais vem. E eu sabia que não deveria ter ficado tão arrasada. Nosso pai é uma parte tão pequena da nossa vida. Eu convenci a mim mesma de que não estava nem aí. Só que ele não ir me magoou muito. E esse menino estava lá, e ele meio que ofereceu, e eu estava tão arrasada por causa do papai. Eu só queria me sentir melhor. Queria me sentir bem. Então eu fui.

Claro que sei exatamente o que ela quer dizer. É possível que ela e eu, apesar de nossas diferenças, sejamos farinha do mesmo saco.

— A segunda vez foi ainda pior. Fiquei bêbada em uma festa. Eu não estava tão bêbada a ponto de desmaiar ou de não saber o que estava acontecendo, mas... eu não teria continuado se estivesse sóbria. E não tinha camisinha e fiquei com muito medo depois. Meu Deus. Fiquei com tanto medo.

Lembro da viagem de trem que fizemos até a clínica para buscar a pílula do dia seguinte. Afton não parecia estar com medo. Ela parecia irritada por ter que fazer tudo aquilo.

— Então foi por isso que você tentou me avisar, quando contei sobre transar com o Leo.

— Pois é. Depois disso, eu me senti meio com nojo de sexo. Até o Logan aparecer. Era bom com o Logan. Porque eu amava ele. Essa é a questão, Ada. Se você não ama o cara, sexo pode complicar muito as coisas. E você não amava o Leo.

— Não — consigo admitir agora, com facilidade. — Eu não amava.

— Eu amava o Logan, mas depois que isso também desmoronou, eu me vi de volta onde comecei. É como se eu nem me lembrasse dos meus próprios conselhos. E quando soube que Michael não vinha, fiquei decepcionada. Aí descobri que ele *vinha*, e pensei: ele é bonitinho, é engraçado, ele me conhece, então é mais seguro do que seria com um estranho, e se eu transar com ele, talvez eu sinta outra coisa além desse coração partido. Só que não deu certo. — Ela funga. — Claro que não deu certo. Na real, acho que fez eu me sentir ainda pior. E aí você viu a gente e pensou que eu era a mamãe. Eu queria contar a verdade, juro que queria, mas fiquei com vergonha demais de mim mesma. Se eu dissesse que era eu, seria como se eu fosse tão ruim quanto você pensava que a mamãe era.

— Bom, não *tão* ruim — digo com relutância. — Michael não é casado. E você não obrigou ele a trair a namorada. Ele fez isso sozinho.

— Ele namora a Melanie desde o primeiro ano da faculdade. Estava planejando pedir ela em casamento. Eu sabia disso, na verdade. — Afton respira fundo. — Eu nem me importei, sinceramente. Estava pensando em mim mesma, e em como, se eu pudesse fazer Michael gostar de mim, não só desta vez, mas gostar de mim de verdade, como se estivéssemos nos apaixonando ou algo desse tipo, então de alguma forma essa coisa valeria a pena.

Ela torce o nariz, como se odiasse o próprio cheiro.

— Fui tão burra. Vi como Michael amava Melanie. Ele está só surtando porque está chegando a um momento da vida em que precisa tomar grandes decisões. E depois vai precisar conviver com isso. Tipo, ele estava amarelando.

— Você não vai me fazer sentir pena do Michael. E você está longe de ser burra, Afton. Só que você acabou de ter seu coração partido e fez algumas coisas muito... *muito* imbecis.

Ela sorri, os olhos finalmente encontrando os meus. A pressão do cano que se rompeu dentro dela e começou a jorrar finalmente diminui até virar um gotejo.

— Sei que eu escondo, mas invejo você, Ada. Você é sempre tão boa, tão perfeita em tudo, com seus desenhos e suas listas de tarefas e seus planos. Você sempre sabe o que fazer.

Dou uma risada incrédula.

— Como é que é?

— De verdade. Você sabe.

— Eu não.

— É verdade. Me conta a coisa mais imbecil que você já fez.

— Hum, você esqueceu que há menos de uma hora acusei nossa mãe de ter um caso com o colega dela, na frente de um monte de outras pessoas do trabalho, e também na frente da nossa irmãzinha e do nosso pai?

— Mas a culpa foi minha.

Eu bufo.

— Ok, vamos começar com essa observação quando me chamarem para conversar a respeito disso.

— Se eu tivesse simplesmente confessado tudo assim que você me contou o que viu, não teria acontecido. Foi a minha burrice que prejudicou você.

Mordo o lábio e solto:

— Tá bom. Que tal meu convite para Nick Kelly transar comigo, então? Eu pensei: *Ele é bonitinho, engraçado, ele me conhece, então vai ser mais seguro do que seria com um estranho*, e pensei, *se eu transar com ele, talvez eu sinta outra coisa além desse coração partido.*

Ela não parece surpresa. Porque é claro que ela já sabia.

— Ah, então você leu mesmo o meu bloco de rascunho — confirmo.

Ela se encolhe, e depois assente com a cabeça.

— Desculpa. Na verdade, eu não estava esperando encontrar nada assim. Mas rolou ontem à noite? Vocês dois...

— Não. Eu surtei na hora. Eu tentei. Mas não. Não rolou.

— Nossa. Que...

— Humilhante? Pois é. Mas depois deu tudo certo. A gente invadiu a festa de casamento de alguém, ficamos dançando e conversando e olhamos para as estrelas, e eu senti outra coisa, pelo menos por um tempo. — Suspiro. — E então aconteceu o que aconteceu hoje.

— Sim, bem, fomos pegas de surpresa pelo Pop.

— Ele podia ter avisado. Tá que eu basicamente disse pra ele fazer algo exatamente assim na última vez em que nos falamos.

De repente, Afton dá uma risada, uma risada engasgada e rouca — um tipo de som que eu nunca ouvi vindo dela antes. Ela tampa a boca para tentar segurar, mas continua saindo, estremecendo a prancha em que estamos.

— Aposto que ele nunca mais vai tentar fazer uma surpresa.

Também dou uma risada.

— Espero que não.

— E a Marjorie sentada ali como se estivesse no cinema com uma pipoca no colo — comenta Afton, secando o que espero que sejam lágrimas de tanto rir. — Você ouviu o que ela disse? *De jeito nenhum, Jerry. Quero ver no que isso vai dar.*

Rimos e rimos até cansarmos e nossas barrigas estarem doendo. Suspiro e coloco a mão no ombro de Afton.

— Não posso dizer que te perdoo — digo.

— Não posso dizer que te culpo.

— Mas quero perdoar.

— Tudo bem.

— Provavelmente só vou te culpar por isso por mais uns vinte ou vinte e cinco anos, no máximo.

— Justo.

— A questão é que eu entendo. Não gosto disso, mas entendo. Além disso, somos irmãs, e esse é, infelizmente, um vínculo inquebrável. Tipo, para sempre.

Estico o dedo mindinho para ela.

— Irmãs para sempre — sussurra ela, enganchando minha mão com a dela.

Então nos abraçamos, porque é claro que essa é uma exigência da sororidade, mas acontece que abraçar é demais para gerenciar enquanto tenta se equilibrar em uma prancha. Caímos direto na água.

Levanto a cabeça da superfície, cuspindo.

— Merda.

Alcanço o remo, que está flutuando para longe.

— Ada, olha! — exclama Afton, animada.

— Vai pegar! — ordeno.

Só que ela não está olhando para o remo. Está olhando para a água abaixo de nós.

— É uma tartaruga — diz com a voz branda, como se o animal fosse desaparecer se nos ouvisse.

Eu paro.

— Cala a boca — digo, de um jeito carinhoso, expressando: *Você não pode estar falando sério.*

Ela aponta para baixo.

E bem ali, poucos metros abaixo de nós, na água límpida e clara, uma enorme tartaruga-marinha.

— Carambola — sussurro.

O casco é de um tom tijolo, segmentado em treze grandes seções com um padrão estrelado em cada e riscos em dourado, verde-limão e branco. As patas e a cabeça são mais escuras — quase pretas, quadriculadas em branco, o que a faz parecer coberta de paralelepípedos. É linda. Eu nunca poderia fazer jus em uma pintura, nem em um milhão de anos.

Enquanto Afton e eu nadamos, olhando para a tartaruga, ela também olha para nós. Então, devagar, levantando e soltando as enormes patas frontais como se estivesse voando em vez de nadando, ela sobe à superfície. A cabeça está a centímetros de mim. Os olhos que me encaram são de um preto insondável.

Não podemos tocar nas tartarugas. É ilegal, na verdade. Cartazes estão espalhados pelas lagoas, avisando para não tocar ou subir nelas, avisos sobre multas de até mil e quinhentos dólares por assediar uma *Honu* — a palavra havaiana para uma tartaruga-marinha verde.

Então eu não toco. Continuo mexendo os pés, segurando a prancha com um braço e tentando ficar o mais imóvel possível na presença daquela criatura.

A tartaruga fica ali por um minuto. Talvez dois. Em seguida, mergulha a cabeça e desce novamente, girando na água em direção à foz da lagoa, e, com algumas braçadas poderosas, desaparece na escuridão do oceano.

Afton e eu ficamos em silêncio. Ela vai atrás do remo, depois subimos com cuidado de volta na prancha e, agora juntas, remamos em direção à costa.

44

Encontro Nick no saguão naquela tarde. Ele e o pai estão esperando o táxi para o aeroporto, de onde seguirão para Oahu por alguns dias, e depois vão voltar para Boston.

— Me manda mensagem, tá? Promete?

— Prometo — digo.

— Vou cobrar.

— Eu vou te escrever. Eu prometo. Pode se preparar para um ataque de GIFs bregas.

— Recado dado. E talvez a gente possa até jogar um pouco, alguma hora. É divertido. Acho que você ia gostar, se tentasse.

— Não força. Ah! — exclamo, lembrando.

Coloco minha bolsa no chão e tiro meu bloco lá de dentro. Então, do bloco, tiro um desenho.

É uma praia à noite, a longa faixa de areia, as ondas rolando. Estrelas espalhadas livremente por todo o céu. E duas figuras, sentadas, recostadas para trás apoiadas nos braços, olhando para cima. Uma delas, que sou eu em um raro autorretrato, usando o vestido de aves-do-paraíso levantado até os joelhos.

A outra, Nick, esguio e elegante de terno.

Não é nem de longe tão bonito quanto a magia daquela noite, mas ainda é um de meus melhores esboços.

— Nossa, uau. Isso é... Uau.

— Obrigada.

Embora um pouco envergonhada, também me sinto feliz.

— Vou emoldurar isso. E quando eu olhar, vou pensar em você.

Quando o pai de Nick chama seu nome, ele se vira.

— Tenho que ir.

Sinto meu fôlego se esvair.

— Preciso agradecer — consigo dizer. — Você foi um salva-vidas. Você me manteve, tipo, sã.

Ele faz uma breve expressão de susto, como se talvez *sã* não fosse a palavra certa, já que claramente enlouqueci. Dou uma risada e um soquinho de brincadeira nele.

— Tá bem, tudo bem. Agora me dá um abraço para eu poder sair do paraíso.

Atiro os braços em volta dele. Meus seios pressionam com força seu peito magro. Encaixo o queixo no ombro dele.

— Não some — murmuro em seu ouvido.

— Eu estava prestes a dizer a mesma coisa. — Ele se afasta. — Er, não olha para baixo — murmura, com as bochechas vermelhas. — Tenho uma situação.

Ah. Ele teve uma ereção.

Eu não dou risada. Não quero que ele pense que estou rindo dele. Então só dou um tapinha amigável em suas costas.

— Talvez no ano que vem — digo, descontraída.

Ele abre aquele sorriso torto.

— Talvez no ano que vem.

45

Depois disso, voltamos a ser nosso grupo principal — Mamãe e Pop, Afton, Ada e Abby —, embora agora exista uma sensação de que passamos por algo e sobrevivemos (mesmo que por pouco), e não devemos pensar que nossa família é algo garantido. Conversamos muito sobre o que aconteceu e o que podemos aprender com isso, ou seja, o que nunca mais devemos fazer. E mamãe e Pop saem juntos para discutir como as coisas realmente estão entre eles, e como podem deixar tudo melhor. Começando pela redução das horas de trabalho de mamãe. E Pop talvez peça transferência para o turno diurno, assim vão ter mais tempo juntos.

Depois, vamos a Kauai, que é relaxante e discreta em comparação a como a Ilha Grande foi animada e sofisticada. Em nosso hotel na praia, os galos nos acordam cantando todas as manhãs e enormes caracóis atravessam lentamente a grama. Há praias de areia dourada, e Abby persegue caranguejos quando a maré recua.

Sobrevoamos a ilha de helicóptero e andamos de bicicleta pela costa com o vento no cabelo. Nos empanturramos de tigelas de açaí e frutos do mar e picolés de coco e creme. Compramos uma tábua de cortar feita de madeira *koa* para Pop, uma tonelada de café *Kona* para mamãe, um sarongue amarelo vivo para Afton e um ukulele para Abby e eu dividirmos. E, em meio a tudo isso, conversamos. Nós nos costuramos de volta, então, quando a semana terminar, vamos parecer uma unidade firme novamente.

Não consertamos tudo. Foi só um pontapé inicial.

No último dia no Havaí, um filhote de foca aparece na praia, a poucos passos da porta do quarto. Um homem de uniforme vem e cerca a área com fita e sinais de alerta para evitar que os turistas "ajudem" o filhote jogando água nele ou cobrindo-o com toalhas, tentando alimentá-lo ou arrastando-o de volta para o oceano.

Porque seres humanos são burros.

Abby está, naturalmente, angustiada.

— Mas cadê a mãe dele? — pergunta ela ao homem. — Por que ela deixou seu bebê?

— O bebê ficou cansado demais para nadar, então a mãe foca trouxe o filhote até aqui, até a praia, para descansar. Ela vai nadar para buscar comida e depois volta para buscar o filhote. É como se a praia fosse uma creche para focas bebês.

Abby morde o lábio.

— Mas e se a mãe se perder e não voltar?

— A mãe sempre volta — assegura o homem. — Ela se lembra exatamente de onde deixou o bebê. Pode confiar. Eles vão se encontrar de novo.

Afton bufa e revira os olhos, irritada porque se esqueceu de passar protetor solar antes do nosso passeio de bicicleta ontem e agora parece um pimentão.

— Vamos lá, vamos passar mais um pouco de babosa em você. — Mamãe pega Abby no colo. — E vamos fazer um lanche, abelhinha. Precisa de alguma coisa, Ada?

— Estou bem.

Elas começam a voltar para o quarto. Pop e eu ficamos na praia, ouvindo as ondas baterem na areia e observando o filhote de foca — de uma distância segura, é claro.

— Nem parece que está respirando — observo.

O funcionário do parque finca um último aviso de "Não toque!" na areia e se levanta.

— Focas conseguem prender a respiração. Na água, elas só emergem para respirar a cada três minutos.

— Ah. Legal. Bom, é que ela parece… morta — continuo.

O homem suspira.

— É por isso que as pessoas estão sempre tentando ajudar os filhotes. Acham que tem alguma coisa errada, então tentam intervir, quando o melhor para todo mundo é só deixá-los em paz.

Pop me encara com um brilho sábio no olhar.

— Parece uma metáfora para alguma coisa — diz ele.

Agradecimentos

No verão de 2017, minha mãe, Carol, e meu padrasto, Jack, me convidaram para acompanhá-los na conferência anual da Sociedade Americana de Engenheiros Mecânicos, um evento de uma semana do qual participavam anualmente. Naquele ano, a conferência aconteceu no Havaí, no Hilton Waikoloa Village, na Ilha Grande. Eu aceitei, claro. Acabou sendo uma daquelas férias inesquecíveis — cada minuto foi lindo, relaxante e divertido. Sempre serei grata por esse convite — e a Jack que pagou minha estadia, devo acrescentar. Enquanto eu estava lá, comprei um caderno em branco de tema havaiano (com palmeiras na capa) e comecei a rabiscar uma ideia, uma história sobre uma garota propondo transar com um menino com quem ela passara uma semana todos os anos por quase toda a vida. Era ambientada no Havaí, é claro. Muito obrigada, Carol e Jack Ware, por essas férias incríveis e por todo o seu apoio a mim e à minha escrita ao longo dos anos.

Na viagem, eu ficava olhando muito para o meu celular — demais, na verdade, com uma frequência constrangedora. Eu acabara de conhecer um homem por quem pensei que poderia estar apaixonada. Ele era inteligente e nerd da melhor forma possível, além de gentil, atencioso e engraçado, e eu não conseguia parar de trocar mensagens com ele. E de falar por videochamada com ele. E de pensar nele. Agora ele é meu marido. Obrigada, Daniel Rutledge, por ser meu melhor amigo e amante e, em todos os sentidos, um homem bom.

Escrever este livro foi mais difícil do que eu esperava. No início pensei que a história seria esse estudo leve e engraçado sobre o despertar sexual adolescente. Então coloquei Ada na página, e com Ada vieram as duas irmãs, a brilhante mãe que era como um vendaval e a figura paterna, e antes que eu soubesse, estava basicamente escrevendo um drama familiar em que a questão engraçada sobre sexo entrava mais como um coadjuvante. E durante todo o processo, Jodi Meadows me ajudou com os altos e baixos e ofereceu ideias inestimáveis sobre enredo, ritmo e os perigos e alegrias da relação entre irmãs. Obrigada, Jodi. Palavras realmente não podem expressar minha gratidão por chamar você de amiga e parceira de escrita.

Em determinado momento, quando senti que travei, passei algumas horas em um sábado lendo os primeiros capítulos em voz alta para Amy Yowell, minha melhor amiga desde os 13 anos de idade, e também Ben Yowell, seu marido incrível, e Kathleen Yowell, sua incrível filha. Eles riam tanto a cada piada que imediatamente senti minha confiança retornar — talvez eu pudesse escrever esse livro sobre — carambola! — sexo e não seria um desastre. Obrigada, Amy, Ben e Katie, que é minha favorita! E abraços para Gwen, a filha mais nova, mesmo que ela não estivesse lá, porque teria sido totalmente inapropriado...

Aproveitando a deixa, obrigada, Allan, meu irmão, por nossas conversas sobre este livro que provavelmente o deixaram desconfortável. E obrigada, Will, meu filho, que precisou aguentar o massacre d'A Conversa várias vezes quando eu estava lendo sobre como os adolescentes abordam esse assunto de forma diferente de como acontecia quando eu tinha 16 anos.

Obrigada, Katherine Fausset, por seu encorajamento contínuo e bons conselhos como minha agente há quase vinte anos. Você é a maioral. Um grande agradecimento também ao pessoal da Curtis Brown: Holly Frederick, minha agente de cinema, e Sarah Gerton, particularmente.

Obrigada, Erica Sussman e Stephanie Stein, minhas editoras, por todo o trabalho que fazem para tornar meus livros o melhor que podem ser. Também gostaria de agradecer a toda a equipe da HarperTeen e a todos que contribuíram para a produção do livro: Alexandra Rakaczki, Jaime Herbeck, Louisa Currigan, Jessie Gang, Jenna Stempel-Lobell, Kristen Eckhardt, Sabrina Abballe e Anna Bernard; Helen Crawford White, a incrível artista por trás da capa da edição original; e Joy Osmanski, narradora do audiolivro em inglês.

Por fim, sou muito grata aos meus leitores, tanto os novos quanto aqueles que me acompanharam nos últimos dez anos (e dez livros!) com todos os e-mails, cartas e comentários no Instagram que me fazem sentir tão validada como contadora de histórias. É por causa de vocês que me sento para escrever todos os dias. Muito obrigada pela leitura.

Este livro foi impresso em 2024, pela Lisgráfica, para a HarperCollins Brasil. O papel do miolo é pólen natural 70g/m² e o da capa é cartão 250g/m².